憐香 3 完

藍嵐 著

文創風 364

風文創 364

目錄

第二十八章

坤寧宮裡，方嫣正在哭。

趙佑樘進去問：「怎麼回事？」

方嫣抽泣道：「本來好好的，也不知怎麼就作了噩夢，叫著醒來，妾身一摸額頭，滾燙滾燙的，人都被燒得不輕。」

趙佑樘安撫道：「妳莫著急，額頭燙了，定是風熱，朕上回也是一樣，太醫定然治得好。」

方嫣此刻已快崩潰，整個人都倒在趙佑樘懷裡，抹著眼睛道：「妾身就這一個孩子，皇上，若是他出點兒事，妾身也就不活了，皇上，您一定得讓太醫救活他！」

趙佑樘見她如此，也沒有推開，只讓她依著。過一會兒，朱太醫出來，他才讓方嫣站好。

「到底是什麼病？」

「是風熱，就是來得急，也來得猛，故而太子殿下還糊塗著。」

「能治好嗎？」

朱太醫道：「應是能治好。」

「什麼叫應該！」趙佑樘怒道。「不過是個小病，你還縮手縮腳的？」

朱太醫忙道：「下臣定能治好。」

既然主子要聽這句話，那就說唄，反正治不好，腦袋就不要。朱太醫早有覺悟，做太醫的看似在眾多大夫面前很是風光，其實時時刻刻都提心弔膽，動不動就沒命，他這把年紀算運氣好的了，又有什麼好怕？

朱太醫說完，忙去開方子叫人去御藥房抓藥。

趙佑樘看過趙承煜之後，回到正殿問方嫣：「帶回去時不是好好的，也叫太醫看過，怎突然又生病？」

「妾身也不知，妾身心想定是嚇著了，小孩子膽子小，興許就容易染病。」方嫣愧疚道：「是妾身沒有好好照顧他，早知道，妾身該一步不離。」

「確實是妳之過！」趙佑樘冷著臉道。「承衍與承煜一起在春暉閣的，也受到驚嚇，為何沒有生病？便是妳平日太慣了，養得他身體也不好，妳好好反省。」

方嫣本來就在傷心，又聽他提起承衍，一口氣差點上不來，以手去扶胸口。

趙佑樘看她如此，緩和下臉色。「不過妳也是沒有經驗，沒有誰一開始便是做娘的，妳也莫著急了。」

其實趙承煜這也確實不是什麼大病，就是因為年紀小，然後這病發作得猛，也拖不得，不然會把腦袋燒壞，這就讓朱太醫覺得棘手，不過他經驗老道，一生不知道治過多少病症，這回也是順當的，就是時間花得久一些。

趙佑樘沒有走，坐在這兒等，時不時去看看趙承煜。

他見著自己兒子的時候，臉色極其溫和，方嫣注視著他，心裡一時五味雜陳，也不知道有多久，他沒有留在坤寧宮，有時候，她甚至覺得自己已不是他的妻子，不過是個皇后罷了，她每日都是孤零零一個人過，除了身邊的奴婢們，誰來對她噓寒問暖？

今日地震之後，他也是歇在延祺宮。大概，在他心裡，馮憐容才是他的妻子吧？

方嫣也不知道是不是傷心到極點，這會兒竟然不覺得惱怒，只是說不出的悲切，剛才也不知，若是她病了，去告知他，他會不會來？她長長嘆了口氣，幸好自己還有個兒子。

朱太醫過來報喜。「殿下的燒退了。」

方嫣連忙伸手去摸，果然趙承煜的額頭一點兒不燙，她總算放下心來。

趙佑樘道：「朱太醫你也勞累了，去歇著吧。」

他又賞了朱太醫，朱太醫謝恩後便告辭而去。

趙承煜雖然病癒，但特別虛弱，很快又睡過去。方嫣低頭親親他的小臉蛋，萬分憐愛。

趙佑樘看著方嫣，只見燭光裡她的側臉仍很年輕，並不顯老，嘴角微微翹起帶著幾分溫柔。

想當年她嫁與他時，也不是讓他那麼不喜，他也曾以為自己或許會慢慢喜歡上她，二人做一對舉案齊眉的夫妻，可結果並不如意。

在這一刻，他也有些黯然。

方嫣給趙承煜蓋好被子，轉頭看著趙佑樘道：「皇上也該歇息了，明兒恐又有很多事情處理。」

趙佑樘點點頭。

方嫣見他要走，猶豫一會兒才道：「天很晚了，皇上要不就歇在這兒吧，省得回去路上著涼。」

趙佑樘腳步頓了頓，過得片刻他還是說：「不用了，妳早些歇著。」

夜間的涼風吹進來，像是冷水一般席捲過方嫣的身體。

趙佑樘走到殿外，方才駐足，他抬頭看了看天上的月亮，微微嘆一聲。有些事情過去了便是過去了，即便他想挽留，卻也好像做不到了。

嚴正在身後詢問：「皇上要回哪兒？」

「去乾清宮吧。」這麼晚，他並不想打擾馮憐容，但還是派唐季亮去一趟延祺宮，畢竟她知道這事兒了，若是睡了也就罷了，若是沒睡也告知一聲。

唐季亮去過之後回來，趙佑樘正在書房喝著熱茶。

「回皇上，貴妃娘娘還沒睡，與奴才說，皇上還是早些歇著，別覺得已經晚了，就還想批會兒奏疏，稍後正好上朝。」他頓一頓，略有笑意。「娘娘說肯定會趴在桌上睡著的。」

趙佑樘笑起來，她真是越來越瞭解自己。

「算了，睡去吧。」他起身去裡間。

正如馮憐容所料，他看著好像精神不錯，結果剛沾到枕頭就睡了過去，一覺直到天亮才醒來，都錯過了早朝時間。

趙佑樘起來免不得把嚴正罵一頓。

嚴正也受了。作為奴才，還能不為主子著想嗎？別以為自個兒還年輕就亂來，身為皇帝，身體是最重要的，嚴正覺得自家主子得活得越長越好，所以早上沒有叫醒他。

趙佑樘雖然沒早朝，還是把幾位大臣叫到了乾清宮商議大事。

忙完之後，也沒忘記馮憐容的事情，派人去馮家看了看。

馮憐容得知自家沒事，總算是放心了，又想起趙佑樘說的話，就把趙承衍叫來問了問。

趙承衍果然沒一點兒不捨得，把放錢的匣子直接拿出來，說用來救人，馮憐容頗是得意，派黃益三看情況送去給趙佑樘。

趙佑樘見著就笑了。他這大兒子真是有一顆仁心，家當都不要了，也罷，這便成全他，他都收了拿去補助難民。

與此同時，坤寧宮裡，方嫣正在看各個宮殿送來的需要補損的單子。

因知畫死了，底下知秋就充當了大宮女，她平日裡身邊不多放人，除了李嬤嬤與兩個大宮女，旁的都在外面等候。

知秋把馮憐容的單子遞過來。「娘娘，這是延祺宮的。」她知道自個兒主子總是很關注馮貴妃。

方嫣掃了一眼，只見滿當當都是東西，自然是有些來氣。

誰讓馮憐容得寵，這延祺宮裡全是好的，可偏偏她是貴妃的身分，只比皇后低一頭，不好多說。

「與別處一樣，用得到的都送過去，別的暫時記著。」方嫣語氣淡淡。

知秋應一聲。

幾日後，永嘉長公主這日帶孩子來宮裡看望皇太后。

皇太后笑道：「我好好的，能有什麼?妳這是瞎擔心。」她瞧瞧兩個外孫。「都是小秀才了啊，後年看看能不能考個舉人。」

永嘉頗是驕傲。「怕是不難。」

「妳啊，總是不謙虛。」

母女兩個正說著，方嫣來了。

方嫣作兒媳還算是孝順的，該請安的從來不落下，見到永嘉也很高興。「皇姊來了。」又看兩個孩子。「長得真好，越看越像皇姊。」

永嘉笑道：「怎麼不帶承煜來？」

「在春暉閣呢，才休息了幾日，又得聽課了。」方嫣訴苦。「真怕他累著了。」

永嘉哎喲一聲。「李大人講課多好啊，我這兩個孩兒想聽還聽不著，妳還怕承煜累，他可是太子，不多學學怎麼成。」

「是啊。」皇太后道。「該嚴厲點兒還得嚴厲點兒，妳莫怕這怕那的，當年皇上還不是這樣過來的，何曾偷懶過，不然也沒有今日！」

永嘉又問：「現李大人還教承衍？」

方嫣回道：「是，等明年承謨也要聽，我一早覺得不合適，太子歸太子，皇子歸皇子，怎麼能一樣的教。」

永嘉點點頭。「是這個理兒，不過他們還小，倒不算什麼。」她想著，眼睛一轉，看向皇太后。「既然李大人不光教承煜，是不是也能讓彥真、彥文來聽聽？」

皇太后怔了怔。

方嫣卻是心裡一動，她知道永嘉是向著她的，教出來的兒子必定不差，若明年趙承謨也去聽課，馮憐容就有兩個兒子在，也不知道會不會欺負她的兒子。

她忙道：「好啊，就讓彥真跟彥文當陪讀好了，本就是一家人。母后，兒媳真覺得不錯！」

皇太后道：「彥真這都幾歲了，還能當陪讀？李大人雖然講課講得好，可現在承衍、承煜還小，都是聽淺顯的，他這麼大的人，哀家怕他坐都坐不住。」

「這倒也是，那就讓彥文來聽吧，咱們家雖然請了西席，可哪裡比得上李大人，彥文那些功底肯定不扎實，從頭聽起也沒什麼。」

「還是得問過皇上。」皇太后不輕易作主。

永嘉道：「這還不容易，女兒這便去。」

眾人又說了一會兒閒話，永嘉這才起身告別皇太后和方嫣，帶著兩個孩子轉往乾清宮。經宮人一番通傳，會面當今聖上。

趙佑樘笑道：「去看母后了？」

「見過了，我與母后談起上回地震，可把妾身嚇到了，幸好聽說宮裡沒什麼事。妾身自個兒家裡倒了兩座亭子，那些瓦片也掉下來，碎了一地，今日才得空。」

「宮裡也一樣，摔壞了很多東西，不過人沒受傷就好了。」

永嘉點點頭，說起兒子的事情。「妾身想讓彥文跟承煜、承衍一起聽課，他雖然考上秀才，可總覺得家裡西席不夠仔細，還請皇上恩准。」

自家姊姊親自出口求了，趙佑樘沒有拒絕，他也挺喜歡兩個外甥。

「彥文這麼小年紀就得考官讚賞，有李大人教導，將來必定能成大才。」

永嘉高興極了，推一推小兒子，周彥文忙謝恩。

「彥文一定不會辜負皇上期望的，那今兒，妾身就帶他先去春暉閣看看？」

得趙佑樘准許，永嘉長公主帶著兩個兒子前往春暉閣。

此時，李大人教了一會兒正在休息，看到永嘉長公主來了，起身見過。

永嘉道：「皇上已經准許彥文在這兒一起聽課。」又讓周彥文拜見李大人。

李大人瞧瞧周彥文，人長得眉清目秀，言行舉止也是謙遜有禮，倒是頗為喜歡，叫他坐到後面去。

那兩個孩子看到有新的人來了，都探著頭往前看。

趙承煜道：「是彥文表哥！」

「見過殿下。」周彥文忙道，又對趙承衍行禮。「見過大皇子。」

趙承衍對周彥文印象不深，畢竟他一直住在延祺宮，即使永嘉帶孩子來了，也只與趙承煜見面，只隨著趙承煜也叫表哥。

聽完課回去後，趙承衍便與馮憐容說這件事。

「今兒有個表哥來了，說以後也一起聽課。」

馮憐容心想那定是永嘉長公主的孩子了，別人不可能有這等待遇。

「是彥文吧？」她問。「人可好，可與你說什麼了？」

趙承衍搖搖頭，有些落寞。「都沒怎麼跟孩兒說話，倒是二弟與他認識，兩個人說了什麼，一直在笑。」他小小年紀竟嘆了口氣。「除了聽課，休息的時候孩兒都不知道做什麼，二弟也不太理孩兒。」

他是第一次提到這些事，馮憐容怔了怔。

沒想到他這小孩子也有煩惱，不過趙承煜不理他也是正常，皇后教出來的兒子不可能喜歡她的兒子，她想了想道：「你可以跟大黃他們說話。」

「大黃都不准進來的，一直在外頭。」

「那要不要帶些玩的進去？」

「李大人不准的。」

這時候，趙承謨聽著，忽然道：「母妃，孩兒也去聽課吧。」

「你不是會睏嗎？」

「不睏了。」他搖頭。

趙承衍很高興。「阿鯉，你去就好了，咱們可以一起玩！李大人講的你聽不懂，我也可以教你的。母妃，讓阿鯉也去吧，他不是說不睏了嘛。」

「你真不會睏？」馮憐容倒不捨得，兩個孩子走了，她又剩一個人。

趙承謨老實道：「就算睏了，睡一會兒就好了。」

馮憐容無言，心道，那不得又惹李大人生氣，你這樣睡著，李大人會覺得自己的課沒講好啊，多傷自尊的！

由於馮憐容不允許，趙承衍一直纏著她。直到晚上，趙佑樘前來，馮憐容向他說明緣由。

趙佑樘就把兩個孩子叫來，一人一張小杌子坐著。「阿鯉，是你自己要去，還是你哥哥讓你去的？」

趙承謨道：「是孩兒自己要去的。」

趙佑樘沈吟片刻，又看向趙承謨。「你早些晚些聽課都沒什麼，但人要量力而為，若是不睏了，再去。」

趙承謨忙道：「不睏了。」

趙佑樘瞇起眼睛。「那明兒去試試，若睏了，你就得明年再去。」

趙承謨點點頭。

趙承衍又高興起來，拉著自己弟弟的手去玩。

到了晚上，趙承謨早早就上床睡了，鍾嬷嬷告訴二人。「比往前還早，也不用催著，就要洗臉、洗腳的。」

馮憐容心疼。「看來是怕第二日睏呢。」

趙佑樘有些意外，他本來以為趙承謨不知道承諾的重要，不睏了也是隨口說說，畢竟還小，誰知道他還曉得要早點睡，便笑道：「讓他去吧，若是明兒真不睏，就讓他聽下去。」

到得第二日，趙承謨起來，與趙承衍一起去春暉閣。

趙承煜坐在前面，往後看了看，見這二人說說笑笑，微微哼了一聲又扭過頭。

那天母親讓馮貴妃跪在地上，這兩兄弟都哭起來，他還有些難過，可是父親過來大聲斥責母親，他沒有忘掉母親的眼淚，雖然他還小，他卻有些清楚，他與這二人的區別——他們的母親是不一樣的，他們的身分也不一樣，他是太子，而他們是皇子。

趙承煜默默坐著，默默拿著筆寫字。

這一整日，趙承謨一直沒睡。

趙承衍回到延祺宮，一路上就在喊：「母妃、母妃，阿鯉沒睏！」

馮憐容在裡面聽見，笑著出來道：「阿鯉好厲害，昨兒你爹爹說了，若是沒有睏，就讓你一直聽課了。」

趙承衍歡呼一聲。「阿鯉，以後咱們可以天天一起去了！」

趙承謨點點頭，微微一笑。

馮憐容看著這兩兄弟，心想，這二人性格真是差太多了，也不知道女兒將來又是什麼樣的性子？

幾日後，趙佑樘派人去修葺東宮，那裡好幾年無人居住，還是有些老舊。

方嫣聽聞消息，吃了一驚，心想皇上這是幹什麼？

結果她還沒問，趙佑樘自己來了，與她說道：「承煜也不小了，明年便搬去東宮居住，他身邊的人，朕自然會挑選的，妳莫插手。」

方嫣倒抽一口涼氣。「為何不能再等上幾年？承煜這麼小怎麼照顧自己，妾身不放心！」

「自然有奴才照顧，又有什麼？朕當年也一早就搬了出來。」趙佑樘道。「再說，又不是不讓妳見他，男兒家早些搬出去為好，省得將來習慣依賴，能有什麼出息？」

方嫣眼睛紅了，求道：「皇上，要不再等一年，可好？」

趙佑樘挑眉道：「妳不是也主張孩兒該早些搬出去？怎麼到承煜這兒，妳又不肯？朕意已決，不必多說了。」

方嫣語塞。那會兒確實是她同皇太后說要趙承衍搬出去，趙佑樘今日是拿那件事兒堵她，那還是為馮憐容出氣了不成？她氣得心口疼，卻一句話也反駁不出。趙佑樘猜到此事出自她的口，畢竟皇太后不管事，無緣無故不會提，而方嫣常去那兒，那是順理成章的。但他不是為私心，即使方嫣不提，這男孩也得搬出去住。

趙佑樘告知這件事之後，就去春暉閣轉了轉。

四個孩子都在聽課，也沒注意到門口立著一個人。

趙佑樘站了一會兒，李大人就不講了，叫四個孩子休息一下，他看了看，趙承煜只埋頭看書、寫字，一個人坐在最前面，趙佑樘立時讓花時把趙承煜叫出來。

趙承煜見到父親，露出笑來，撲上去道：「父皇！父皇怎麼來了？母后說父皇成日很忙。」

「偶也有閒暇的時候。」趙佑樘往前走幾步，趙承煜跟上來。

「承煜，你怎麼不與承衍、承謨說話？」他詢問。「你們是兄弟，平常該友愛互助，李大人講的，聽完了，正該說下心得。」

趙承煜一愣，他沒想到父親會突然問這個。

「孩兒……」他支支吾吾。「孩兒不知道怎麼與他們說話，孩兒不與他們住一起。」

「不住一起便不是兄弟了？你明年得住到東宮，承衍也一樣要搬出來，將來沒有母親在身邊，兄弟便很重要，有什麼事情也能互相商量。」

趙承煜嗯了一聲，抬起頭看趙佑樘，小心道：「孩兒會與大哥、三弟說話的，父皇不要生氣。」

趙佑樘笑笑。「父皇沒有生氣，只是告訴你一些道理。」

趙承煜點點頭。「孩兒知道，會聽父皇的話。」

「好，去聽課吧。」

趙承煜行禮告退。

這場地震耽擱了很多事情，幸好國庫還算充盈，能度過這個難關，一轉眼便是八月了。

馮憐容這日起來，看著院子裡架上的葡萄都成熟了，她欣賞了一會兒，就叫金桂拿把剪子來，又叫銀桂取個籃子，自己剪了好些葡萄下來。

「這些都是很好的，妳們拿去洗乾淨，今兒天也好，快些鋪著晾乾。」

鍾嬤嬤笑道：「葡萄酒要釀好可不容易，娘娘要費力了，不過給皇上喝的，娘娘也不會嫌累。」

馮憐容嗔道：「說得像是光給皇上喝呢，做好了，嬤嬤也有口福。」

「那是、那是。」鍾嬤嬤聽馮憐容吩咐，叫小李去弄個大瓷罈來，還有一些蔗糖。

等到傍晚，兩個孩子回來，看到院子裡還曬著葡萄，嚷嚷著要吃。

馮憐容笑道：「等一會兒皇上來了，咱們再摘新鮮的。」

趙佑樘沒讓他們失望，果然一會兒就來了，跟他們一樣，看到院子裡有葡萄，頭一個想法就是拿個嚐嚐。

馮憐容阻止道：「這都曬了半天了，哪兒好吃，要吃得吃新鮮的。」

「是啊，父皇，快帶孩兒去摘。」趙承衍等急了，肚子都覺得餓。

趙佑樘一手牽一個，來到葡萄架前，眼睛一亮，高興道：「原來結了這麼多，看看，都像個果園了！顏色也好，不比那些上貢的差。」

馮憐容把剪子給他。「皇上，您去剪那兒。」

趙佑樘接過來，笑道：「妳可是剪得膩了？」那兒好幾籃子的葡萄，她今兒剪了有幾十串。

「不是膩，是有意思。」馮憐容眼睛亮閃閃的，心想趙佑樘天天早朝、看奏疏的，太枯燥了，什麼玩兒的都沒有，叫他摘葡萄多新奇啊，他肯定喜歡。

趙佑樘點點頭。「那朕試試。」

他一開始也不剪，光是找啊找的，還慢慢說道：「朕要剪的，肯定是長得最好的一串。」

馮憐容抿嘴一笑，都長那麼像，哪有最好的呀。

兩個孩子卻很興奮，趙承衍一會兒道：「爹爹，這串好！」一會兒又道：「這串也好，好大啊！」

趙佑樘在葡萄藤裡鑽來鑽去的，果然如馮憐容所料，真是眼花！

他咳嗽一聲，拿起一串葡萄。「朕瞧著這串最好，又大又圓。」

馮憐容湊過去，瞧瞧。「嗯，是好。」

趙佑樘得意地笑了笑，剪下來。

「皇上快嚐嚐。」馮憐容道。「這葡萄不是十分甜，有一點點的酸，更加可口。」

趙佑樘卻不吃，只看著。馮憐容哪兒不明白他的意思，還得剝給他吃！

「懶蟲！」她輕道一句。把葡萄皮剝了，把肉送到他嘴裡。

「真好吃，肯定比妳之前摘的好吃。」

馮憐容撇嘴。「不信，妾身摘的也好吃的。」

她今兒穿了一套家常裙衫，玫瑰紅繡並蒂荷花的襦衣，肉桂色百褶裙，烏黑的髮上什麼都沒有戴，梳了個單螺，繫條淺藍色布巾，有些像農家姑娘，可世上那麼好看的農家姑娘可不多。

趙佑樘瞧著她，嘴角一挑道：「不信，妳來嚐嚐。」

馮憐容伸手就去摘他的葡萄，剛剝了皮要放嘴裡，趙佑樘的頭卻往前一伸，搶過來，接著又低頭把嘴貼到她的嘴上。

馮憐容嚇一跳，整個人僵住，他慢慢把葡萄送到她嘴裡。

他站直了，垂眸看著她。「朕說得沒錯，是比妳的好吃吧？」

兩個兒子也都抬起頭來看著她，馮憐容的臉通紅，低聲嗔道：「皇上，小羊跟阿鯉也在呢。」

「這又如何？」趙佑樘調侃。「到底好不好吃？不好吃，朕再給妳餵一個。」

「好吃！」馮憐容連忙回答，生怕他真的再餵。兩個兒子傻笑，他們並不清楚剛才意味著什麼，但父母這樣子相處讓他們很歡喜，總覺得這是很好的事情。

趙佑樘也覺得有趣，便剪了兩串葡萄下來，給兒子一人一串。「拿去叫人洗了吃。」兩個孩子高興地拿著走了，而今只剩下他們兩個。

趙佑樘問道：「妳今兒曬葡萄是要做葡萄酒了？」

他立在藤下，穿著明黃色的龍袍，亮得耀眼，馮憐容突然就有些緊張。「回皇上，是……是做葡萄酒的。」

馮憐容略略抬頭，小小的臉在半明半暗的葡萄架下顯得特別柔和，她的五官都是柔的，眉毛像春天的嫩芽，眼睛像湖水，嘴唇像花，連牙齒露出來，也像是白白的糯米。

這樣的人，看著就叫他心軟，軟裡又帶著幾分甜，他上去就把她摟在懷裡親吻起來，直到她快透不過氣了才放開她。

趙佑樘伸手給她把藍頭巾紮好。「妳這衣服穿得不好，得穿裋褐，蹲下來就可以插秧了。」

馮憐容噗的一聲笑了，伸手捶他胸口。「皇上淨會取笑人。」

「怎是取笑？朕說心裡話，下回妳穿給朕看看，朕一高興，指不定就帶妳去農田裡轉一圈。」

馮憐容哼道：「才不信，上回還說帶妾身去街上，一直都沒。」

趙佑樘一愣。「朕說過？」

「當然，就在馬車上說的，那次去圍場。」

趙佑樘想起來了，笑道：「行，先帶妳去街上，這回絕不忘了。」

二人走回正殿，正淨手時，方氏抱了趙徽妍過來。

小姑娘自己樂呵著，咯咯咯的笑，兩隻白藕般的小手揮舞著。「爹、爹。」

趙佑樘把她抱過來，探頭就在她臉頰上親親。「小兔真乖、真聰明！快點兒長大了，爹爹帶妳去摘葡萄。」

趙佑樘陪著女兒玩耍了一會兒，看她有些發睏了，馮憐容讓方氏抱回去，又讓人把曬好的葡萄收了。

趙佑樘四處看一眼，見除了他上回補的玉樹外，仍是老樣子，不由問道：「怎麼這兒還是空蕩蕩的？」

距上回地震的事情已經過了許久，雖說貴重的東西要重新打造或者採辦，但這也太不像話了。

鍾嬤嬤一聽，嘴角挑了挑，她就等著皇上問，主子不喜計較，可皇上不是。

馮憐容道：「也沒什麼，反正用得著的都有。」

其實，他常來比什麼都好，所以她不在乎屋裡擺置這些，故而也從來不讓鍾嬤嬤她們去要，之前又傳是皇太后的意思，她更是不肯開這個口了。

趙佑樘眉頭一皺就發作，把嚴正劈頭蓋臉罵一通。「你怎麼當提督的，這點事兒都辦不好？還不去內宮監看看！再給朕拖延，一律拉出去把頭砍了！」

嚴正趕緊依言前往內宮監。

眾人見到嚴正，一個個來行禮，內宮監少監張緣笑道：「嚴公公怎麼有空來這兒？快請坐下。」

嚴正急得一擦頭上的汗。「你還清閒呢？皇上那邊大發雷霆，叫你們趕緊把貴妃娘娘屋裡缺的東西弄過去，不然你們腦袋都不保！」

張緣的臉刷的白了。「什麼缺的東西？咱們這兒不知道啊！嚴公公，您快些給咱們仔細講講，咱們這腦袋都繫在您的手上了。」

「你們沒補損的單子？」

「什麼單子啊，現該補的都補了啊。」

嚴正一聽，同情地看向張緣。「看來你們的腦袋是繫在皇后娘娘手裡了，單子在那兒呢。」

然而張緣知道皇上的脾氣，最是厭惡推脫責任，如今他橫豎都是死，死前他得把自個兒的冤枉說了，他一路就跑過去。

趙佑樘見到張緣，火氣直衝，果然就要叫人拿板子打。

馮憐容勸道：「皇上，也不是什麼大事兒，哪能一來就打人，也是妾身的錯，沒有去要那些個東西，他們哪兒知道缺什麼。」

趙佑樘道：「不是寫了單子的？」

馮憐容點點頭。「寫是寫了……」

「寫了就行。」趙佑樘又讓人打。

張緣一句話沒說，先給打了個半死，趴在地上直哼哼。

趙佑樘這才問話。

「回皇上，內宮監就沒單子來，只皇后娘娘吩咐添補什麼，咱們就補什麼，可不關奴才們的事情啊！剛才奴才知道了，也是立刻就去坤寧宮求了，可皇后娘娘說沒單子，叫奴才來這兒，讓貴妃娘娘再重新點算一下，求皇上饒命啊！奴才冤枉！」他趴著磕頭不止。

馮憐容看了也可憐。「嬤嬤，妳這就重新去點算點算。」

「不必了！」趙佑樘冷聲道。「妳已經寫過單子，不必重來！」

他大踏步地出去了。

馮憐容心頭咯噔一聲，看這架勢，他是要去找方嫣，這如何是好？她手握著，眉頭皺起來。

坤寧宮，方嫣被趙佑樘突然的到來嚇一跳，忙起來行禮。

趙佑樘單刀直入。「馮貴妃寫的單子，妳這兒有吧，速速拿去內宮監，要添置的都添置了，莫要給朕拖延。」

原來是為此，不過是宮裡的擺設，趙佑樘都要干涉，他是個男人，管什麼內宮的事情？

方嫣心頭火氣，看他一副討債的樣子，正色道：「那會兒母后說了，因地震，百姓過得困苦，咱們宮裡也該簡樸些，妾身自然聽從了，怎麼？馮貴妃是覺得她屋裡的東西少了？可哪個貴人不是一樣的？」

趙佑樘笑了。「妳將她跟貴人比？」

他當年一下子就把馮憐容晉封為貴妃，也是不想讓她受委屈，如今可好，貴妃這名頭竟與貴人相差無二。

方嫣忙道：「妾身不是這個意思，只不管是貴人，還是貴妃，母后說了……」

「妳別再把母后抬出來，景仁宮朕不是沒去過，哪一樣沒補上！」趙佑樘四處看看，挑眉道：「妳這兒也差不多，怎麼馮貴妃那兒，就少這麼多？」

方嫣聽了這話更是惱火，厲聲道：「皇上，馮貴妃如何與母后、與本宮好比？她再如何，不過是個妃嬪，皇上還請慎言！」

方嫣這會兒氣勢十足，可聽在趙佑樘耳朵裡分外刺耳。

那是一種不屑，不屑與馮憐容相提並論的架勢。是啊，馮憐容是妃嬪，她是個皇后了不得了！

趙佑樘在這瞬間，少不得又想到她叫馮憐容下跪的場景，他當時已經警告過她，叫她好好反省，如今不過是為個補損物件，她也想壓著馮憐容，好顯示自己手中的權力。可馮憐容卻是個傻子，她一點不在乎這些，何嘗想過要與方嫣爭呢？

趙佑樘看著方嫣，眸子裡像夾著碎裂的冰雪似的，一字一頓道：「朕倒不知妳有如此底氣，皇后，皇后娘娘，好啊，多貴重的身分！但那是朕給妳的，妳還拿此叫朕慎言？」

最後一句好似雲中驚雷，震得方嫣倒退兩步。

月光從窗口傾斜下來，他立在一地銀白裡，看起來無情得可怕，方嫣睜大了眼睛，聽見他說道：「朕給妳皇后之位，要取之也輕而易舉。」

屋裡一片寂靜，像是萬物都死了一般。

方嫣的身子慢慢抖了起來，在這一刻，她才發現原來這皇后的身分如此脆弱，從他嘴裡說出來，輕飄飄的好像塵埃，他想拭去便拭去了。她的腿一軟，不由自主跪了下去，雙膝落地的聲音在這安靜的空間裡，顯得格外響亮。這一跪，方嫣自此方才明白，她在趙佑樘面前算什麼？因什麼都算不得，所以他說出如此絕情的話，她連一絲一毫的反抗都不能有，有的只是從心裡湧上來的驚恐。她怕了，此生第一次感覺到真正的恐懼，可在這恐懼之後，緊跟著而來的是深深的恨意。

她恨趙佑樘，更恨馮憐容。

趙佑樘轉身走了，今日他想說的已經說了，看著方嫣，也是再沒有心情說些別的。

夜風裡，燈籠被吹得微微晃動，照得路忽明忽滅。

趙佑樘在前面走著，嚴正原以為他還是要去延祺宮，結果卻發現他回了乾清宮。嚴正看實在晚了，大著膽子上來道：「皇上，該用晚膳了。」

趙佑樘淡淡道：「傳吧。」

嚴正看他沒什麼胃口，便點了幾樣清淡的菜，請人端來。

趙佑樘吃了幾口，放下筷子，見還有兩樣菜沒動，一個是翡翠蝦仁，一個是豆腐球湯，就叫嚴正送去延祺宮。「說朕忙著，故而不去了。」

嚴正應一聲，叫人拿食盒裝了前往延祺宮。

第二日，方嫣就病了，這一病病得很嚴重，起都起不來。

朱太醫去看過，開了幾味藥，還是沒能令她好轉，聽說燒得迷迷糊糊，人也認不得了，皇太后得知，連忙去往坤寧宮，召了隨身的宮人來問。

知春還不敢說，知秋的膽子卻比她大，說道：「回太后娘娘，其實昨兒皇上來過，說要廢了娘娘，奴婢心想，必是為這個，娘娘受到驚嚇才會如此。」

皇太后大驚。「真有此事？」

「奴婢拿人頭擔保。」知秋磕頭道。「皇上確實是這麼說的。」

皇太后看一眼知春，知春也是默認的樣子，她的眉頭皺了起來，心想難怪方嫣會生病，想她年紀輕輕的，不至於得個風熱就病成這樣，可見是嚇到了，但換作任何一個，出了這種事，怕也承受不了。

她擺擺手，叫她們退下，稍後，就去到裡間看方嫣。

趙承煜立在床頭，抽泣著依過來道：「皇祖母，母后是怎麼了？吃了藥還沒好呢。」

皇太后摸摸他的頭，柔聲道：「承煜莫怕，過幾日母后就好了，你不要打擾母后休息就行，自個兒該做什麼還是做什麼。」

見趙承煜乖巧地點點頭，皇太后叫人送他去外頭，她坐在床頭看了看方嫣，便命人移駕乾清宮。

此時，趙佑樘剛用完午膳。

皇太后道：「阿嫣病了，哀家才去看過。」

方嫣生病的事情他自然是知道的，當下只道：「那要請太醫多費心了。」

皇太后一聽這話便知道他是不會去的，她坐下來，抿一抿嘴唇才緩緩道：「聽說昨兒皇上去過坤寧宮？哀家不是想多嘴，只阿嫣這病來得突然，哀家少不得要過問一下。」

趙佑樘安靜地聽著。其實昨日那句話他也是一時衝動、脫口而出，可不知為何說出來了，這話就在腦中無法消散，便是他自己，也有些心驚，故而他當時沒有再回延祺宮，只是想靜一靜。

「皇上當真說過要廢阿嫣的話？」

趙佑樘沒有否認。「是。」

皇太后臉色一變。他這麼坦誠，難道不光是說說？

皇太后不敢繼續問下去，她忽然害怕那個答案，只懇切道：「皇上，阿嫣千錯萬錯，始終都是皇上的妻子，哀家原本不該多說，可阿嫣是哀家看著到現在的，如今這樣，哀家也有責任。哀家請皇上三思，阿嫣……她這些年沒有功勞也有苦勞啊，也與皇上有個兒子了。」她頓一頓，內心期盼趙佑樘不要作這個決定。「當年皇上娶妻，也是母后親自為皇上挑選的，皇上能被立為太子，方大人也費了不少心思，而今方家也一直規規矩矩，阿嫣也沒有做什麼大的錯事！」

方家百年大族，出過不少朝中棟樑，若是往常，他這妻子必是不會從中選擇的，可皇祖母卻選了方嫣，自然是有她的道理。

趙佑樘微微頷首。「朕都知道，累母后憂心了。」

皇太后暗地裡嘆口氣，起身離開乾清宮。她知道，便是他說要廢，她始終也做不了什麼，只不過隻言片語，又能抵得上多少用場？最終的結果還是都在他手裡。

方嫣病重的消息自然很快就傳開了，可其中內情無人得知，雖然這樣的話誰也不敢傳，但仍是有蛛絲馬跡，譬若昨晚趙佑樘去過坤寧宮，這事兒瞞不住，而方嫣病了之後，趙佑樘沒有去探望，那也是眾所皆知。

有點兒心機的人，自然少不了要多猜想，比如陳素華，她早早就去坤寧宮探望，哪怕方嫣還沒清醒，她就在外面等候，一連去了幾次，方嫣醒了之後，她又是噓寒問暖，把自己當作奴婢一般。

為此，方嫣還是頗覺欣慰的，她這一病，半生經歷都像是重新在眼前活過了一般，她知道自己的下場多半是什麼，明眼人只怕也知，可陳素華竟然還願意親近她，若不是心機深沈，便真是好心好意，不管是前者後者，對她來說，興許也不算壞事。

方嫣坐在床頭低聲吩咐知春。「馬上就要中秋，該準備的得準備了，一會兒叫他們陸續報過來。」

知春嘆口氣。「娘娘這身子得好生將養。」

方嫣道：「總歸是要管的，不然誰來呢？母后又從來都不理會這些。」

在一旁的陳素華笑了笑道：「恕妾身多言，娘娘確實該好好休息，再勞累下去可不得了，不知何時痊癒呢。其實這事兒何不交給貴妃娘娘來呢？貴妃娘娘在宮人中素有好評，娘娘不如就讓她試試。」

方嫣一怔，她還未回答，知秋進來道：「貴妃娘娘來探望娘娘。」

「那妾身就先告辭了。」陳素華說完，就先行退下。

方嫣點點頭，遣人去請馮憐容進來。

馮憐容今日穿得很素，月白色中衣外頭穿一件柳色暗紋的襦衫，下著一條雪色的深邊褶子裙，青髮上僅插一支白玉簪，沒戴任何頭飾，顯得極為清麗。

恍惚間，方嫣好似看到那日，她叫馮憐容讓趙佑樘見一見時的情景。一晃好多年，她竟然沒有多少變化，而自己攬鏡自照，只覺眼角皺紋橫生，若不是用那些上好的脂粉，遮都遮掩不了，可馮憐容皮膚光潔，神態安寧，一如當初。

方嫣忽然就笑了。若是那年她能知曉將來就好了，只可惜，為時已晚……又或者，還不算太晚。

她叫馮憐容坐下。「聽說妳早前就來探望過我？」

「回娘娘，是的，妾身擔心娘娘的病，現今這天氣，也是時冷時暖的，若是痊癒不了便容易反覆發作。」馮憐容語聲溫和。

「我現已經好一些。」

馮憐容點點頭。「那妾身就放心了，還望娘娘多注意身體呢。」

方嫣又打量她一眼。馮憐容在她面前總是一副謙恭的模樣，從來不曾忤逆的，可若她真是這樣的人，趙佑樘何至於會如此護著她？她比起胡貴妃，那是有過之而不及，如今趙佑樘說出廢后之意，想必也與她有關！

方嫣心裡頭自然是滿滿恨意，可她克制住了，甚至還微微笑了笑道：「今日妳既然來，我也有一事相託。」

馮憐容一怔。頭一回，方嫣說有事情要交託於她，她不禁生了警惕，背脊略挺直地問：「不知娘娘是說何事？」

方嫣嘆口氣道：「中秋將近，宮裡所有事原都是本宮來管，可本宮這身體還沒好，實在力不從心，除妳之外，也沒有好信任的人了。妳一早就跟了皇上，對這宮裡的規矩再熟悉不過，本宮覺得妳是能擔當此任的。」

馮憐容吃了一驚，這是要她負責中秋一切事宜？

「娘娘，」她猶豫道。「妾身此前從未接觸過這些，生怕壞了事情。」

方嫣笑道：「怎麼會？妳那麼冰雪聰明，想必是可以的。」她頓一頓。「妳也莫怕，稍後本宮便會與母后說，本宮這身子怕是一年半載也好不了，太醫都說傷著了，叫本宮好好休養，妳既是貴妃，幫著本宮協理六宮也算不得什麼。」

馮憐容眼眸微微睜大。剛才還只是說中秋之事，轉瞬間就提到六宮。

皇后，真的會願意放權？她不是個瞎子，皇后待她如何，她很清楚，如今皇后態度突變，必定是有理由的，到底那日皇上說了什麼？

馮憐容沈吟片刻，起身行禮道：「娘娘如此信任妾身，妾身受寵若驚，只妾身也有自知之明，怕難以擔此大任。」

方嫣笑道：「何必如此謙虛，稍後本宮自會派知春與妳細說。」

馮憐容見皇后話語間已搬出了太后，也不願多說，只得告辭返回延祺宮。

方嫣很快就派人前往景仁宮告知皇太后此事。

皇太后聽聞了，沈吟一會兒與知秋道：「她這回確實傷了身體，既然要好好將養，叫馮貴妃協理六宮也是常理，畢竟她是貴妃娘娘，這宮裡也沒有比她位分更高的妃嬪了，哀家已知。」

知秋忙就去了。

另一廂，趙佑樘從皇太后派遣來的宮人口中聽聞此事，起身就去往延祺宮。

眾人行禮後，趙佑樘叫其餘人等退下，只留馮憐容一個。

「皇后叫妳協理六宮，妳想不想管？」他頭一個就問起此事。

馮憐容怔了怔。想不想……這問題不是顯而易見嗎？

「妾身其實懶散慣了，什麼事情都沒管過，要說想不想，妾身是不想。」她這樣性子的人，從來就沒有野心，原本也只願快快活活的過日子。

可趙佑樘卻偏偏聽出她的意思，挑眉道：「還有呢？」

馮憐容抬起頭來看著他。「妾身是不想，可卻不知皇上的意思。」

趙佑樘笑了，說她傻，可是她有時候還真不傻。「這事兒是該問我，朕覺得，既然皇后要妳管，那妳就管著吧。」

若是平日，他絕不會希望她多操心，只要她陪著他就可以了，可現在協理六宮，那不是一件簡單的事情，她會花費掉很多精力，可是他卻一點兒也沒有阻止，但馮憐容沒有問出來。

「那明兒妾身就該忙起來了。」

趙佑樘捏捏她的臉。「忙點兒也好，現小兔也漸漸大了，三個孩子都不用妳操心，妳成天發懶，早晚得胖起來。」

馮憐容撇嘴。「皇上這是在嫌棄妾身了？」

「就是嫌棄，妳小心點兒，不能再胖了。」趙佑樘嚴肅道。「所以妳要好好管事，那些不聽的，廢話不要多說，先上板子，他們就老實多了，然後再問話。」

馮憐容嘴角不由一抿。他這是在講他的訓人之道，可是，一來就打也太凶狠了吧？

每回看他這樣，馮憐容都挺心驚肉跳的，可憐那些奴婢，又暗自慶幸自己投胎投得好，雖然重生那會兒也自怨自艾覺得倒楣怎麼又入宮了，可好歹是個主子，不曾受過這種苦。

趙佑樘看她心軟的樣子，淡淡道：「妳當管理後宮還是管理妳這一個院子？」

馮憐容卻不太同意。「那也得分個對錯再說啊，萬一打錯人，怎麼辦？」

「打錯就打錯唄，又沒讓妳一下子打死。」他並不在意。

馮憐容瞅瞅他，心道他對待奴婢，當真是粗暴。不過這真會是個好法子？她沒有再爭辯。

二人說了一會兒，趙佑樘就回去了。

第二十九章

第二日起來，馮憐容命黃益三去請十二監、四司、八局、六尚局的掌事。

馮憐容抬抬手叫他們不必多禮。「最近皇后娘娘將養身子，諸事都由我代理，還請諸位仍同以前一樣，莫要懈怠了。」

眾人稱是。

「今日主要還有事兒，是關乎中秋的，也沒幾日了，我叫你們來，是想聽聽往年皇后娘娘都是怎麼辦理的？」

她這樣當面問起，哪個敢不講，當下一五一十紛紛說出來。

馮憐容仔細聽著，時而點點頭，聽完了才道：「既然你們都記得清楚，今年還是照著辦，若有人上面的變動，及時來報。別以為皇后娘娘不管，你們就敷衍了事，到時本宮也不會手軟的。」

她擺擺手叫他們退下。

那些人來時還存了好奇小覷之心，只因馮憐容實在和善，便是當了貴妃之後，也從不仗勢欺人，其實這本是好事，可她這身分太高，反而讓人以為她軟弱，結果她今日做事極為乾脆，既沒有多餘的瑣碎之言，又一針見血，把事情安排得極為妥當，他們自然就有些驚訝起來。

尚功局的管事姑姑小聲道：「這是綿裡藏針，還是依著原先的來，便是哪裡錯了，誰也挑不得呢。」

她說得很小心，可旁人都聽出來了。那是按照皇后娘娘以往的規格來辦事，錯了，也就是皇后娘娘的錯，關不了馮憐容的事。

眾人互相交換個眼色，扭頭各自走了。

馮憐容回到正殿喝了幾口茶。憶起昨日知春講往年中秋的事情，方嫣都是如何處理的，她默默記下來，偶爾會問一些問題，即使說得不太詳盡，她也只能如此了，畢竟第一次辦事，只求無過，捫心自問，她也實在不想被方嫣挑刺。

過得幾日，趙佑樘下朝回來，嚴正把聽到的事情告訴他，他邊聽邊點頭，直到走到乾清宮，嚴正才說完，講的全是馮憐容這些天怎麼處理事情的，倒是都有條有理，沒有亂過。

唯一做得不好的事，是一樁尚服局的案子，起因是有人偷了衣料，這事兒已過兩天，馮憐容還沒查出來，不用說，便是她不夠狠心沒打人板子了，光聽聽這些宮人口舌之言，她能聽得出對錯？她這些年什麼事情都不幹，手下奴婢也收斂，沒惹事需要她親自查證的，還不被那些刁奴蒙混過去才怪了。

嚴正猶豫一會兒道：「要不奴才去辦？」

趙佑樘擺擺手。「你別管，就讓她查不出來。」這話兒有點兒幸災樂禍的意思。

正當說著話，黃益三來了。

趙佑樘道：「何事？」

黃益三跪下行禮後方才起來道：「回皇上，是貴妃娘娘叫奴才來問皇上的，關乎賜予官員們月餅，貴妃娘娘問，是不是不用她管？她也不知道該送哪個。」

這是表現中秋佳節皇上與官員同樂的意思，一般都會賜下去的。

趙佑樘道：「行了，你先回去。」

黃益三也沒得到答案，這就回來稟告馮憐容。

馮憐容奇怪。「皇上沒說？」

「沒說。」黃益三摸摸腦袋。「可能是皇上還沒想好。」

馮憐容點點頭，繼續埋頭看帳本。尚服局的事情還沒解決，這又送來好幾本帳本，她突然覺得自己一天的時間都不夠花。

鍾嬤嬤道：「要不奴婢給娘娘看看？」

「妳這都老花了，怎麼看？算了，這帳重要呢，要是疏漏了可不行，我還是自個兒看，看完了還得吩咐她們怎麼採辦冬季的衣物。」說到這個她又頭疼。

寶蘭、珠蘭看著都嘆口氣，這皇后不好當，每天這麼忙！

看來自家主子當貴妃還是挺好的，也別往上去了，寶蘭想著，給她端來一碗燕窩。「娘娘可得好好補補，現在才幾天啊，往後可怎麼得了！」

鍾嬤嬤卻道：「這是才開始，娘娘是應該親力親為，往後自然不一樣。」又點點寶蘭、珠蘭。「妳們兩個也不是一知半解的，將來自然要派上用場，別還迷迷糊糊的跟什麼似的。」

二人連忙應是。

到了下午，趙佑樘過來，竟然看到馮憐容趴在桌上歇息著，臉色一沈。

鍾嬤嬤小聲回稟。「是娘娘自個兒說只歇一會兒，不用去床上，奴婢勸也沒用。」

趙佑樘一聽，果然就心疼了，擺擺手叫她們出去，他彎下腰就把馮憐容抱起來。

馮憐容從夢中驚醒，惺忪著眼睛一看，發現自己騰空了，再抬頭，就看到趙佑樘的下頷，他的臉雖然生得俊美，可這幾年，越發往冷厲上去了，這下頷的弧線也是堅毅剛硬。

「皇上什麼時候來的？」

趙佑樘不答，只道：「累成這樣，要趴在桌上睡？」

「也不是，就是眼睛疼，想瞇一會兒。」馮憐容眨巴著眼睛。

「眼睛疼，要睡得口水都流下來？」趙佑樘盯著她的臉。

馮憐容趕緊伸手去摸，一摸，真有點兒濕！她的臉騰地紅了。

趙佑樘忍俊不禁。其實他也是第一次看到她流口水，看來趴在桌子上睡真要不得。

馮憐容嘟囔地道：「笑什麼，不就是流口水，小羊、阿鯉他們都流過的。」

「是啊，朕小時候也流過，確實是常事。」趙佑樘把她放在床上，揶揄道：「可朕大了之後就不流了。」

馮憐容暗地裡呸了一聲，她這是特殊情況好不好！她又抬手擦。

「好了，再擦就破了。」趙佑樘一把抓住她的手。「是不是真累了？」

「真累。」馮憐容看他離得近，很自然就滾過來，抱住他的腰道。「妾身要是累，那是不是可以不做？」

「當然不行了。妳是貴妃，妳不做，誰做？」

馮憐容不吭聲，暗自心想，皇后肯定是裝病，她的病哪有那麼嚴重，這回他怎麼就非得要她管這些差事，吃力還未必討好？

趙佑樘看她如此，微微傾下身子道：「妳就這麼不愛管事兒？」

「誰會願意管事兒？」

趙佑樘被她氣笑了。「妳動動腦子！沒有人愛這個，便沒有人願意做官了，做官的哪個不管事情？」

「那不一樣，做官的不同，他們有權力在手，可以做自己想做的。」

趙佑樘好笑，抬起她下頷。

「妳這會兒難道沒權力？妳協理六宮，宮裡奴才哪個敢不聽妳的？妳是貴妃，除了朕、皇太后、皇后，又有誰敢欺負妳，妳沒有權力在手嗎？」

馮憐容一怔。他說得沒錯，她原來也是有權力的！可是，為何她卻從來沒有恣意的時候？沒有想要去實現的事情？是她從來不敢想嗎？

她微微蜷起身體，腦袋貼在他腰間，一動不動。

趙佑樘垂眸看著她，腦中思緒萬千。天下權力，其實從來就沒有該得或者不該得的，有的只是，你能不能得到，在朝堂上、在後宮裡，也一樣如此。

他微微嘆口氣，手落在她髮上。阿容，妳的心實在太小了。

很快，趙佑樘就給了名單下來，馮憐容一一看了，發現馮家也在裡頭，微微笑了笑，便派人在中秋前一日把月餅賞賜下去。
中秋當日，宮裡黃門、宮人早先都得了賞錢，喜氣洋洋。
鍾嬤嬤看她為了辦理中秋宴的菜式而辛苦，笑道：「一會兒娘娘的娘家人得來了。」
馮憐容這才高興。「是啊，我差點忘了！」
她坐在鏡子前，叫寶蘭、珠蘭給她上妝，兩個孩子因中秋不用聽課，拿著花燈在院子裡玩，正在追來跑去的。
黃益三領著馮澄、唐容、馮家小少爺馮廷元來了，在院外遇見兩位皇子，介紹道：「這是馮大人、馮夫人、馮小少爺。」
趙承衍哦了一聲，點點頭。黃益三領著幾人進去。
馮憐容跟唐容坐在一處，問起吳氏。
「昨兒受涼，怕過給娘娘，就沒有來。」
馮憐容關切道：「那要好好養著，這天兒是容易生病。」又看馮廷元。「大元長那麼大了，上回見還小，我記得他就比阿鯉小個一歲多吧？」
「是啊。」唐容叫馮廷元過來。「來見過娘娘。」
「娘娘。」馮廷元很乖巧，一雙眼睛這會兒已經很像他的父親了，細長細長的。
兩個小孩兒進來，看馮廷元。馮廷元也看他們，三個人都很好奇。
馮憐容見狀，抿嘴一笑，把兩個孩子叫來道：「他叫馮廷元，也叫大元，比你們小，跟弟弟一樣。他難得來一回，你們帶他一起去玩花燈。」

趙承衍笑起來。「好的，母妃，那孩兒帶大元去玩了，三個人更熱鬧。」

馮澄一直不吭聲，這會兒問：「聽說娘娘現在管著事兒？」

他身為朝廷大臣，消息也是靈通，雖說後宮與前朝無關，但那也是說說，事實上，他這女兒現在勢頭很猛，已經有人在背後說閒話，很不好聽。

馮憐容知道父親的意思，解釋道：「是皇后娘娘讓女兒管的，她要養身子，便是皇太后也這麼說，女兒推脫不得。」

唐容就笑了。「是啊，相公，容容什麼性子你不知道？她豈會喜歡這些，不過是不得已罷了。」

馮澄一言不發，馮憐容又問起馮孟安。「哥哥在寧縣可好，有寫信回來嗎？」

「寫過兩次，說是那邊已經安定下來了，他要大展拳腳。」唐容瞭解自己兒子，說著就想笑，又看一眼馮澄，知道馮澄不喜歡兒子的派頭，道：「他好得很，妳莫要擔心。」

馮憐容叫方氏把趙徽妍抱來，得意道：「讓娘也看看，長得好呢。」

唐容一看這外孫女，果然漂亮，雖然還小，可臉兒粉嘟嘟的，眼睛又圓又大，好似寶石般熠熠生輝，自然是喜歡極了。「妳那會兒也沒她好……不過也是，皇上可比妳爹英俊多了。」

馮憐容噗哧一聲笑了，轉頭一看，馮澄的臉黑了黑。

因是中秋，馮憐容最後沒有留馮家人用膳，一是時間不夠，二來吳氏也不在，就讓他們回去一家子吃團圓飯了。

這麼一晃眼就到晚上，馮憐容仍是跟以前一樣，自個兒用晚膳，因她這貴妃身分再高，可年夜飯、中秋團圓飯，除非皇太后、皇后相邀，她都不合適參與，這些年一貫如此。

兩個兒子並沒有陪在她身邊，而是陪著皇太后、皇上用膳。他們也大了，不再是當年的小孩子，像趙徽妍一樣，可以陪在自己身邊。

想到趙承衍明年就得搬出去，趙承謨也待不了多久，她的眼睛就有些發酸，看著滿桌子的菜，抬頭看看明月，才發覺中秋節日，這一刻，於她來說，原是那麼孤單的。

她想起那日趙佑樘說的話，她也有權力，也可以有自己想要的東西。她要他每日都陪著自己，她與他生的孩子只會叫她娘親，她永遠不用擔心會被別人指責、被人發難……可這些，能成嗎？想多了，只能教自己痛苦。

馮憐容深呼吸一口氣，又露出笑容道：「嬤嬤，妳也吃吧，我一個人哪兒吃得完。寶蘭、珠蘭，妳們也拿一些去。」

這三人，只有鍾嬤嬤敢吃。不過也夠了，總算還有人陪著她。

馮憐容最大的優點就是容易滿足，她很快就高興起來。沒想到，吃完一會兒，嚴正來了。看馮憐容露出奇怪的表情，嚴正咳嗽一聲道：「皇上要奴才接貴妃娘娘去乾清宮。」

馮憐容更是納悶。其實現在趙佑樘極少叫她去乾清宮侍寢，別說還是中秋佳節，怎麼弄得這麼規規矩矩？而且嚴正，可是提督太監呢，要接人也不該他親自來。

不過想不明白歸想不明白，馮憐容還是跟著走了，走了會兒，她發現一個問題。

從輦車看出去，路不對啊！走錯了不成？

「嚴公公……」她剛要問，輦車突然停了下來，一個身影不知從哪兒來的，閃電般就入了她的輦車。

馮憐容嚇得身子一顫，失聲驚呼。

那人卻猛地捂住她嘴巴，在耳邊道：「別叫。」

馮憐容更是嚇傻了。這聲音怎麼聽著像是皇上？可是他怎麼會穿成這樣？

「皇、皇上？」她不可置信地詢問，因被捂著，說得也不甚清楚。

趙佑樘輕聲一笑。「是我。」說完，他放開手。

馮憐容藉著月光打量，果然是他，只是，此刻他的嘴角帶著笑，卻有幾分壞意，她下意識就往後一退。「皇上這樣，是要做什麼呀？」

四周都黑乎乎的，被樹木擋住了，只留下了幾絲光亮，有些說不出的古怪感覺，她也有點兒害怕。

「妳不是想去街上？」

馮憐容一愣，下一刻就驚喜道：「皇上要帶妾身出去？」

「自然。」

「可是……為何是晚上？」

趙佑樘捏捏她鼻子。「當然是白天不容易出去了，圍場還好些，街上如何成？」

馮憐容一想，這倒也是。此刻，她已經很興奮了，剛才的害怕一掃而空，抓著他袖子問：「那晚上如何出去？」

她看看趙佑樘的衣服，只見他穿了身尋常公子哥兒的長袍，頭髮以玉冠壓著，俊逸瀟灑，她心頭一熱，想到哥哥以前與她講過的話本故事，問道：「可是要讓妾身女扮男裝？」

趙佑樘噗的一聲笑了，剛才看她還很驚恐的樣子，這會兒是激動得不得了，這種念頭都冒出來。他這貴妃看似文靜，實則內心裡其實根本不是個循規蹈矩的人？

他挑眉道：「妳不怕？」

「不怕，反正有皇上呢。」她說著，忽地道：「哎呀，皇上，您穿成這樣不好！」

「怎麼不好？」趙佑樘來之前還看過，這衣服很合適，怎麼看怎麼風流倜儻。

馮憐容道：「咱們出去不得扮成黃門，這樣好蒙混過關啊。腰牌拿出來一晃，就能出去了，反正有嚴正領路，肯定容易，他們不敢多問的。」

趙佑樘無言，這確實也可以，可是他不想扮成黃門。他伸手往馮憐容腦門上一戳。「什麼亂七八糟的，朕要出去，還得裝黃門？一會兒讓嚴正把西門的人調開，咱們大搖大擺出去，怕什麼？」

馮憐容道：「可今兒嚴公公接妾身去乾清宮，不會被懷疑嗎？」

她的人沒現身，怕是不成。

「自然要懷疑。所以朕提前來與妳說，一會兒妳再來乾清宮。」他說完拍拍她腦袋。「等會兒別一驚一乍的，被宮人發現，朕就不帶妳出去玩。」

見馮憐容乖乖哦了一聲，趙佑樘便走了。

他走之後，嚴正便把她領去乾清宮，在乾清宮走個過場，還換了身衣服，嚴正稍後就叫宮人換班，中間使點手段，她就趁人不注意時，從後頭溜到早就停好的馬車裡頭，趙佑樘已在等著了。

因是要出門，她肯定不能穿著宮裡的裝束，他給她準備了一套尋常姑娘家穿的襦裙。趙佑樘低下頭，在她唇角親了親，吩咐車夫駕車。

馬車一如所料，順利地駛出了宮門。二人在車裡親吻著，被顛得難以繼續。

趙佑樘放開她，掀起車簾往外看了看，只見行人如織，這等節日，晚上很是熱鬧，他眼眸彎了彎，道：「一會兒下車，妳可不能再叫朕皇上了。」

馮憐容笑起來。「那妾身叫皇上什麼？」

「這個啊……」趙佑樘斜睨她一眼。「叫趙老爺？」

「老爺？」馮憐容噗的一聲。「皇上可不老。」

「唔，那叫公子？」趙佑樘又搖搖頭。「也不好，他們叫朕公子，妳叫的話不合適。要不要，叫相公？」

「相公？」馮憐容眼睛一亮。「好，相公！」

她叫得又好聽又清脆，趙佑樘哈哈笑起來。

馮憐容側頭看看他，即使是在暗淡的車廂裡，這黑暗也不能遮掩掉他的光芒，她心頭羞澀，挽住他胳膊，把腦袋靠上去，叫道：「相公。」

這聲輕輕的，卻帶著無限的情。趙佑樘聽著心裡頭都有些酥麻，相公這個詞，他當然也是頭一回聽到。

他伸手摟住她，輕聲道：「嗯，好娘子。」

馬車行到街口方才停下，二人下來，馮憐容興奮得東張西望，她闊別這京都街道好久好久了，久得以為自己再也沒有機會見到。

趙佑樘在耳邊問：「傻站著幹什麼？」

馮憐容笑道：「跟作夢似的。」

趙佑樘伸手一擰她耳朵。「還像作夢嗎？」

馮憐容疼得叫起來，忙用手揉。「好疼！果真不是夢。可是，這兒變了好多，原本這裡有個鋪子專賣小籠包的。」

「時隔多年，自然是不同了，興許搬到別處去了吧。」

中秋佳節，好多人家用完晚宴都會出來走一走，此時家家戶戶門前都掛了彩燈，雖不比上元節時的輝煌熱鬧，卻也照得街上恍若白晝。

因人多，鋪子也都不關門，隨時等著生意上來，路邊托著小盤、賣零嘴兒的人吆喝聲震天。香味飄到鼻尖，馮憐容就饞了，拉著趙佑樘的袖子道：「相公，咱們買點乾果吃？」

趙佑樘道：「這東西好吃？」

「好吃啊，尤其是炒栗子。」她指著其中一人給他看。「這劉大叔賣了二十來年了。」

「炒栗子怎麼賣？」趙佑樘走上幾步，去買栗子。

馮憐容聽到，忍不住噗哧一聲。這麼多年，她可是第一次看到他買東西，怎麼看怎麼好玩。

劉大叔抬頭看他一眼，笑咪咪道：「公子要買多少？一斤六個銅錢。」

趙佑樘回頭看看馮憐容。「妳說呢？」

「半斤夠啦，還有別的吃的呢。」

趙佑樘就買了半斤。

栗子用油紙包著，拿在手裡熱呼呼的，他笑著打開來，遞給她。「饞貓兒，吃吧。」

夜空下，他笑容溫柔，真像是這京都大街上尋常人家的丈夫。

馮憐容鼻子有些酸，低下頭拿了栗子剝來吃，第一個也不給自己的，而是給他。「你嚐嚐就知道我不是騙人了。」

栗子肉入嘴，一股軟糯，帶著微微的甜，趙佑樘眼睛瞇起來。「還真不錯。」

吃了栗子，趙佑樘倒是來興趣了，沿路在那些人手裡買了好多吃的，嚴正、幾個護衛手拿滿滿的。

不知不覺一行人便走到在京城西邊的玉池，是京都最大的一汪湖泊，深受百姓喜歡，在中秋佳節也是最熱鬧的一處地方，熙熙攘攘的人群裡，二人攜手走在其間，說不出的歡喜。

趙佑樘也是第一次來，他在宮裡終年不出，要說對外界的嚮往，自然不是沒有，只是每日總有做不完的事情，閒暇很少。

今日到此一遊，只覺渾身輕鬆，看來俗世生活也並非一無可取。

馮憐容在他旁邊小聲道：「我以前也常來的，不過大了之後，母親便不准，算算，都有十來個年頭。」

正說著，耳邊有絲竹聲傳來，趙佑樘舉目一望，原來是遠處水上的遊舫。

馮憐容見他在看，解釋道：「這都是富貴人家才坐得起，尋常百姓可沒有那麼多錢呢，聽說他們會請伶人在上頭唱歌、跳舞，還有人在船頭做吃的。」

趙佑樘笑道：「那咱們得坐一坐。」

原先可望不可即的遊舫此刻就在她面前，舫上的人畢恭畢敬地邀請他們上去，一邊問：「少爺、夫人可要觀賞歌舞？」

趙佑樘原本想，可又覺得人多礙眼，便沒要，只添了一句道：「叫個廚子上來，準備些吃食。」

一眾人上去後，遊舫慢慢划出去。趙佑樘與馮憐容並肩立在船頭，微風徐徐，時不時撩動他們的衣裳。

湖上看月，天大地大，遊舫在水中顯得格外渺小，趙佑樘不由想起那夜躺在湖木哈荒漠上看著天空的情景，便是這種感覺。

馮憐容把頭靠在趙佑樘的肩膀上，輕聲道：「謝謝皇上。」

趙佑樘笑了笑。「謝什麼，原就是我答應過妳的，不過這趟挺有意思，難怪前朝武獻帝那麼喜歡微服出巡，可見不是沒有理由。」

「皇上也想學他？」馮憐容眨眨眼睛。

趙佑樘不答，嘴角笑意淺淺，拉她坐下問：「還想吃什麼，叫廚子就在船尾做了，我也是第一次這般賞月呢。」

「叫他做道香煎魚吧，玉池的魚不錯。」

趙佑樘吩咐下去，不一會兒，船尾就有香味飄出來。

二人坐在船頭，馮憐容依偎在他懷裡，抬頭看著月亮，身後是他溫暖寬闊的胸膛，耳邊是遠處淡淡的絲竹之聲，心中一片平靜。

沒有對未來的期盼，也沒有對從前的懷念，只願這一刻能變成永恆。

差不多到亥時，二人才回去，到得乾清宮，先要了水清洗，又纏綿一番方才睡去。

翌日一早，馮憐容回延祺宮，吃完早膳去歇了一會兒，方才起來與鍾嬤嬤說尚服局的事情。

那樁案子一直沒查出來，鍾嬤嬤道：「光是關著有什麼用？不肯說實話，要不就餓著那幾個，依老奴看，她們早晚得招了，除非連命都不要。」

「是不是有什麼隱情？」馮憐容問。「不然尚服局的料子偷來何用，她們難道還差衣服不成？」

鍾嬤嬤冷笑道：「這些人貪得無厭的，誰知道。」

馮憐容也想不出來，她起身往外走。「算算時間，得去看看葡萄酒了，差不多了。」

當初這葡萄酒放了糖擺在瓷罈裡，一直密封在酒醋麵局的地窖，中間她去看過兩回，這一過去，幾個黃門連忙跪下來行禮，馮憐容叫他們起來，領著去地窖。

一眾人進去，當先的黃門打開罈蓋，一股酒味就飄出來，馮憐容拿個小瓢一舀，只見色澤透紅，看起來分外誘人，她低頭喝了一小口，臉上露出甜甜的笑，輕聲道：「嬤嬤，好像成了呢。」

鍾嬤嬤也嚐了嚐，眉開眼笑。「不錯啊，有些像宮裡做的果子酒，不過葡萄味濃。那是好了？」

「好了，不過須得把這酒倒出來，不能再跟葡萄皮混一處了。」

鍾嬤嬤指揮幾個黃門，把酒再倒到一個個很小的酒罈裡，重新蓋好。

馮憐容看著地上六個小酒罈，想了想道：「送一罈給太后娘娘，還有一罈給皇后娘娘，再一罈搬我那兒去。」

三個黃門分頭行事。

馮憐容帶著一罈酒回來，心情愉悅，舀些出來讓延祺宮眾人都嚐了嚐，分享她的成就，自然是每個人都稱好。

她跟金桂道：「叫膳房晚上準備些下酒菜。」

她坐下來也喝了一小盞，低頭看帳本。這一看又是快到下午，想到冬季要採辦的衣料，又把尚服局的管事姑姑叫來。

「還是依著原先的定額，不過有新上貢的衣料，像是上好的狐皮、貂皮、雲緞，挑了最好的給太后娘娘、皇后娘娘，剩下一些按位分分給婕妤、貴人。」

管事姑姑笑道：「那貴妃娘娘您不要了？」

馮憐容衣服多得是，每年都添新的，不要，倒顯得自己清高了，就道：「也拿一樣吧。」她又問那件事。「往年聽說不曾有偷衣料的，可見不是常事，那秀蓮三個，妳也說是老實人，我心想必是有隱情了，不該是為錢財。」

若只為錢財，威逼利誘之下指不定就說了，這些人的心都不正，自然也不夠堅強，可那三個人卻不是，姑娘家嘴巴嚴嚴實實的。

「奴婢也是不知，勸了好幾日，她們都不肯說。」

「此前她們可發生過什麼事情？」馮憐容之前是忙得團團轉，好不容易過了中秋，這才好一些。「定是有什麼，她們才會這樣，妳再好好問問與她們住一起的宮人。對了，能說出些來源的，本宮有賞，說錯了也無妨，妳便這樣傳下去。」

管事姑姑驚訝，但還是應了。

到下午晚一些時，她便來回稟，還帶了兩個宮人，這才算查清楚。原來還跟黃門有關係，有個黃門經常出城採辦東西，認識其中一個宮人，說是她家出事了，父親得了重病，家裡已經把值錢的都賣了，母親出來乞討。

可那宮人偏又不能出宮，只得陸續把這幾年的積蓄叫那黃門帶出去，後來不得已，甚至偷了衣料叫那黃門變賣些錢，另外兩個宮人得知，同情她，且也是家中獨女，怕父母過得淒慘，便結成一夥偷下衣料變賣錢財，送去家裡。

這事兒就是這麼簡單。她們怕說出來連累那個黃門，就一直沒說，再有，說出來，那些錢還得要回來，父母又怎麼過活？三個人只得死不鬆口，還互相給對方作證。

馮憐容聽了嘆口氣。

「還請娘娘定奪。」

但馮憐容猶豫一會兒，終究還是沒能作下決定。

晚上趙佑樘來了，馮憐容獻寶似的把葡萄酒給他喝。

這酒入口香甜，酒味不淡不濃，倒是讓他驚訝，笑著道：「釀得不錯啊，比泡酒好喝多了。」

馮憐容噗的笑起來。「泡酒是用來補身體的，如何能比？這酒啊，喝著玩兒最好了，要是在夏天，冰一冰肯定也好喝，我娘就這麼說的，可惜，現在天已經涼了。」

「明年不還得熱？妳可別忘了，到時候冰了給朕送來。」趙佑樘一飲而盡，見兩個孩子一副饞樣，笑道：「准你們也喝點，不過平日裡莫碰，小小年紀喝酒可不好。」

兩孩子拚命點頭。馮憐容給他們一人餵了一小口，一會兒趙徽妍來，也餵她一口。

小姑娘喝下去，眼睛瞇成一條縫，搖頭又搖頭。

趙佑樘笑開了。「可見她不愛喝。」

「討厭，嫌棄我的酒。」馮憐容捏她的臉蛋。

吃完晚膳，馮憐容哄三個孩子歇息去了，她才跟趙佑樘說這個事兒。

趙佑樘沈下臉。「有什麼好說，敢偷東西，自然得把手砍了。」

「這怎麼成？她們這事兒情有可原，要不是家裡出事，她們一向規規矩矩的。」

婦人之仁！趙佑樘冷笑道：「那為家裡就能幹壞事了？她們入得宮裡，便是宮裡的人，妳若姑息，下回還得犯事，自然要罰了以儆效尤。妳莫要胡亂心軟，這些宮人、黃門，有幾個好東西？殺了也不算什麼！」

他對待這些下人總是很殘酷，有時候都不問青紅皂白，馮憐容對此一直都不贊同，這時聽得也有些惱火，忍不住據理力爭道：「宮人、黃門為何沒有好東西了？妾身身邊的鍾嬤嬤、寶蘭、珠蘭，哪個不是好的？再說，這些宮人原本也不想入宮，她們在家裡指不定都是父母疼愛的小姑娘，這一來宮裡出不去不說，便是見一眼家人都難。皇上，你可瞭解這種痛苦？若無別的原因，誰會願意入宮？」

這話一出，屋裡一片寂靜。鍾嬤嬤嚇得臉色都白了。寶蘭、珠蘭雖然感動自家娘娘會替她們這些卑賤的人說話，可也不願她頂撞皇上啊！

幾人驚得後背上都出了冷汗。

馮憐容說完，這才覺得害怕，忍不住往後退了幾步，手心裡也是濕漉漉的，可是她沒有把頭低下，她覺得自個兒還是沒有說錯，雖然趙佑樘高高在上，可是也不能一點不講道理。趙佑樘靜靜地看著馮憐容，她明亮的眼睛閃耀著光華，跟外面的月光一樣，流淌著溫柔，也蕩漾著不屈，跟平日裡的她不太一樣。

他嘴角微微一挑，聲音低沈地道：「那妳當年，也是很不願入宮了？」

不願！馮憐容第一個冒出來的回答便是如此。

當年得知她被點名入宮，父母、哥哥沒有不悲傷的，可是他們儘量都克制住，好像世界要崩塌的樣子，卻沒有人可以阻止。

她每晚都輾轉難眠，眼淚流下來，把枕巾弄得濕透。誰都知道進宮後，想要與親人再見一面，那是多麼困難的事情，這一別與永別也相差無幾。可這些年的親情如何割捨？

她早就習慣每天與家人在一起，不管是困苦，還是艱難，他們都會共同面對，便是她要嫁出去，父親、母親也定會予她選個佳婿，將來她的人生不需要榮華富貴。結果，這樣的念頭被無情地打碎了。

她的眸子裡滿是否定之意，連掩飾都來不及，趙佑樘的臉色也越來越冷。

鍾嬷嬷急著道：「娘娘……」

馮憐容早年入宮，鍾嬷嬷就照顧她，哪裡看不出來她的離家之悲。說起來，被選進宮的人，除非有野心或在家中過得不幸，不然誰能心甘情願？所以她想提醒馮憐容，這等時刻非同小可，雖說欺君之罪不可取，可皇帝也是個男人，便是哄一哄又如何？切莫一五一十說了。

趙佑樘卻喝道：「都退出去！滾到外面去！」

一眾人往後退，退到屋外。

他聲音那麼大，馮憐容心頭直跳，剛要開口，趙佑樘道：「妳莫要騙朕。」

馮憐容一怔，旋即回道：「妾身不騙皇上，當初是不肯。」

趙佑樘雖然不願她說假話，可她坦蕩蕩地說不肯進宮，他這心裡也不舒服，當年他已是太子了，乃景國之儲君，不談這身分，便是別的，又有哪一樣不優於京都的年輕男子？她有什麼好不願的？

他冷笑一聲。「妳也不是什麼絕世佳人！」

馮憐容聽出他的嘲諷之意，皺眉道：「這與佳人又有何干？妾身不願是因為要離開家，不似尋常的嫁人，往常還能回娘家看看，倒不知皇上是何意思！」

「朕什麼意思，妳自己清楚！妳能入宮，那是天大的福分。」

馮憐容氣得笑了。這一世她是運氣好一些，前世她過的什麼日子？每日戰戰兢兢不說，到最後還那麼淒慘，年紀輕輕，活活病死，要不是那年皇太后隨便一道旨意，她能如此？可現在趙佑樘卻把這個說成是天大的福分。

是啊，他一句話就能顛倒眾生命運，他們高高在上，而旁人賤如螻蟻。

馮憐容拳頭微微捏緊。「所以妾身說皇上不知此種痛苦，若皇上換作是妾身，有慈愛的雙親，卻因旁人一句話不得不離開他們，甚至可能連見都見不到一面，皇上能心甘情願聽從？皇上可是這等貪慕虛榮之人，只因那夫婿擁有尊貴的身分，因那將來的日子興許會飛黃騰達，就願意捨棄雙親？只為那個從不認識、不知他好壞的人，就願意離開自己自小成長的家族？」她聲音一下子拔高。「皇上，您願意嗎？」

她一向溫柔的眉目間竟隱隱生出堅毅，像是蒙塵的刀劍露出了原本的鋒利之色。

趙佑樘一時答不出話來。她說得字字在理，沒有一句可以反駁。站在她的立場，只怕誰都不會願意，可是，他剛才卻因她那句不肯，氣昏了頭腦。

趙佑樘忽然很心煩，猛地一拍桌子站起來道：「妳給朕好好反省，竟然如此與朕說話！」

馮憐容嚇到了，可是她整個人還在激動中，收不回來，但她又想哄一哄趙佑樘了，這一急，眼睛就紅，淚眼汪汪的，恨不得立時就要哭起來。

趙佑樘見她這樣子，喝道：「哭什麼，剛才罵朕的時候，不是理直氣壯？」

「沒有罵皇上。」她只是實話實說，哪個字罵了？

趙佑樘冷哼一聲，甩袖走了。

鍾嬤嬤幾個看他氣沖沖出來，跪了一地，見走得沒影兒了，她們才急著跑進去。

見馮憐容一個人呆呆地坐著，鍾嬤嬤嘆氣道：「娘娘這是何苦？皇上問，娘娘就是騙著也……」

「他說不准騙。」

要說，這皇上也是吃飽了撐著，馮貴妃當年願不願意進宮，又有什麼關係？反正這輩子都得在宮裡了，也不知道這兩人好好的說尚服局的事情能說到這個上頭。

鍾嬤嬤頭疼。「要不明兒，娘娘還是去認個錯。」

這二人針尖對麥芒那是頭一回，若是尋常夫妻也便罷了，可這丈夫卻是皇帝，天下間最尊貴的人，自家主子又只是個貴妃，如何能成？

馮憐容抬頭輕聲問：「嬤嬤，其實我也沒說錯吧，宮人、黃門哪有那麼壞，這次的事情，她們雖然有錯，卻也情有可原。」

鍾嬤嬤對此自是感動，卻又知道自己的身分。

「娘娘，咱們做奴婢的，好不好、壞不壞又有何好說？不過憑的是主子一句話，奴婢們是命好，遇到娘娘，別的就難說了，可那也是命！」

「是啊，是命，可命也會變的，只要有不一樣的機會。」

馮憐容內心裡的想法越來越清晰，原來權力越大，能主宰的人便越多，可這些人裡有好也有壞，如何能憑自己的心情便定下他們的生死？

她回頭瞧瞧寶蘭、珠蘭，正當是花一般的年紀卻不能嫁人，這宮裡還有好多這樣的人，她們與以前的自己是一樣的，無法違抗命令，只能無條件的聽從。

這些人，有什麼錯？譬如那叫秀蓮的宮人，乃家中獨女，突然被召入宮，一過就是十幾年，家中父親病重花盡錢財，母親要出來乞討過活，她心裡該多難受？便是犯了錯，也是讓人可憐，她原本是想與趙佑樘說說這件事情。

馮憐容微微嘆了口氣，可卻辦砸了。或許，明天真去認錯？也不知道他是不是真的生氣……

第三十章

趙佑樘回到乾清宮就悶悶坐著，嚇得幾個黃門大氣也不敢出一聲。

嚴正這是頭一回見他從延祺宮回來還陰著臉的，以前他去那兒都是為了心情變好，這下反了，也不知這事兒過後，馮貴妃是不是完了？作為黃門，有時候總是要提前多想一下，若是這樣，那以後馮貴妃的事情就不能多提了。

可馮貴妃完了，哪個貴人能得皇上的青睞呢？

嚴正正胡思亂想著，趙佑樘忽然叫他進去。

「見過皇上。」嚴正一下就趴在地上。

趙佑樘也沒叫他起來，只淡淡問道：「當年你是怎麼入宮的？別想欺瞞朕，除非你不要腦袋了，說吧。」

嚴正心裡咯噔一聲，忙道：「其實就是窮，那會兒奴才家裡因祖父喜賭錢，背了債，偏他又死了，只得父親來還，靠家裡一點兒薄田經常飯也吃不起，衣服也穿不暖。後來奴才年紀大一些就來城裡掙錢，有日聽說宮裡招黃門，能換點銀子，奴才想著弟弟、妹妹這麼小就常餓肚子，實在可憐，一狠心就來了，後來得了十兩銀子，他們總算能吃點飽飯。」

趙佑樘擺擺手，叫他退下。他雖然因馮憐容那些話，好奇問了嚴正，但現在心氣仍是不順。

這些年，馮憐容在他面前時是如何百依百順的，他記得清楚，可今日她卻敢頂撞他，不只頂撞，還說得讓他無法反駁，這是一個顛覆性的舉動，讓他有些不能接受。

可另一方面，他又有新奇之感，原來她還有這樣的一面，原來她也不是一味奉承自己。

這一晚上，兩人都沒有睡好。

馮憐容起來時，眼睛下面烏青烏青的，好像被人用奇怪的脂粉塗抹過一樣，鍾嬤嬤看一眼，就知道她這是後悔了。

待兩個孩子用完早膳去聽課了，馮憐容就在琢磨是不是要寫封信。她與趙佑樘沒鬧過這種矛盾，昨兒也是他第一次那麼凶的訓她，畢竟他是皇帝嘛，習慣了別人順著他的。

馮憐容叫寶蘭磨墨，她提起筆蘸一蘸，到半空卻又停住了。

該寫什麼呢？說自己不該說那些話，惹得他不高興？說自己口不擇言？說自己當年雖然不願入宮，可是，如今卻是不曾後悔？說什麼呢？

昨兒非得惹他，今日再巴巴的寫信過去求他，就不會讓他厭煩嗎？平生第一次，她發現，手中的筆好重⋯⋯

她最終還是一個字沒寫，叫珠蘭去洗筆。

鍾嬤嬤急道：「怎麼又不寫了？」

「皇上肯定還在氣頭上，寫了送過去，指不定都不看的，還是等兩天。」馮憐容心想，他既然叫她反省，反省又如何不用時間？認錯也得有個認錯的態度。

鍾嬤嬤沒法子，只道：「總也不能太久，皇上能有多少耐心？」

馮憐容嗯了一聲。

趙佑樘一如往常上早朝，下朝後批閱奏疏，召見大臣，這日突然就收到一封奏疏，來自寧縣，一看竟是彈劾馮孟安的，落款還是何易，他這心裡頭就疑惑，畢竟馮孟安是他派去給何易當副手的，其間因地震的緣故，現在才有時間重新清算土地，如今將開始，怎麼二人就生齟齬了？

他仔細瞅了兩眼，眉頭皺了皺眉，何易說馮孟安做事不專注，常常閒遊亂逛，不曾有任何作為，希望撤了他。

趙佑樘回想起馮孟安當日雄心萬丈的樣子，沈吟片刻，寫了回批，告知何易再觀察、觀察，切莫心急，畢竟馮孟安年紀還輕，希望他多多指教，算是當了回和事老。

趙佑樘忽然把手裡的朱筆重重一扔。

嚴正心裡一跳，大概也猜出來了，不用說，他定是在想馮貴妃為何沒有反應。

他腦門子發涼，暗道得派人去提醒馮貴妃，又覺自己命苦，不過一心一意伺候皇上，怎麼這男男女女之間的瑣事還得他煩心，他哪兒瞭解這些東西？

誰料到趙佑樘突然站起來往外走去，嚴正連忙跟上，就見他是去了春暉閣。

春暉閣裡，三個孩子與周彥文正在聽課，他立在窗口看了看，見孩子們坐一起，周彥文坐在後面，都是全神貫注的樣子。他微微點了點頭，看來趙承煜還是有把話聽進去，沒有不理會兄弟。

一會兒，李大人就叫休息，又朝外面行一禮，道見過皇上，裡頭四個人也陸續出來。

趙佑樘問了一些李大人剛才講的內容，見三孩子都答得出來，又對周彥文道：「這些想必你都學過。」

「回皇上，是的。」周彥文小小年紀，斯文有禮。「幼時在家中，不只西席，還有父親、哥哥都教過，只是李大人講來，又別有一番道理，故而也不覺得枯燥。」

趙佑樘笑著點點頭，與三個孩子道：「你們可聽見了？這世上學問便是如此，哪怕心中已明，也該時常思量，若有不同見解，也是該互相切磋，好好與你們表哥學學。」

趙承煜道：「昨兒才見過，母后說好一些了，但還在吃藥。」

見三個孩子道是，他又看向趙承煜。「你這幾日常住皇祖母那兒，可曾去見過你母后？」

他現在還小，不清楚父母之間的事情，可也不是什麼都不懂，那種隱隱約約的感覺縈繞心中，讓他更快成熟起來，至少，他現在已經知道，在父親面前是要小心些，不能讓父親生氣。

趙佑樘唔了一聲，又去問另外兩個兒子。「你們母妃又如何？」

趙承衍想一想道：「母妃好像睡不好。」

「睡不好？」趙佑樘挑眉，那不是活該？不過既然睡不好，怎麼不知道過來認個錯？

趙承謨眨巴了兩下眼睛，想起這兩日見到、聽到的事情，說道：「母妃今兒早上就吃了半碗粥，連最喜歡的蝦肉包都沒吃。孩兒還聽金桂說，昨兒母妃把自己關在書房裡，誰也不給進。」

趙佑樘這又納悶了，關書房裡幹什麼？寫信？可這都幾天了，寫個信寫那麼久？

他吩咐三個兒子與周彥文好好聽課後，就移駕延祺宮，他走得極快，不是往裡間去，而是直接去了書房。

馮憐容一見來人，手裡的筆「啪嗒」一下掉在桌上，眼睛睜得老大。

趙佑樘看著她驚慌的樣子，噗哧笑了。

只因她白嫩的臉上印著好幾塊黑印子，不知道有多滑稽。

馮憐容被他一笑，一時不知所措，站起來道：「皇上……」話未說完，聲音已經哽咽。

她沒想到趙佑樘會先來，原本她打算好好寫封認錯信，可不知為何，要麼覺得字醜，要麼覺得表達的意思不行，桌上都好幾張廢紙了，可是她又著急，生怕再晚兩日，趙佑樘會更生氣。

今日，他竟然來了。

趙佑樘其實心已經軟了，但還是板著臉不理她，眼睛卻飄到桌上，只見上頭宣紙放得亂七八糟，左一張，右一張，還有揉成團的，簡直叫人看了糟心。

他走過去，拿起一張就看，只見上頭寫著：皇上，妾身知錯了，那日妾身不該頂撞皇上……

又拿起一張，只見寫著：妾身定是暈頭了，還請皇上原諒妾身，皇上您宰相肚裡能撐船，妾身只是個小女子，不懂事體，不該妄言，就只是可憐她們，不是質疑皇上的決定……

再拿起一張：妾身昨兒作夢嚇死了，早上看到蝦肉包子都吃不下，皇上好狠的心，都不來看妾身……

又一張：真討厭，為何寫不好，明明是想道歉來著！然後紙上畫了一個蛋，蛋殼還破了。

趙佑樘的臉一黑。

馮憐容在旁邊急死，眼見他要去拿那張揉成一團的宣紙，她啊的一聲撲了上去，叫道：「不准看！」

她這麼一說，趙佑樘更要看了，長手一伸，就把那宣紙拿在手裡。馮憐容要去搶，他的手就舉高了。

馮憐容比他矮了一個頭，便是踮起腳也沒法子碰到，她急得臉都紅了，哀求道：「皇上，您別看這個。」

趙佑樘挑眉。「妳搶到，朕就不看。」

馮憐容立刻就一跳一跳地往上搆，頭髮隨著她的動作，慢慢就散開了，趙佑樘得意地拿著宣紙一晃一搖，馮憐容眼見沒法子，又開始抓趙佑樘的龍袍，恨不得把他當成一棵樹，自個兒爬上去。可趙佑樘力氣大，她再使勁也沒法子，只一會兒工夫，累得氣喘吁吁。

他垂眸看著她，見她嘴兒微張，臉蛋緋紅，頭髮散下來都披在肩頭了，眼睛偏還盯著他手裡，就跟饞嘴的小貓兒一樣發急，他突然就想到那個蛋，她該不會還寫了什麼壞話吧？不然幹麼非要搶？

他一下子就沈臉道：「妳老實交代，是不是非議朕了？」

馮憐容忙道：「沒有。」

她再怎麼不贊同趙佑樘，可不管是面上，還是心裡，她都不會也不敢去責備趙佑樘。

趙佑樘感到納悶，那為何不給他看？他忙把宣紙展開來，只見上頭就兩行字：妾身喜歡皇上。以前不願入宮，是因為不知道會遇到皇上，也是因不知將來之事，然而現在，妾身在這世間最喜歡的便是皇上了，又何來不願之說？妾身就是喜歡皇上，喜歡得不得了……

趙佑樘拿著宣紙一時就動彈不得。雖然馮憐容喜歡他，他不是不知，可是她從來沒有說出口，今日上頭寫的內容確實觸動了他。

馮憐容羞得滿臉通紅。這些話是她心裡所想，可未免太過直接，她是不敢真送給趙佑樘看。

趙佑樘把宣紙慢慢疊好，塞進袖子裡。「難怪不給朕看，這種話寫了有什麼意思。」

馮憐容囁嚅。「妾身再也不敢寫了。」

「是不用寫，說就行了。」他立在她面前，輕描淡寫地道。「現在朕來了，妳說一遍。」

馮憐容沒反應過來。「什麼？」

「把妳寫的與朕說了，朕再考慮是不是原諒妳。」他忍著笑。

馮憐容臉又有些白。「說……說出來？」

「嗯，朕等著呢。」

馮憐容就覺得喉嚨有些乾，又開始面紅耳赤，一顆心跳得七上八下，女兒家講究矜持，她雖然越發不矜持，可當面說喜歡趙佑樘，她真沒做過，她這才發現，有時候說比做還不容易。

她呼吸微微沈了一些，這書房裡的溫度也好似變得熱了。終於，她鼓起勇氣道：「妾身、妾身喜歡皇上，最喜歡皇上。」聲音卻低得跟蚊蚋一樣。

趙佑樘略低下頭。「朕聽不清。」

馮憐容咬咬嘴唇。「妾身喜歡皇上。」

「還是不夠響。」

馮憐容急了。「妾身說妾身最喜歡皇上……」

還沒說完，趙佑樘的手就捧起她臉頰，猛地親了下去。她嘴唇柔軟，口舌生香，他總是一吻就停不住，常常把她弄得紅腫起來。

這次二人又因之前爭執，鬧得不快，好幾日不曾見，有道是床頭吵，床尾和，遂一發不可收拾，他親了一會兒就忍耐不住，剝了她衣裙，按著在書案上辦了一回。

馮憐容看趙佑樘不生氣，自然也高興，二人說起正事。

趙佑樘道：「該怎麼辦還是得怎麼辦，不能因為情有可原就不懲戒。」

「妾身沒說不懲戒，只是覺得宮裡規矩，是不是……」她斟酌言詞。「這些宮人被選進來，到三十歲才放出去，這等年紀，家中父母身體差一些的都離世了，連面都見不到。」

宮人不比妃嬪，妃嬪至少還有希望見到家人，至少能通個信，許多宮人是老死在宮裡出不去。

「單就這件事兒，秀蓮幾個偷東西是犯了錯，可人非草木，孰能無情？捫心自問，便是她們說了家中實情，管事姑姑就能放她們走嗎？就能給她們錢嗎？妾身看是不能，在宮裡，規矩是死的，可人也活不起來，她們這樣做，也是沒有法子的法子，說到底，錯是錯了，但至少沒有害到人嘛。」她略微挺直了身子。「皇上，是不是能從輕發落？」

趙佑樘卻很固執。「從輕發落自是不行的，領十個板子。」

馮憐容心裡一涼。十個板子，半條人命指不定就沒了！

趙佑樘看看她，微微嘆氣，在這宮裡，心善是解決不了問題的，可是一個人的心若總是軟不下來，那這人多半也是沒有人情味兒的，那還剩什麼呢？不過是利益。他寵愛她，當然也喜歡她的善良，若哪一日她變了，跟那些人一樣，只知道算計得失，又與別人何異？

他眸色柔和下來，伸手摸摸她的腦袋。「若她們挺過去了，朕便准她們回去。」

馮憐容眼睛一亮，那也是個恩賜，只希望她們有此運氣。人一旦存有希望，也會變得更加堅強些。

她沈吟片刻。「皇上，其實不只她們，妾身這幾日心裡想著，是不是讓其他宮人也能提早些回去，妾身之前說了，三十歲有些晚，若是能提前到二十五歲，她們興許還能嫁人生個孩子。」

三十歲就算嫁人了，只怕也不易生子，再者，年紀大了，生子更危險。一個女人若沒有孩子，老了又能依靠誰呢？這輩子還是淒慘結局。

趙佑樘笑了笑。「妳倒是得寸進尺。」

「妾身只望皇上可以考慮一二，宮人也是尋常家裡出來的，若論起來，同為天下百姓。」馮憐容不忘拍馬屁。「皇上是千古難得的好皇帝，一心為民，這樁小事，想必於皇上來說，也不過是舉手之勞。」

這就把糖塞進來了，趙佑樘挑眉道：「沒想到妳這小腦袋瓜想的事情還挺多，這事兒朕自有定論。」

馮憐容看他沒有立刻拒絕，已然滿足，笑咪咪地挽住他胳膊道：「皇上就是好，父親常說國有明君才能強盛，皇上就是這樣的明君呢，沒有因善小便不為之。」

趙佑樘唔一聲。「看來，書也沒有白看。」

二人說得一會兒後，趙佑樘回去乾清宮下了命令。

尚服局得了命令，當即就杖打秀蓮三人。

馮憐容很關注此事，派了黃益三去看，黃益三回來告訴她道：「瞧著是打得很嚴重，不過是虛的，躺上個把月總能好。」

馮憐容問道：「那現在就送出宮了？」

「是的，已經送出去了。」

馮憐容這才鬆口氣。

過得幾日，趙佑樘抽空去了景仁宮一趟，與皇太后說明把宮女提前放出去的意思。

皇太后並不驚訝，她自個兒不管事兒，可手底下的奴婢不少，上回尚服局的事情因是馮憐容管的，還與皇上起了矛盾，這些風聲最是容易傳，想必這次也是因這事兒。

皇太后點點頭道：「那些宮人是挺可憐的，只是皇上怎麼會想到這些？」

要知後宮事宜，多半都是皇太后、皇后來管理，皇上一般是沒什麼時間也沒那麼多心思來碰，光是外頭的大事兒都夠他忙了。

趙佑樘沒有隱瞞。「是馮貴妃提起的，朕覺得這主意不錯，何況，宮中現也沒有多少主子，無須太多宮人，何不讓她們回去與家人團聚？不只減輕宮中開銷，於朕來說，也是一樁功德。」

皇太后笑了笑。「馮貴妃倒真有善心，既然皇上覺得可行，哀家自然沒有異議，不過這事兒是不是知會皇后一聲？」

趙佑樘應了一聲。

皇太后看看他，忽地想起一事，又道：「剛才皇上說沒多少主子，哀家才想起來，竟是有好多年沒有再選人進來了，難怪宮裡也冷清，皇上看，是不是要……」

趙佑樘的腦中立時就浮現過往的事情，為那些貴人，他跟馮憐容都受過影響，那些事兒讓他極為心煩，便擺擺手道：「不必了，也省得母后操心。」

皇太后一怔。莫非以後都不選秀了？但轉念一想，不選興許也是好事，現今那些貴人都還沒被臨幸，只怕要在宮中孤老，再選幾個還是一樣，如此，又何必多此一舉？

皇太后便沒再說，可她看著趙佑樘的背影，她的眉間還是起了擔憂。自馮貴妃管事之後，確實也是盡心盡力，今日這個提議也沒有不好的地方，只是趙佑樘這等態度，又如何不讓她多想？他這是太把馮憐容放心上了，才會如此重視她的建議。

現在唯一令人安慰的是，馮貴妃還沒有做出別的舉動。她嘆了口氣，起身回去內殿。

九月，趙佑樘頒令，景國此後五年一選宮人。年至二十五歲，無犯下罪行，或不滿二十五，得重病者，皆可出宮；在宮中滿十年者，得三十兩賞銀，滿五年者，二十兩。

不僅如此，他還削減了宮人的數量，從宮中原有一萬宮人減到四千，黃門也是一樣，這算是宮中一項不小的變革，史官都一一記下，稱頌趙佑樘節儉仁善。

朝中亦無人反對，反而因趙佑樘的舉動，官宦之家的作風也得到了一些整頓，好些富貴人家都紛紛遣散奴婢。

趙佑樘心情愉快，有次見到史官，笑道：「此乃無心插柳，原本只是因馮貴妃體恤宮人，朕聽她之言，甚是在理，沒想到還有如此景象，可見朕一國之君，時常得做個榜樣了。」

史官聽得此言，用心記下。

這一刻，馮憐容不知道，她已經被不小心載入史書。當然，名字是不全的，乃「馮貴妃」三個字。

延祺宮。

「現今宮人二十五歲就能放出來了，那寶蘭、珠蘭、金桂、銀桂都到這年紀了，娘娘看如何處置？這要都走了，可不太好。」鍾嬤嬤問。

那四個可是很有經驗的老人，馮憐容心裡清楚，這事兒她拖了幾日，對那四人也捨不得，畢竟跟了自己那麼多年，一朝離別，永不再見。

她鼻子有些發酸，嘆口氣道：「她們想走就走吧，既然嬤嬤說到這個，妳讓她們進來。」

四個宮人大概也知道是什麼事，全跪著。

馮憐容穩定了下情緒，道：「我知道妳們都有家人，如今皇上開恩，妳們可以早些回去……」她頓一頓。「我也沒多少可說的，這些年，妳們都盡了本分，主僕一場，我知妳們的好處，可天下無不散之筵席，妳們也該回去尋個如意郎君嫁了，將來再生幾個自己的孩子，好過在這兒虛度。」

四人一聽都哭起來。

寶蘭道：「娘娘，奴婢不想走，奴婢在這兒，比在家裡過得快活多了。」

金桂也哭道：「奴婢不走，娘娘待奴婢們可好了，奴婢們好吃好住的，到哪兒也不受氣。」

馮憐容聽了，眼睛也紅。

鍾嬤嬤訓斥道：「大喜事，都哭什麼？沒得還讓娘娘流眼淚。妳們哪個願意走的，就走；肯繼續留下來跟老奴作伴的，也乾脆點兒，娘娘還有好些事做。」

四個人這才擦擦眼睛，後來一說，寶蘭跟珠蘭都不走，金桂跟銀桂願意回家。鍾嬤嬤又去問外頭別的宮人，至於黃門，沒有一個願意走，他們本是無根之人，回去也娶不得妻子，還不如在宮裡自在些，出去少不得受人白眼。

鍾嬤嬤都回報給馮憐容。

其他殿裡亦然，過了幾日，也放出去兩千宮人。

陳素華立在院子裡，聽得外頭一陣陣聲音，哈哈笑起來，沒想到作為貴人，也有一日不如那些宮人，宮人尚且能有自由，貴人有什麼？只不過吃得飽、住得暖罷了。

日日獨守空房，沒有比這更寂寞的日子。她忽然就開始後悔，早知道，便是嫁了那混蛋又如何？再不堪，興許也能和離，可現在，皇上根本看都不看她一眼，又有什麼意思？

最可氣便是那方嫣，如此愚蠢，馮憐容如今管事，她也不知道做些手腳，光等著她犯錯，這如何能成？難怪能讓馮憐容活到現在！

陳素華手縮在袖子裡，重重嘆了口氣。看來還是得她出手，這等日子，她是過不下去了，與其這樣老死，還不如一搏！

因靖王的妻子金氏明日回京面見皇太后，趙佑樘這天特別叮囑馮憐容，金氏有喜，要她屆時帶著太醫前往景仁宮。

不過朱太醫年事已高，體力大不如前，前段時間就已有致仕之意，馮憐容也不想多煩勞他，第二日一聽說金氏已經入宮，她便領著金太醫去景仁宮。

金氏剛拜見完皇太后，馮憐容便到了。

皇太后詢問道：「如何這會兒來了？」

「回太后娘娘，是皇上吩咐的，說王妃有喜，叫妾身請太醫來看看。」

皇太后很是高興，看著金氏道：「那可是大好事，怎麼剛才沒有與哀家說？」

她雖是打趣，但到底語氣是不親的。趙佑樘是她養大的兒子，二人尚且談不上親，別說是趙佑楨的妻子了，金氏自然也清楚，只是為禮節，從睢寧回來拜見下名義上的母后，她抿嘴笑了笑。

馮憐容側頭看她一眼，微微驚訝。本以為是個豐滿的女人，沒想到身段苗條，除了膚色有些黑之外，五官很是清秀，又是宦官之家的女兒，氣質也端莊大方。

金氏察覺到她的目光，投來友善的笑容。皇上善待趙佑楨，那麼皇上最寵愛的貴妃，她沒有理由不示好。

馮憐容請金太醫上前給金氏把脈。

皇太后問起宮中大小事宜。「妳如今一個人管著，想必疲累得很。」

「回太后娘娘，確實如此，只望皇后娘娘能早日康復，妾身委實不是這等料子呢。」

「不過上回宮人的事情，妳還是處理得很好。」皇太后話有深意。「希望這份善心仁慈，妳能一直保持。」

馮憐容頷首稱是。

金太醫稍後看完，道一切順利，只需安心養胎即可，又笑道：「靖王妃看起來身體很好，不似一般的大家閨秀，可見平日裡是時常走動的，將來生孩子不成問題。」
金氏對皇太后道：「是去了睢寧，妾身才常出來，說起來，都瘦了好些。」
皇太后笑道：「那倒是，不過比往前好看了。」
馮憐容聽著很羨慕，看來金氏嫁人之後便不再大門不出、二門不邁，趙佑楨那麼和善的人，肯定常帶著妻子出來玩兒，指不定二人還坐船巡視江河呢！多有意思！
皇太后道：「佑楨也是，妳都有喜了，還不知道回來陪妳，下回我讓皇上催一催，又不是等著他一人治河。」
金氏忙道：「謝謝太后娘娘，其實相公提出要陪妾身回京的，是妾身自個兒覺得沒有必要，相公喜歡在睢寧，便讓他在那兒，左右離妾身生孩子還早著。」
皇太后看她這麼說就知道是個明事理的人，便沒有再提。
馮憐容又問金氏，靖王府缺什麼，金氏又是很客氣地推辭了，後來還是皇太后親自點了一些家具、布疋等東西，金氏才勉強收了。
馮憐容一一記下，二人一會兒便向皇太后告辭走了。
半路上，兩人遇到趙佑梧。他是故意來看金氏的，嘴裡卻道：「沒想到那麼巧。」
金氏行禮道：「見過四殿下。」
「我皇兄好嗎？」趙佑梧問。「怎麼沒跟嫂子一起回來？」
「相公很忙，不只巡視河道，還管河道兩邊農田事宜呢，是妾身叫他不要這麼早回，不然心心念念惦記這些，在家裡也不安生。」金氏笑道。「不過相公總是念叨四殿下。」

「什麼殿下、殿下的，叫我四弟就行了。」趙佑梧笑嘻嘻。「聽說我馬上就要有個侄兒了？」

見金氏臉一紅，趙佑梧又看馮憐容。「馮貴妃，今兒我叫膳房準備烤兔吃，能不能讓小羊跟阿鯉過來與我吃頓飯？」

他原先小一些，還常去延祺宮，可現在大了，生得丰神俊朗，為避免閒言閒語，也不好再去，可他很喜歡那兩個侄兒，故而時常要請他們去景琦殿玩。

「自然好了。」她那兩個兒子也喜歡這個四叔。

馮憐容對金氏道：「妳現今懷著孩子，什麼都要注意點兒，有什麼事情都讓下人做，尤其是現在起兩個月，最是重要，我會請金太醫隔段時間就來看一下。」

她說話溫柔，態度和善，金氏雖然才與她見面，卻已經喜歡她了，聞言笑道：「就是怕麻煩娘娘。」

「哪會呢，我最是喜歡孩子，以後妳生下來了，我三個孩兒也有個伴。」

她心想，趙佑楨的孩子若是個男孩，將來肯定也要來宮裡唸書，那宮裡就更熱鬧了，若是個女孩，也可以與小兔做姊妹，現今宮裡就她一個女孩，她自個兒也不知道何時才會再生。

回到延祺宮，她就把內宮監張緣，還有尚服局的管事姑姑叫來，吩咐他們把要添置的東西陸續送到靖王府去。

張緣又回稟延祺宮裡的幾樣物什大概後日送來，上回她這兒補損的東西到現在也沒有完全補齊，不過現今只剩下些雕花繁複、需要大量功夫的小件家具。

馮憐容道：「也不急，慢工出細活，叫他們不用趕。」

張緣應了聲，與管事姑姑走了。

晚上，趙佑樘過來延祺宮，見兩個兒子不在，笑道：「去佑梧那兒了？」

「說是要烤兔肉吃。」

「這小子，吃東西還花樣多，定是叫人在院子裡點了火堆。」

馮憐容抿嘴一笑。「是啊，所以才有意思，指不定讓小羊拿著自個兒烤呢。」她又好奇問道：「說到四殿下，皇上打算讓他做什麼？三殿下治河的本事倒是越來越好呢，聽王妃說，都還會管農田了。」

趙佑樘感到欣慰。「是啊，三弟越發能幹了，現在就算曹大人退了，朕也不擔心。至於佑梧，等過兩年，叫他去宗人府，原先也是藩王管的，朕看還是回歸原位。」

宗人府在開國時便已經設下，乃是管理皇家宗室事務的機構，現是禮部接手，有些閒職的意思，馮憐容心想，可能他覺得趙佑梧年紀還小，是要給他練練手，二來，趙佑梧好似也沒有偏好。不過這種事她從來不多想，轉頭命人端飯菜來。

戌時末，兩個孩子才回來，小臉紅通通的，看起來十分興奮。一問，果然是坐在火堆旁烤兔肉吃了。

趙承衍笑道：「四叔還烤了叫化雞吃，不過不是放在火上烤的，拿泥包了埋在底下，可香了！」

「還烤了番薯吃，甜甜的，跟蜜糖一樣。」趙承謨也道，拉著馮憐容的手。「下回咱們也烤，母妃，好不好？」
馮憐容揉他們的小腦袋。「好，叫你們爹爹一起。」
兩個兒子滿足了，沐浴洗漱後，便去睡了。

第三十一章

一晃眼，便迎來過年。

這日是趙徽妍週歲，得抓週，馮憐容一早就把她打扮好，裡頭穿了石榴紅繡五蝙的小襖子，外頭再裹件白狐皮做成的小披風，頭上戴一頂兔兒帽，活脫脫就是個小兔。

兩個兒子最近也不用聽課了，跟著一起去景仁宮。

景仁宮裡，趙承煜也在，兩個兄弟先見過皇太后，又與趙承煜互相見禮。

皇太后抱起趙徽妍，眉眼都展開來，笑道：「哎呦，真是漂亮的小公主，永嘉小時候也這個樣子呢，這孩子將來定是個美人了。」也誇馮憐容。「三個孩子都養得不錯，妳也辛苦了。」

馮憐容謙虛幾句。

皇太后讓人抬了大案上來，上頭放了好些東西，因趙徽妍是個女孩兒，除了往常那些，還加了好些別的，如剪子、尺子、花樣子、繡線、銅鏡、首飾等等。

這會兒趙佑樘也來了。馮憐容看著女兒被放在大案上，不免有些緊張，誰讓那兩個兒子之前表現那麼奇怪，一個吃花，一個又睡著了，抓都沒有抓，她只期盼趙徽妍可以正常些。

趙佑樘在她耳邊道：「不過是玩樂，怕什麼。」

馮憐容搖頭，玩樂也得正常點兒！剛才皇太后還誇她呢，一會兒這女兒要是也胡來，怎麼辦？

趙徽妍坐在大案上，先是四處看看，這才下手，只見她左手先是拿了銅鏡，咯咯一笑。女兒家都是愛打扮的，不錯、不錯。

趙徽妍玩了一會兒，右手就伸向算盤，這算盤有點兒大，一拿便是噼哩啪啦的珠子聲，她很是高興，笑得更歡了，左手把銅鏡一扔，索性兩隻手都抓住了算盤。

馮憐容又是無言，不過之前抓了，應該還算數吧？

皇太后笑起來。「算盤好啊，哀家小時候也是抓算盤的，別說，那會兒西席教到算術，還真學得快。」

趙佑樘道：「那小兔是像母后了。」

母子兩個都是一笑。

趙承衍道：「妹妹抓了算盤，將來會不會做帳房先生？」

馮憐容噗哧一聲。「什麼帳房先生，你妹妹再如何，都是公主，豈會去算帳？」她點點他腦袋。「你那會兒還抓了花吃呢，難道大了種花不成？也就是圖個好玩。」

趙承衍道：「原來如此，那弟弟呢？」

「都沒有抓，睏得睡了。」她看看趙承謨。

趙承衍哈哈笑起來。

馮憐容看著大兒子的爽朗，心裡突然有些酸澀，過完年這就到明年了，他得搬出來，可自己一直都還沒有與他講呢，現在也拖不得了。她握住趙承衍的手搖了搖道：「小羊，你常去你四叔那兒，四叔一個人住一個宮殿，是不是很好？多寬敞呀！」

趙承衍不太明白，但也點點頭。

「以後小羊也一樣，好不好？」

趙承衍奇道：「那母妃跟弟弟、妹妹住哪兒？」

「自然還是住在延祺宮啊，只小羊自己搬出來。」

趙承衍一聽急了。「不好，孩兒不搬出來，雖然地方大，可是冷清呢，孩兒就想與母妃、弟弟、妹妹住一起。」

馮憐容嘆口氣。「可你長大了，就得這般了，你看你三叔、四叔，老早就住在景琦殿，沒有與皇祖母住一起吧？現在你三叔還搬出宮了，因為長大了就要娶妻呀，怎麼好跟母妃再住一起。」

「娶妻？三叔、四叔都好大了，比孩兒高很多，孩兒還小呢。」他拉馮憐容的袖子。「孩兒不想搬出去，母妃！就不想搬。」

不過她這兒心軟，趙佑樘可不同，一聽說趙承衍不肯搬，回到延祺宮劈頭訓了一番，趙承衍嚇得小臉兒慘白，一個字都不敢說，等到年後，乖乖就搬到元和殿去了。

與此同時，趙承煜也搬到了東宮。

雖說這事情順利，可馮憐容平日裡跟趙承衍天天在一處，哪兒能不想念，隔沒幾天就要去元和殿一回，趙承衍也是，隔三差五地回延祺宮用膳，趙佑樘聽說了，回想起馮憐容可憐兮兮的樣子，只睜一隻眼閉一隻眼，反正孩子長得很快，擋也擋不住的，等到久了，她總會慢慢習慣，還是給她一些時間。

開春後，趙徽妍越發活潑了，馮憐容常帶她出來玩，小姑娘邁著小腿兒，跌跌撞撞得很歡快，她特別喜歡去葡萄架下面，圍著竹架子走，由兩個新升上來的宮人金蘭、白蘭左右護著。

這日，馮憐容照舊在葡萄架這兒，眼見天色有些暗，剛準備帶趙徽妍回去，就見小李幾個黃門一臉惶恐地過來，她心裡不免起了擔憂，眉頭微皺。

小李輕聲道：「娘娘，不知怎麼回事，宮裡突然起了謠言，說大皇子才該是儲君，還說是老天爺的意思。」

馮憐容腦袋裡轟隆一聲，驚道：「你說什麼？」

到得殿內，馮憐容讓方氏先抱走趙徽妍，這才請鍾嬤嬤來。

鍾嬤嬤也很吃驚。宮裡詭譎多變，向來皇子多，是非就多，可現在幾個皇子還小，原本還不用擔心，怎麼突然就生出這種謠言？若是被外頭聽見，對馮憐容的損害會有多大！身為他們的母親，馮憐容免不了會成為眾矢之的。

「到底怎麼回事？」鍾嬤嬤越想越驚心，質問道。「怎麼無緣無故就生出這個說法？」

小李道：「奴才也是今兒出去才聽見的，還是有個黃門知道，偷偷告訴奴才，好讓娘娘有個準備，可到底是從哪兒傳來的也還不知情呢，奴才已經叫人去問了。」

馮憐容心裡七上八下，過了一會兒，一個小黃門上來道：「原來今兒下午大皇子出去玩，在路上撿到一塊龍形樹根，怕是前日裡下雨被沖出來的，大皇子拿了玩，被人瞧見了。」

鍾嬤嬤大驚。「龍形的？」

太子雖然是儲君，可真龍天子那是皇上，她當下趕緊叫小李把黃益三給請來。

馮憐容問：「小羊當真撿到那樹根了？」

黃益三低頭回道：「是，怪奴才眼睛不尖，大皇子先發現了，就去撿，奴才攔也攔不住，回頭才發現是……」他跪下來。「是奴才疏忽，本以為沒什麼事，誰想到就傳開了！」

鍾嬤嬤罵道：「糊塗，這等東西能撿？」

可又一想，趙承衍始終是個孩子，好奇之下，還真攔不住，只是這事情從始至終都透著詭異。

馮憐容思來想去，慎重又慢慢地道：「看來我得去乾清宮一趟。」

鍾嬤嬤原本不太出門，但事態嚴重，她連忙跟著出去。

幾個黃門見到馮憐容來，唐季亮忙進去稟告，隨後就請她入書房。

趙佑樘這會兒正拿著那樹根看。要說這樹根長得還真奇怪，乍看確實是龍形的，真龍在天，這樹根也是龍盤旋在雲中的樣子，不過，饒是唯妙唯肖，他還是看出這樹根是被人精心做過手腳的，比如多餘的地方全折掉了，上頭隱隱還有些金粉，在光下亮閃閃的才易讓人發現。

正看著，馮憐容來了，趙佑樘抬起頭，就看見她一臉的委屈。「過來。」

馮憐容走過去道：「皇上，那樹根的事情……」

趙佑樘拿起樹根遞給她看。

馮憐容驚訝道：「原來皇上都知道了！」

「這等大事，朕如何不知？妳看看，可有什麼想法。」

馮憐容拿起樹根左看右看，恨不得把眼睛貼在上頭，她不信真有那麼像龍的樹根，簡直就跟雕刻出來的一般。這樹根一定是哪兒不對頭的，看著、看著，她就叫起來。「這兒有段被折掉了！皇上看。」

趙佑樘唔了一聲。「不只如此，還有些金粉掉在裡頭。」

她們女人家梳妝打扮，有時候貼個花鈿，難免會用到一些，馮憐容聽他提示，果然也發現了，一時她又滿腹疑惑。「也是錯漏百出，叫人一看便知是故意弄出來，奇怪，這如何得用？」

看她歪著頭，既是氣憤又是不解的樣子，趙佑樘道：「妳這會兒又傻了，若是真的，如何能對付人？」

馮憐容一怔，但她很快就明白了。便是要這樣，這東西一出，就能讓人浮想聯翩。讓趙承衍日後當太子，除了她，還會有誰有這等大的期盼？

這是把能殺她的刀！馮憐容臉微微發白，如此毒計到底出自何人之手？

她看向趙佑樘，咬著嘴唇道：「皇上……皇上到底信不信妾身？」

「不信，還同妳說這些？」趙佑樘道。「早就把這玩意一下扔妳臉上了。」

馮憐容抽了下嘴角，真是凶殘。

趙佑樘這會兒臉色也很不好看，自他得知這個消息，就沒有懷疑過馮憐容，她是怎樣的性子，他再瞭解不過，便是有那麼一丁點兒的野心，也只是要出去玩玩這種程度。至於爭太子，她壓根兒不會想，可現在竟然有人敢這樣構陷她，被他查出來，定要此人碎屍萬段！

「妳回去吧。」他擺擺手。「這事兒妳別管，只叫延祺宮的人別四處蹦躂，朕自會查個水落石出。」

馮憐容哦一聲。「那小羊？」

「他自然照舊聽課，那麼小懂什麼？」

馮憐容嘟囔。「怕他還撿到什麼東西。」

趙佑樘嗤一聲。「跟黃益三說，再讓承衍亂撿東西，朕砍了他的手！」

馮憐容心想幸好黃益三不在，不然肯定嚇得渾身哆嗦。

卻說方嫣得知這事兒，病也不裝了，畢竟威脅到她親生兒子的地位，她如何還坐得住？她詢問知春。「皇上如何處置，妳去打聽一下！」

知春其實早問過了，就是不敢說，輕聲道：「皇上派了錦衣衛查，不過貴妃娘娘那兒沒什麼動靜，不見有人去查詢。皇上還命人嚴守此消息，不准往外洩漏，若傳到宮外就割舌頭。」

方嫣摔了手邊的茶盞，不解氣，又摔了茶壺。世人稱那些迷惑人心的女人都是狐狸精，如今這馮憐容不就是？皇上已經被她迷了心！

這宮裡，還能有別人希望趙承衍當太子的？除了她，還能是誰？結果竟然把她排除在外，好一個馮憐容，讓她管理六宮，她就順著梯子往上爬，不滿足這個，還要讓自己的兒子做太子呢！作夢，想搶她兒子的地位，得她死了才行。

思及此，她立即拿起筆給方家寫了一封信。

宮裡這幾天錦衣衛還在盤查，但一直沒什麼線索，陳素華覺得安全了，心裡又暗暗得意，那日她極為小心，以其他貴人為掩護，不知不覺就放置下樹根，當真是做得妙極！

旁人到現在還一無察覺，現在該是她出手的時候了，不然光指望皇后，能成什麼事？

馮憐容想讓趙承衍當上太子，捏造謠言，這條罪怎麼也該被定下才行。

這日，她領著兩個宮人出來，尋到時機，把她們遣走，自個兒蹲下來，撿起地上殘缺的瓦片就挖起洞，不一會兒她面露喜色，用手一拽，取出一樣東西——龍形樹根，樣子也算唯妙唯肖，只是比起那一個，還是差一些。

其實這種樹根並不難做，陳素華的外祖父很喜歡木雕，她年幼時常住那兒，這些事情見多了，樹根大多盤根錯節，模樣千奇百怪，只要找到合適的，稍加修整就能做出這等樣子，於她來說，實在不是難事。

不過也還是花了好些功夫，一來四處尋找樹根並不容易，得避開人，二來弄成型也是一樣，故而這東西足足要了她幾個月的時間，才做出讓她滿意的，幸好作廢的這個，她還留著。

她用寬大的袖子遮起來，原本就是給小孩兒撿的，自然不大。

兩個宮人陸續回來，一個取了水，一個叫了黃門，剛才陳素華說不舒服，可他們來了，她又挺好的，兩個宮人少不得犯嘀咕，說起來，她們這主子最近是有些奇怪，神神秘秘的，常來園子又愛叫她們避開，只她們是奴婢，也只能聽從罷了。

陳素華得了想要的東西，就此返回，卻不知自己做的一切早就讓暗藏的錦衣衛瞧見了。

卻說陳素華拿了龍形樹根回去，第二日去了坤寧宮。

當日傍晚，陳素華出來放風箏，刻意選在離延祺宮很近的地方，這方向也頗有意思，她那風箏線一斷，不偏不巧就落在延祺宮裡。

兩個孩子正在院子裡，就見一隻彩色大蝴蝶翩翩然落下來，一時都好奇地圍上去看。
趙承謨道：「母妃，有風箏。」
馮憐容過去一看，當下也是納悶。趙徽妍蹲下來，歪頭看著風箏，伸手摸摸。
黃門忙去看個究竟，結果半途碰到陳素華，她急慌慌地道：「不知怎麼就掉到院子裡了，我這就去取，再向娘娘請罪。」
這倒是無可厚非，黃門便領她進去。
馮憐容一向大度。「也無甚，妳拿走便是。」
倒是鍾嬤嬤看不過去，嘲諷道：「放個風箏能放到這兒來？以後離遠點兒。」
陳素華不以為意，笑道：「嬤嬤說的是，只是放風箏需要寬敞的地方，故而妾身才來這附近，只覺得這兒真是風水寶地，也只有娘娘這等有福氣的人能住。妾身下回一定注意，再不來這兒打擾娘娘。」
鍾嬤嬤哼了一聲，少不得想到那秦貴人，那秦貴人就是跑這兒彈琴，結果被皇上發落了。這些人，就該有自知之明，若真有本事何必貼著這兒？非得藉馮憐容，才能得個前程不成？真正厲害的，可用不著這種手段。
陳素華還是笑咪咪的，彎腰撿風箏，結果身子一搖，整個人摔在地上。
眾人被這突發狀況嚇了一跳，唯有鍾嬤嬤以為陳素華是在演戲，伸手就在她人中上按，這人中按下去是極其疼痛的，尋常是假的定然會醒，饒是陳素華再怎麼忍，也忍不住，啊的一聲叫起來，痛得要死要活。

鍾嬤嬤暗自高興，賤蹄子露出馬腳了吧！

可哪裡知道，片刻之間，陳素華一口血就噴了出來，在她胸前衣襟灑上了點點鮮紅。

馮憐容見狀，忙叫人抬著去了裡頭，一邊請太醫來。

陳素華橫臥在榻上，死死閉著眼睛，鍾嬤嬤卻仍是不放過她，圍在旁邊盯著她看。

待太醫過來，正要請脈時，就聽外頭黃門道：「娘娘，皇后娘娘來了。」

馮憐容一驚。這是怎麼回事？

方嫣進來，皺眉道：「原來陳貴人當真暈倒在妳這兒。」

馮憐容把來龍去脈說了一遍。

「她時常來本宮這兒請安，要說真是一片赤誠，宮裡難得有她這樣的人了，故而本宮聽說這事兒，才來看看，現太醫來了，妳們都避開，請太醫好好相看。」

馮憐容這會兒自然覺得怪異，不是說陳素華是個貴人，方嫣就不能來看，只是這二人前後來延祺宮，讓她覺得有些不安。

方嫣看她不動，挑眉道：「陳貴人病了，妳們圍著，只會讓她更不舒服，都且退下。」

方嫣自己先走了出去。馮憐容走得慢，剛到外頭，就聽見一陣此起彼落的聲音，情況好像有些雜亂。

正疑惑間，方嫣身邊的黃門已經竄了進來，急切地說道：「皇上來了。」

方嫣的臉色立時變得難看起來。趙佑樘當真是護著她，不過聽說她來，這便生怕自己委屈了馮憐容，但也好，今日就叫他看看馮憐容的真面目。

趙佑樘大踏步進來，看也不看眾人，直走到裡間，方嫣與馮憐容連忙跟上去。

此刻，陳素華躺在羅漢榻上，剛才她就隱隱約約聽見外頭出了事。當初為了確保自己能裝病進入延祺宮，她預先備好了假血，裝入如指頭般大的囊狀物中，剛彎腰撿風箏趁人不注意時，她便將之放入口中，一旦咬破，假血流出，就十足逼真，便是為了裝病。現太醫就在身邊，她仍舊保持這個姿勢。

趙佑樘立在不遠處，看到陳素華的樣子，冷笑一聲道：「把她拖下來！」

兩個黃門上去，一人抓住陳素華一個胳膊，猛地就把她拉下來，陳素華嚇得臉色慘白，瑟瑟發抖。

方嫣驚道：「皇上，您這是為何？陳貴人她病了……」

趙佑樘側頭冷冷道：「是真病，還是假病，妳心裡清楚！」

方嫣心頭一跳，背上冷不丁就出了汗。

昨日陳素華過來坤寧宮，與她說起馮憐容的事情，稱馮憐容那兒有切實的證據，只要她今日入得馮憐容的內殿，就能把證據找出來，方嫣自然也懷疑，陳素華便拿了一封告密信出來，說那宮人不敢明目張膽來坤寧宮，怕被馮憐容知道，便託付於她，這信當然是陳素華自己寫的，只方嫣沒看出來。

信裡那人說是馮憐容的宮人，因受不得馮憐容表面一套、內裡一套，又被苛待過，故而想揭發她，稱延祺宮裡還有一方龍形樹根，馮憐容還沒來得及毀掉，只要方嫣去搜，自然能找到證據。

便是這樣，二人定了計策下來，誰想到趙佑樘卻來了。

方嫣被他看穿，自然心裡發怵，可馮憐容的罪行她還沒有揭出來，她咬牙道：「妾身今日來……」

話未說完，又被趙佑樘打斷。「是來找東西？」

方嫣整個人都僵住，不敢置信地看著趙佑樘。

趙佑樘手一揮，那兩個黃門當眾抓住陳素華，用力一扯她腰帶，只見上衣散開來，她腰間赫然別著一樣東西，那東西顏色是褐色的，好些分岔樹枝，張牙舞爪。

方嫣定睛一看，差點沒暈過去。

這不是龍形樹根是什麼？可……這怎麼會在陳素華的身上？難道被她找到了？但又一想，陳素華剛被抬進來，她還沒給她爭取時間，哪能這麼快就找到樹根呢，別說還有太醫在旁邊。

方嫣臉色鐵青，兩邊臉頰又覺得滾熱，像是被人狠狠打了兩巴掌。

趙佑樘道：「陳素華妳可知罪？」

陳素華趴在地上，早就嚇得面無血色，渾身抖得好似風中的落葉了，她絕沒有想到，自己設下天衣無縫的計劃，竟然被人當場抓個現行，若承認了也是死路一條。

「妾身無罪，這東西乃是馮貴妃的，妾身過來放風箏，結果風箏落進來，妾身又病了，被抬進去，迷迷糊糊就看到這東西，伸手抓了，沒想到是這個，這是馮貴妃藏起來的，皇上！」她語無倫次。

方嫣眼睛裡頭都在冒火，她衝上去，猛地就抽了陳素華一個耳光。「滿口胡言亂語，虧得本宮信妳，得知妳生病就過來相看，誰想到妳竟然做出這等事情！」

陳素華被打得嘴角流血，張口道：「娘娘，請娘娘救救妾身。」

方嫣此刻恨不得殺了她，哪裡會救她。

趙佑樘看在眼裡，嘴角噙著冷意，淡淡道：「皇后不是與陳貴人很好？前日裡，二人還相談甚歡。」

方嫣打落牙齒和血吞。「妾身不知她真面目。」

趙佑樘冷笑一聲，看向陳素華。「妳老實交代，今日是怎麼回事，朕或許可容妳留個全屍。」

方嫣一聽這句話，頭皮發麻，腿一軟差點就要跪在地上，可她還是強撐住了，只眼睛直勾勾盯著陳素華，若陳素華說出一句對她不利的話，今日，趙佑樘恐怕是絕對不會放過她的！

沒想到，她會有今日，自己的命運竟懸在一個貴人之手，還是一個如此欺騙過自己的貴人。

內殿裡一片寂靜，馮憐容立在趙佑樘身後，手不由自主握在一起。

她還真沒想到這龍形樹根竟是出自陳貴人之手，想當年她剛剛入宮，在她印象裡，也不過是個年輕的小姑娘，到底是為何，陳素華要這樣構陷她！

是為了趙佑樘的寵愛？是因為自己獨占了這份寵愛，所以才引得她仇恨自己？那皇后呢？到底，她有沒有參與這件事？

一時，眾人都把視線投在陳素華的身上。

陳素華忽然就笑了，她看著方嫣一笑，看著馮憐容又是一笑，最後淡淡道：「不過是我嫉妒馮貴妃，才設了這個計策，誰想到皇上英明，被皇上識破了。」她慢慢朝方嫣磕了一個頭。「我給娘娘道個歉，欺騙了娘娘。」

這話是把方嫣撇在外面了，趙佑樘目光一閃。「此等大罪，朕便是誅妳陳家一族也不為過。」

陳素華身子一顫，但隨即她還是恢復了神色，她抬頭看了看他，當年入宮，雖說是因不滿意婚事，對宮裡也有些嚮往，可做了貴人，她還是喜歡他的，曾經也期盼著哪一日他會突然青睞自己。

誰知道，一切都是幻想，即便是像蘇琴這般的人兒，最後也沒能入得了他的眼。可這一切，拜誰所賜？今日，她死了，若再牽連方嫣，那宮裡還有誰能對付馮憐容？她沒有那麼傻！

「妾身已是說了實話，皇上仁慈，舉國皆知，妾身願為此事贖罪！」

既然是賭，自然會有輸的可能。反正總歸是一死，在宮裡老死，與這樣早早就死了，還不知道哪個更好呢。

她格格笑了起來，看向馮憐容。「馮貴妃，妳的命真好呀，妾身便是羨慕妳，這次陷害妳，也是因這嫉妒，誰讓馮貴妃妳如此得皇上的寵呢，便是沒有那龍形樹，將來妳的兒子，也未必就不能撿到別的。這宮裡，早晚都是妳的天下啊……」這話是在警戒方嫣。

方嫣的嘴唇抿得緊緊的，這些話就跟刀尖一樣直刺入她的心裡。

趙佑樘皺眉道：「把她帶走，好好拷問！」

這事兒還沒完，方嫣臉又白了一白。

趙佑樘盯著方嫣道：「身為皇后，還做出這等事，真是不知所謂！」

方嫣辯解道：「妾身是被騙了，陳貴人說能找到龍形樹根，還有一封告密信，妾身自然會相信，若馮貴妃這兒沒有，妾身自然也不會冤枉她的，又哪裡做錯？」

「是不是騙，還不知！」趙佑樘道。「從今日起，妳莫要再出坤寧宮了！」

方嫣一聽，整個人都歪下來，就連馮憐容都嚇一跳，忙道：「皇上，剛才陳貴人不是也說……」

趙佑樘打斷她。「朕意已決，妳莫要多說。」他命人帶方嫣下去。

方嫣這會兒渾身力氣都沒有，她沒想到趙佑樘會這樣絕情，明明剛才陳素華都已經承認，此事全是她一個人的主意，他竟然還要囚禁自己？說到底，她也是受害者！

方嫣被扶出去的時候，惡狠狠地看了馮憐容一眼。還是因她，她堂堂一個皇后，竟無論如何都不能碰她一個貴妃！

趙佑樘見狀，嫌棄地側過了頭。方嫣哪怕真的是被騙，原因也很明顯，因為她太急於對付馮憐容，所以才會上陳素華的當，一旦聽到什麼告密信，連腦子都不用，一心想著給馮憐容定罪！她這樣的人，如何還能再做皇后？做了，仍然只會一心視馮憐容為敵人，眼睛裡看不到別的東西！

可景國的皇后，他的妻子，怎麼能是這樣一個人？趙佑樘在這一刻作了決定。

馮憐容自然不知他的想法，想到前前後後的事情，說道：「原來這事兒皇上一早就知道了，倒是把妾身蒙在鼓裡呢！」

趙佑樘坐下來道：「如今妳可知道了，外頭找上門來的，便是死在妳面前，也不能給她們請太醫，這些人心黑得很，也就妳傻，什麼人都相信。」

「那是因為皇上知道這詭計了，要不然哪兒狠得下心。」畢竟是一條人命，耽擱不得，而且還是個妃嬪。

趙佑樘瞭解她，也不再提。他突然起身，馮憐容忙退後一步。

「朕去趟景仁宮。」他道。「晚上過來用膳，妳叫膳房準備下。」

馮憐容應是，他大踏步就走了。

皇太后那兒一聽到方嫣被勒令禁足，當下也是著急，沒等趙佑樘到，她都已經走到殿門。

二人在外頭相遇，皇太后張了張口，一時又不知說什麼。

「母后，先進去。」趙佑樘與她一同走入內殿。

身邊宮人、黃門盡數退了出去。

皇太后看一眼趙佑樘，見他面色平靜，似是胸有成竹，當下心裡頭就是咯噔一聲，看來這次怕真是不好了，她索性開門見山地問：「皇上打算如何處置阿嫣？」

趙佑樘也沒有回避。「朕打算廢了皇后，故而特地過來，希望母后准許。」

皇太后雖然早有準備，還是吃了一驚，她仍是沒想到趙佑樘會那麼乾脆，不由得挺直背脊道：「這事兒沒有轉圜的餘地？皇上，阿嫣可是承煜的母親啊，她若是被廢了，承煜該如何自處？」

莫說是趙佑樘了，便是她也覺得方嫣一錯再錯，確實教人難以忍受，只得希望拿母子間的連繫可以挽回一下。

提到趙承煜，趙佑樘果然還是遲疑了，皇太后打鐵趁熱。「皇上，景國自開國以來，便是前朝，又有哪一個不是皇后之子立為太子的？阿嫣雖然個性愚鈍，有好些缺點，可到底沒有真的犯下大錯。在她做皇后期間，宮裡也一向太平，今次這事兒，是被小人蒙蔽，她一時頭腦發熱，才會懷疑馮貴妃，可到底也沒有把馮貴妃如何，皇上，不妨再給她一次機會？」

這次提到馮憐容，趙佑樘那點遲疑又沒有了，他挑眉道：「她這性子，本就難堪大任，朕已經一忍再忍，是她自己不知好歹！承煜有她這樣的母親，必成不了大器！」

皇太后急道：「那皇上如何與大臣們交代？」

趙佑樘冷笑道：「她心胸狹窄，親信小人，德行有虧，早就不配為后了，朕即刻就令禮部起草。」

說出這種話，自然是不可能再收回，皇太后不由得想起方嫣剛入宮時的光景，沒想到她竟是這個結局，皇太后頹然往後靠去，她連一句不准許的話都沒有力氣說了。當然，她心裡也清楚，趙佑樘此番來，說請她准許，可事實上，她准不准許根本不值一提。

她慢慢吐出一口氣問：「那皇上，準備讓誰來當皇后呢？」

「朕還未決定。」

皇太后的眉頭微微挑了挑。若不是馮憐容，難道還有別人？這宮裡，別的妃嬪可沒有被臨幸過。

「哀家知道了，一切都由皇上決定，只是承煜小小年紀，如何承受得了？」

趙佑樘想到這個兒子，眸色微黯，可趙承煜真要由方嫣來養大，還不知道會變成什麼樣呢？只怕從小就要被教唆著兄弟不和，畢竟方嫣那麼恨馮憐容，如此，自然是不行。

皇太后又道：「可他非馮貴妃所生，二人無母子之情，以哀家看，還是要皇上多多費心。」

「母后說的是，朕自會多加照看他。」

皇太后點點頭，對方嫣是恨鐵不成鋼，對這個孫兒卻是惋惜，方嫣一旦不是皇后，趙承煜的處境自然就會變得艱難，可稚子何其無辜，只盼他還能好好長大。

從景仁宮裡出來，趙佑樘去了乾清宮。

這兩日因那樁事，他自個兒也有心思，不知不覺都積壓了不少奏疏，這會兒看了一些，突然就把手中御筆猛地擲在桌上。

唐季亮看著，暗自揣測，不知道是哪一位官員觸霉頭了？

趙佑樘召了夏伯玉來。「你派人去寧縣看看，到底何易與馮孟安出了什麼事？」

剛才那封奏疏又是何易彈劾馮孟安的。說實話，趙佑樘本來就對何易很是不滿，常常想著要不要換個人，可何易還不自知，常常對這個官員有意見、對那個官員有意見，上回彈劾馮孟安，明明他都做了和事老，誰想到，何易還提這件事兒。好歹馮孟安也算與他沾親帶故，這何易真是一點不懂人情世故，馮孟安若真有哪裡不好，不知道提點、提點？可見此人也是個容不得人的。

夏伯玉立時就派人去了。

趙佑樘這會兒也沒心情批閱奏章，便移駕到延祺宮，一進內殿，就聽說馮憐容在書房，他過去一看，只見她在畫畫，而且是在地上畫的。
趙徽妍立在旁邊歪著腦袋看，見到他就站起來。
趙佑樘把她抱起來，笑道：「在看什麼？」
「兔、兔。」趙徽妍指著那畫，一臉天真。
趙承謨也過來見禮。
馮憐容笑道：「今兒她跟阿鯉看到風箏了嘛，阿鯉就說想放風箏呢！妾身就打算給他們畫個兔子風箏，一會兒再畫個鯉魚的，這樣放上去才好玩。」
趙佑樘湊過去看了看，頓時抽起了嘴角。風箏要真照著這個做，不知會醜成什麼樣！
「妳這哪是兔子？」他一通訓斥。「說是豬還差不多，也就一個耳朵湊合。再說，風箏放上去，要講究輕重的，妳這形狀不對稱，做骨架都不好做。」
馮憐容本來興致勃勃的，覺得自己畫得挺好，被他一說，那是欲哭無淚。「這不能……做了？」
「不能。」趙佑樘放下趙徽妍，從她手裡拿過筆。「再拿張紙來。」
馮憐容看他要親自動手畫，一時高興，忙就拿了張紙來。「妾身給皇上磨墨。」
趙佑樘想了想，剛要提筆，又道：「兔子是白色的，放上去怎麼好看？妳看那些風箏，每一個都是五顏六色的吧，這樣在下面才看得清楚，也教人喜歡。」
馮憐容恍然大悟。「那倒是，那兔子不能是白色的了？」
「當然。」

馮憐容歪頭道：「那畫什麼顏色？」

「紅色的？」

「世上有紅色的兔子嗎？」馮憐容問。

趙佑樘犯難了。那些野兔子又不好看，畫上去不討喜。

兩個人大眼對小眼，好一會兒沒下筆，馮憐容突然噗哧一聲笑起來。「皇上也有傻的時候呢，妾身才想起來，那些風箏哪裡真會按著原來的樣子畫呀，妾身記得以前看到一個獅頭風箏，上頭好幾種顏色，特別鮮豔，可真正的獅子哪裡會是這樣的。」

趙佑樘一想，果真是，也笑起來。「那畫紅色的？」

「加點兒黃的、藍的？」

趙佑樘點點頭，幾筆下去，兔子的樣子就出來了。

馮憐容在旁邊誇他，跟趙承謨道：「好好同皇上學，皇上的畫功可好呢。」

趙佑樘聽著嘴角微微翹了翹。

馮憐容又道：「母妃那兒掛著的一幅畫你見過吧？就是你爹爹畫的，可惜啊，已經過了好些年了，你爹爹就畫了這麼一幅。」言辭間頗多幽怨，這畫她總是看，說不定哪日就膩了。

趙佑樘手裡的畫筆一頓。那還是他當太子的時候畫的，一晃這麼多年，原來自己真的沒給她再畫上一次。

趙承謨好奇地問：「爹爹，那畫上的是誰啊？母妃說是她呢，可孩兒瞧著不太像。」

趙佑樘噗哧一聲笑了，摸摸兒子的頭。「朕也覺得不是你母妃。」

一旁的馮憐容氣死，叫道：「怎麼不是？」

「哪裡是，當年朕也說不是妳。」自己厚臉皮，非得說成自己，他可從來沒有承認過。

趙承謨看看父親，看看母親，微微一笑。馮憐容氣得扭過頭不理他。

趙佑樘繼續畫兔子，趙徽妍微笑，指著道：「兔兔。」

「把藍色的顏料拿來，愣著幹什麼？」趙佑樘畫了一會兒，催馮憐容。

要說趙佑樘畫畫的本事確實是很厲害的，這兔子雖然畫成了五顏六色，可眼睛、鼻子、耳朵都很傳神，看起來十分可愛，而且他畫了兔子在一片草原上，這樣容易做成對稱的風箏。

她想誇讚兩句，可一想到趙佑樘拆自己的臺就不高興。她現在年紀大了，那畫上的自己多年輕啊，那是一個美好的回憶，他偏偏不肯承認是畫了她。

趙佑樘畫完了，瞟了馮憐容一眼，看她還氣鼓鼓的，就有些想笑。又不是什麼大事兒，女人就是女人，真夠小氣，虧她還當了三個孩子的娘。

他立起來，走到桌邊，取了張宣紙攤好，自個兒調了顏色。

馮憐容納悶，不是要畫鯉魚嗎，可看這架勢不太像。

趙佑樘也不說話，略一思索就動手畫了，馮憐容立在旁邊，慢慢發現他是在畫人，那輪廓出來，她突然就笑了，剛才的不悅一掃而空，上去摟住他的胳膊道：「皇上在畫妾身了啊。」

趙佑樘皺眉道：「還不放手，差點畫歪了。」

馮憐容放開手，但還是追問道：「是不是畫妾身？」

「妳覺得呢？」

「自然是我了，看看這下頷，圓潤可愛，還有這耳朵，小巧玲瓏，跟妾身的一模一樣。」

趙佑樘嗤笑道：「真沒見過這麼厚臉皮的，天底下就沒別的女人長這樣了？」

馮憐容揶揄道：「有是有，可皇上又不出宮，怎麼畫別的？」

趙佑樘噎住，過得片刻道：「想像中的。」

「那為何非得想一個跟妾身一樣的？」

趙佑樘又噎住。馮憐容看他這樣子，笑死了，跟趙承謨道：「阿鯉，你覺得這個是不是母妃？」

趙承謨點點頭。「這個像。」

「什麼這個像，我房裡那個也很像！」馮憐容道。「以前母妃年輕好看著呢，就跟阿鯉現在一樣，還小，以後阿鯉長大了，就會跟現在不太一樣的。」

趙承謨哦了一聲。「原是這樣，不過剛才爹爹說不是母妃。」

趙佑樘在旁邊手一歪。果然騙孩子是不好的。

馮憐容笑道：「爹爹逗你玩，當不得真，那個就是母妃。」

趙佑樘聽著也不再反駁，一會兒兒子再問起來，怕招架不住。

幾個人晚飯也不吃，一直在書房裡，鍾嬤嬤來了一次，聽說趙佑樘在畫畫，一家子其樂融融，也沒敢打擾，只讓廚房熱著，一會兒等要吃了，再立刻端上來。

趙佑樘又畫了一會兒，終於畫好了。

馮憐容喜孜孜過去瞧，只見畫上一個年輕女子立在葡萄架下，頭上包著藍色頭巾，微微仰著頭，嘴裡還含著一顆紫色的葡萄，說不出的嬌憨可愛。陽光灑下來，染得她一頭烏髮也泛著金色。

她眼睛突然有些發澀，抬頭看著趙佑樘。「皇上畫得真好，只是妾身現在，哪裡還有那麼年輕。」

趙佑樘笑道：「終於承認不是妳了？」

馮憐容又被氣了一下，扭頭就要走，趙佑樘伸手拉住她。「越發會使性子了，是妳還不成嗎？現在這個是妳，以前那個也是，在朕心裡，妳永遠都是這樣，永遠都是朕的阿容。」

馮憐容聽了這等甜言蜜語，自然是軟成一團，他不愛說這些的，她輕聲道：「可惜現在沒葡萄，不然定然餵了給你吃。」

趙佑樘笑起來，低頭親在她嘴唇上，稍後幾人就去用膳。

趙佑樘這會兒心情也好很多，吃了不少東西，馮憐容看他幾眼，心裡頭還是好奇他與皇太后說了什麼，畢竟這事兒十分重大，她雖然不算聰明，可不該過問的事情，她還是很清楚。

趙佑樘又問了趙承謨的功課，再逗一逗趙徽妍這便走了。

第三十二章

趙佑樘回到乾清宮的時候，已是不早。

小黃門稟告。「皇上，太子殿下等了皇上好久。」

他快步走了進去，遠遠就見庭院裡，一個小小的身影立在那兒，穿了身玄色袍子，頭戴小玉冠，背影被拖成了小團的黑影，在夜色裡顯得特別可憐、孤單。

趙承煜聽說他到了，轉身跑過來，待到近前才放慢腳步，叫道：「父皇。」

他聲音裡有些緊張，有些歡喜，也有些委屈。

趙佑樘問道：「怎麼會等到現在，用過晚膳了嗎？」

趙承煜搖搖頭。「沒有。」

趙佑樘眉頭一皺，看到他身後幾個黃門。

黃門忙跪下來，花時道：「奴才們早勸過了，可殿下非得要等皇上來。」

「到底何事？」趙佑樘一邊拉著趙承煜進了內殿，並且吩咐他們去膳房端一些飯菜來。

趙承煜這會兒已經有些哭腔了，說道：「孩兒見過母后，母后一直在哭，說再也不能出來了。父皇，這是不是真的？母后怎麼了，為何要被關起來？」

趙佑樘就很惱火。方嫣這是想利用自己的孩子再博些同情？可早知如此，何必當初，如今卻再也無法挽回。

他低下頭道：「承煜，你母后犯了錯，故要得些懲罰。」

既然趙承煜已經知道，便是哄騙也起不了作用，他總會長大的，也總會要弄個明白，只是做為父親，親手處置自己孩子的母親，多少令人不太舒服。

趙承煜驚道：「母后犯錯了？那母后不能改嗎？」

「改自然能改，可犯下的錯總得要彌補，這就好比講官問了一個問題，你答不出來，這便是溫習不到家，講官自會命你多抄寫幾遍。故而你母后被關起來，也是一樣的道理。」

趙承煜沈默，過一會兒問：「那要關多久？」

「不會很久的。」趙佑樘看飯菜端上來了。「先把飯吃了，可不能餓肚子，你正在長身體。」

「少吃點兒也沒什麼，父皇不是說不能貪吃嗎，孩兒聽父皇的話，已經不胖了。」

他小小的臉上露出天真的神色，說這話的時候，想伸手握一握趙佑樘的袖子，但半途還是縮了回去。

趙佑樘見此，微微嘆口氣。說起來，他對這個兒子是有愧疚的，三個兒子中，他與趙承煜相處的時間最少，而他幼時貪吃，與哥哥、弟弟有些疏遠，總也有他這做父親的原因。

他對趙承煜的關心真的不多，可不管如何，他總是自己的兒子，這份血脈親情是無法割捨掉的，他心裡想著，面色越加柔和起來。

他握住趙承煜的小手。「承煜你肯聽朕的話，這是好事，不過也不必懼怕朕，朕總是你父親，你以後有什麼不明白的，隨時都可以來，便是想見見朕，也不必拘束。」

趙承煜聽著自然高興，因那些黃門、宮人常說皇上在延祺宮，他也很少見到父親，如今父親對他和顏悅色，叫他常來，他歡喜地連連點頭。「好。」

方嫣被軟禁在坤寧宮的消息很快就傳遍整個後宮，一時眾人都紛紛揣測，常有人在偏僻處交頭接耳，加之禮部都得了手諭，宮外也漸漸都知道了。

方大人這幾日心神慌亂，方嫣是他女兒，如今要被廢掉，作為父親，哪有不心焦的道理。可是，聖命難為，他到底該如何是好？

方夫人垂淚道：「老爺也莫要瞞我，咱們嫣兒大難臨頭，誰人不知？」她上前拉住方大人的袖子。「老爺快想想辦法救救嫣兒，不能眼睜睜看著她被廢啊！」

廢后與那些入冷宮的妃嬪，差不多是一個歸宿，不會有好下場的。

見方大人沈默不語，方夫人哭紅了眼睛，氣憤地握緊拳頭道：「還有太子，那是咱們的外孫，嫣兒要不是皇后了，他也好不了！本以為皇上英明，當年老爺才聽從太皇太后之命，扶持他得了太子之位，如今倒好，才幾年就要廢了咱們嫣兒，真是狼心狗肺的東西！也不想想當年他得的恩惠，沒有咱們，他能當上這皇帝嗎？」

方大人臉色一變，忙道：「真是婦人之見！要說功勞，也是太皇太后的，咱們算什麼？」

「那總也出了一分力，老爺，現廢后的聖旨還未出來，老爺您怎麼也得救一救嫣兒！就如當年一般，妾身不信皇上能擋得了眾位大臣的反對！」

方大人嘆了口氣。當年能成，也是先帝軟弱，可當今皇上卻不是這等人，再說，朝中重臣未必會站在他這一邊，因現剩下的老臣中，楊大人已經致仕，王大人、李大人都是皇上的講官，感情深厚，而其他都是皇上新近提拔上來的官員，在權勢、利益面前，又有多少人真的捨得？別說他現在不過領個虛職罷了，哪像以前，一呼百應。

見他這般，方夫人很是失望。「老爺沒膽子也罷了，我少不得求求我娘家。」

方大人忙道：「娘子切莫心急，嫣兒一事到底是何原因，還未知。」

「能有什麼原因？便是那馮貴妃陷害的，我嫣兒天真單純，何曾會想過害人了？」方夫人瞭解自己女兒，她不是一個狠毒的人，再如何，也不該被廢。

方大人又要說，方夫人不肯再聽，拂袖走了。

方夫人的娘家是有些勢力，她能嫁入方家，不是全靠運氣。只是，要與皇上作對，談何容易？

方大人愁得晚上都睡不好。

永嘉長公主聽聞這消息，翌日就入宮來求見皇太后。

皇太后知道她要說此事，淡淡道：「皇上心意已決，我也勸不了。」

永嘉吃驚道：「可到底是為何，皇后做了什麼事情，竟然惹得皇上要廢掉她？那是皇后，又不是尋常妃嬪，哪裡能說廢就廢了，是不是……與馮貴妃有關？」

「算得，也算不得。」皇太后把來龍去脈一說。

永嘉聽完，面色複雜。沒想到宮裡竟然出了這種事！

她皺了皺眉，長嘆一口氣道：「皇后怎如此糊塗！便是要對付馮貴妃，也不該如此，她什麼身分，竟與個貴人混在一處。」

她也是恨鐵不成鋼，連連搖頭，難怪趙佑樘會生出廢后之心。她沈默一會兒問道：「那下一位皇后會是馮貴妃了？」

「也不知。」皇太后道。「皇上倒是沒說。」

永嘉嗤笑一聲。「還能有誰，只沒想到她那麼好命，從一個良娣做到皇后！」

皇太后提醒道：「便是如此，妳日後見到她，也莫要露出輕蔑之意。」

永嘉撇撇嘴。看在皇帝的面子上，她是該如此，可心裡怎麼想，誰也管不著。「我去看看阿嫣。」

皇太后也不知說什麼，嘆了口氣。

永嘉走到坤寧宮，只見四處冷清、死氣沈沈，那些黃門、宮人個個都低垂著頭。

方嫣也是臉色青白，坐著一動不動，倒是聽說她來了，忙站起來。

「皇姊。」她握住永嘉的手就哭。

「我先前不知這事兒，到現在才來看妳。」

「那妳見過母后了？妳幫我求求母后，讓母后再去見見皇上。」

這些天，她終於明白自己的結局，不只禁足，而是要被廢掉，她這皇后之位一共才坐了七年，別說本朝了，就是前朝，好似也沒有聽說過這等事情。她到底犯了什麼大錯，要受到如此懲罰？要說有，那就是沒有馮貴妃得寵了！

最終，皇上還是跟先帝一樣，被美色沖昏頭腦，馮憐容這樣的人，到底有幾分真心？不過是想糊弄趙佑樘，將來好讓自己的兒子做太子，她只是沒有用對法子抓到馮憐容的錯處，若是再給她一次機會，她不會失敗的，可問題是，這機會難再有了，她一敗塗地，還連累了自己的兒子。

一想到趙承煜，方嫣又痛哭起來。「皇姊，承煜怎麼辦？我若是被廢了，承煜還能做太子嗎？」

永嘉安慰道：「承煜是個乖孩子，皇上還是很喜歡他的，現如今，妳莫再想這些。」她嘆口氣，實話實說。「母后對此也無能為力，故而妳要堅強些，妳要記得，將來並不是沒有絲毫機會的，妳別再犯以前的錯誤，多想想承煜。」

方嫣腿軟了，慢慢坐下來。「真是沒有辦法了？」

見永嘉搖搖頭，方嫣咬了咬嘴唇道：「謝謝皇姊今日來告知，將來承煜就交託於皇姊了。」

或許這是她最後一次見永嘉。方嫣心灰意冷，也沒有別的話好說。

永嘉嘆口氣，告辭走了。她回頭看一眼坤寧宮，下次再來的時候，大概這兒已經易主了吧？

人生真是意料不到。

這話對馮憐容來說也是一樣。

延祺宮裡，旁人都很高興，鍾嬤嬤經常笑咪咪的，只是出去外頭才收斂些，畢竟皇后還沒有被廢，自家主子也還沒有做皇后，不能讓人覺得輕浮。

而馮憐容卻是心思重重，還被趙佑樘察覺出來了。

他問道：「可是因為宮裡的傳言？」

廢后是必然的，而關於下一位皇后的猜想，不用說，每個人都覺得是馮憐容。

「妾身倒希望只是傳言。皇上，皇后娘娘那次也是受了陳貴人的蒙蔽，如今陳貴人都被皇上賜死了，何必非得還廢了皇后娘娘？」

陳素華在牢裡被拷問還是一應承擔此事，也算有骨氣，趙佑樘便叫人推出去斬了，陳家痛失一個女兒，也不敢反抗，還得叩謝皇帝寬宏大量，不追究其家族之罪。

趙佑樘淡淡道：「她又不是一次、兩次，再給她做皇后，妳不怕她哪日又找妳麻煩？」

馮憐容不好反駁。她當然不喜歡方嫣，可方嫣被廢，她或多或少知道總有自己的原因，畢竟趙佑樘是向著她的，而方嫣卻十分厭惡她，才會造成今日的局面，可捫心自問，她也沒期望方嫣被廢掉。

在宮裡，皇后被廢意味著什麼，誰不清楚？方嫣這輩子都完了，這是很殘酷的事情。

趙佑樘皺眉道：「妳又心軟什麼？這事兒再怎麼樣也與妳無關，她是咎由自取，朕已經忍她很久了。」

馮憐容抬起頭，只見他面上滿是厭棄，她不由得想起前一世，這二人也是感情不和，故而趙佑樘才會喜歡那蘇琴，只她早早去世，並不知後來的事情。

看她發怔，趙佑樘也不想再提這件事，詢問道：「妳協理六宮，可是真覺得累？朕看妳常打呵欠，有時候早早又睡了，朕來了，見都見不到。」

馮憐容點點頭。「哪有不累的，管個後宮很不容易。」

趙佑樘看她眨巴著眼睛，還是像個小姑娘，忍不住就嘆口氣。她這個樣子，能做皇后嗎？可方嫣被廢，后位空虛，將來總還要有個皇后的。

趙佑樘頭疼。「妳不是跟孫婕妤有些交情，朕看叫她幫幫妳吧，省得事務纏身，人都瘦了。」

馮憐容倒是高興，忙道好。

等到皇上走了，鍾嬤嬤湊上前來。「剛才皇上問娘娘，娘娘怎麼就這般表現呢！」

馮憐容奇怪。「怎麼了？」

鍾嬤嬤一臉恨鐵不成鋼的表情。皇后一廢，自然過不了多久就要立新皇后了，這宮裡難道還有比馮憐容更加合適的人選不成？自然得自己抓緊機會，結果她竟然還願意叫孫秀一起管事。「別人都是想權力越大越好，主子這算什麼呀？」她壓低聲音，小得跟蚊蚋似的。「皇上還不是想讓主子當皇后。」

馮憐容忙道：「我可不想。」

「那主子是想讓其他人當皇后？可主子想過沒有，別人當皇后，皇上總得給她該有的一份，以後皇上常去皇后那兒，主子也不要動氣，指不定還得多幾位皇子、公主。哦，到時說不定還得選秀，選個年輕漂亮的主兒來當皇后，也不是不可能的。」

這些年，鍾嬤嬤哪裡不知道她的心思，自家主子雖然沒什麼野心，可女人的嫉妒心不能說沒有，她現今習慣了皇帝的獨寵，若真出來一個，還不知道怎麼樣。這就叫站著說話不腰疼，她裝大方，以後指不定有哭的時候。萬一真來一個賢慧大度、年輕美麗的新皇后，可怎麼辦？

鍾嬤嬤是想提早點醒馮憐容，馮憐容被她說得啞口無言，可過得一會兒，她問道：「就算當了，那以後皇上要選秀，來個年輕漂亮的寵妃呢？」

這回輪到鍾嬤嬤不能回答了。

主僕兩人一時都不說話，各有各的心思。

馮孟安在寧縣，正在田莊裡到處晃悠，就見金尚文來了。這金尚文是他同窗好友，當年一起中了舉人，如今在寧縣當知縣。

馮孟安看到他笑意盈盈，問道：「有什麼好事？」

「對我不算好事，可對你來說，那是天大的好事。」

馮孟安挑眉。「說來聽聽，若真是，我請你去吃酒！」

金尚文笑道：「你可真是心大，那何大人與你事事作對，你還有心思呢？」

「怎麼沒有心思，我可不怕他，再說，既然是好消息，吃個酒有什麼？」他手一揮。「快些說來。」

金尚文道：「皇后被廢了，你妹妹不是貴妃娘娘嗎，這算不算天大的好事？」

馮孟安嘴巴張得老大。「還有此事？」

他那妹妹什麼性子，他再清楚不過了，別說爭什麼，別人沒害得她丟命，家裡都得燒高香，可現今高高在上的皇后娘娘怎麼就倒了？聽說宮裡也沒有別的受寵的主兒啊！那皇后是得有多蠢，難不成自己把自己給害了？反正，他那妹妹肯定是不可能鬥倒皇后的。

「怎麼回事？」馮孟安追問。「那方家沒上奏疏？」

「方家是沒上，倒是皇后外祖家上了一道又一道，還稱貴妃娘娘蒙蔽皇上，禍國殃民呢，反而把皇上惹怒了，第二日就昭告天下，廢了皇后，理由都沒怎麼寫，還把她外祖父罷官了。其他上過奏疏的官，全屁都不敢放。」金尚文感慨。「方大人還好識時務，見他岳父這等下場，沒敢下手，烏紗帽保住了，要我說，留得青山在，不怕沒柴燒嘛，到底太子還是太子呢。」

說到最後一句，金尚文覺得不太對頭，那太子可是方嫣的兒子，而馮貴妃也是有兩個兒子的，他尷尬一笑。

馮孟安道：「你說得也沒錯，人麼，總要留個退路。」

他也當作沒聽到那句話，可心裡卻是另一番思量。將來妹妹若當了皇后，那太子與兩位皇子之間的關係可是難說了，正如金尚文所言，太子是方家的柴火，可這柴火能不能燒起來，也未可知呢！

馮孟安笑了笑，同金尚文一起吃酒去了。

方嫣被廢之後，遷居到乾西的長安宮裡做了道姑。

皇太后與她到底有些婆媳情誼，還是在趙佑樘跟前求了情，准許多帶幾個宮人去服侍，錢財上面也寬鬆，故而比起此地其他妃嬪，算是好多了。

趙承煜對母親突然的搬離也受到驚嚇，他不明白這懲罰怎會那麼重，聽課時便也走神。

李大人自然清楚是怎麼回事，告知了趙佑樘。

孩子小小年紀遭受這等變化，讓人看著也覺得不忍心，方嫣雖然錯處很多，可對自己的兒子堪稱良母，趙佑樘便命人陪趙承煜偶爾去探望方嫣。

他怕方嫣說什麼胡話影響趙承煜，並且私底下也警告過她，若是教壞孩子，以後要見趙承煜，更是不可能。方嫣此等處境又哪裡敢不聽，是以見到趙承煜只叮囑他好好唸書，注意身體，倒一時也沒什麼。

卻說孫秀那兒得了皇命，這日就來延祺宮。

「聽說娘娘忙不過來，皇上體恤，叫妾身來相幫，不過妾身也沒有著手過這些，不知行不行呢。」

馮憐容請她坐下。「早年妳下棋比我厲害，我就知妳定是比我能幹。」

孫秀笑咪咪道：「下棋算得什麼？不過是玩樂，與管事可差多了，依妾身看，這管事除了會算帳，還得會用人，大到每年各個節禮，小到用的一針一線，哪一樣不用費心，也難怪娘娘勞累。」

「妳看看，妳隨口一說，便知心裡清楚得很，而我呢，並不是這塊料子，還是照著皇后娘娘原先的做法。」說到這兒，她頓了頓，沒想到皇上雷厲風行，方嫣到底還是被廢了，住去乾西，對此結果，她稱不上歡喜，也談不上悲傷。

方嫣這人說起來也不是大奸大惡，只是想偏了，瞧她礙眼，行事失去了理智，這懲戒還是過重，與那些打入冷宮的妃嬪一樣，出不得門，逛不得園子，也見不到家人，馮憐容搖搖頭，可見這兒真比外頭殘酷得多，若是像尋常人家，休書一封還好一些。

孫秀見狀，身子微傾著說：「方仙姑也是自個兒罪有應得，即使娘娘多得些寵愛，也是皇上看重娘娘，旁人羨慕不來的，莫說她本是皇后娘娘，心胸更是應寬廣些。」

她也一樣羨慕，可要說去爭，也知道這不容易，走錯一步，都不會有什麼好下場。她說完便提別的事兒，省得馮憐容不好接話。「娘娘可想好讓妾身做什麼了？」

「妳那兒一向太平，從未出過事兒，可見妳任人是看得準的，以後六尚局眾宮人都交予妳管，還有每季妃嬪、宮人、黃門所用衣料也一併歸妳管。」

孫秀笑道：「都聽娘娘的。」

她現在每日閒得很，故而聽說要她來一起管事，她並沒有拒絕的心，做事情比閒著有意思得多。

馮憐容就叫鍾嬤嬤把所屬帳本給她。

趙佑樘派去寧縣的錦衣衛這日回稟，何易彈劾馮孟安之因。

馮孟安這人是有缺點，行事有些不講規矩，其實何易本人也是，但問題是何易乃上司，馮孟安沒有事事聽從，他就惱了，另外令他不滿的是，馮孟安不聽他的還常常做得很好，故而才想對付馮孟安。

夏伯玉道：「其實江家田莊還是馮大人處理好的，要按何大人的意思，指不定要大動干戈。」

江家便是皇太后的娘家清平侯府了，有道是水清則無魚，世上多少官員真是兩袖清風？可何易這人太古板，眼裡揉不得沙子，馮孟安就不是，他做事比較靈活，擅長與人溝通，退的地方能退，不退的也能守著原則。

趙佑樘聽完，自然是傾向馮孟安的做法。

夏伯玉又道：「這何大人得知有錦衣衛去查，還大鬧脾氣呢，說皇上不信任他，不如不做了。」

趙佑樘挑眉。「他當真敢這麼說？」

夏伯玉頷首。「是。」

他對何易並沒有好感，而馮孟安是馮貴妃的哥哥，將來馮貴妃坐上皇后之位，馮孟安定是要飛黃騰達，如今只是舉手之勞，他沒有理由不做，也實在是何易這人太不通人情。

趙佑樘皺了皺眉，沒有立刻下決定。畢竟當初是他升了何易的官，把這事兒交託於他，他還想給何易一次機會。

只是何易並不知，加之馮孟安還是照舊我行我素，何易惱怒之下，又上了一封奏疏，這封奏疏最後斷送了他的前程。

何易又重新回去做了知縣。他在一方鄉縣能做得很好，畢竟底下都是小民，可委以重任卻不行，有些人想法多，能高瞻遠矚，但實際上，真叫他去付諸行動，卻又未必可以。

趙佑樘想了想，朱筆一揮，升任馮孟安為戶部右侍郎，正三品官，由他來接替何易，馮孟安這是連升兩品，直上青雲。

馮澄知道，心裡擔憂，廢后之事才剛過，自家兒子就升官，不知道別人會怎麼想？馮孟安又喜自作聰明，他生怕他將來會惹事。

唐容道：「也是孟安爭氣，在寧縣做得好，不然皇上能升官？相公也是，別什麼事都覺得因為容容，再說了，皇后被廢也怪不得容容，咱們女兒什麼樣的人，你不瞭解？上回那些人還不是胡說，幸好被皇上責罰了！豈有此理！」

馮澄想到那回事也是生氣。「容容是沒什麼錯，我還是怕孟安這小子，他一下子做了侍郎，怕他得意忘形。」

「怎麼會，兒子長那麼大，何嘗讓你操心過，也就是相公不信他。」唐容道。「再說了，你便是擔憂，只經常叮囑、叮囑便是，父子之間有什麼不能說的？如今升官總是好事，咱們家裡還未出過三品官呢，我娘也該高興壞了。」

馮澄摸摸鬍子，有些慚愧，兒子比父親的官還高。「看來為夫也該致仕了。」

「那最好不過，反正咱們家現在也不缺什麼，你不做官了，正該與我四處玩玩，家中有兒媳照顧，沒什麼可擔憂，不如咱們去蘇州走一趟？江南與這兒比，聽說大不同了。」

馮澄抽了下嘴角，他隨口一說，娘子也當真，但轉念一想，自己也是五十幾歲的人，還能有幾年好活？妻子陪著他，吃過的苦不少，她打心裡也是希望他退下來。另外，馮家現在水漲船高的，父子同朝為官，也不是什麼好事，他越發覺得這主意不錯。

過了一個多月，馮澄上了奏疏，請求致仕養老。

趙佑樘看到，去延祺宮問馮憐容。

「妳父親不想做官了，朕還沒決定，妳看……」

馮憐容立即道：「致仕好啊，父親年紀不小了，正該在家歇息！」

趙佑樘道：「他年紀也不算大，像楊大人，一直做到七十多歲才致仕，妳父親算是很年輕了，且朕看他也很有抱負。或許是妳哥哥升了官，給他帶來不便，倒是朕疏忽了。」

像馮憐容這等身分，便是給馮澄封個爵位也不算什麼，畢竟他在任事情辦得不錯，也素有清名。

馮憐容皺皺眉。「這倒也是，誰讓皇上給哥哥做了三品官，實在太高，不過爹爹未必全是為這個原因，皇上還是准了，妾身也想爹爹安享晚年。」

不管是何種決定，既然父親主動提出來，自然有他的理由。

見她堅持，趙佑樘也便罷了。

馮憐容又問起趙佑楨。「鳳娘過陣子就要生孩子了，怎麼三殿下還未回來？」

金氏的名兒叫金鳳娘，馮憐容聽了金太醫的回稟，得知不久就要生，可趙佑楨卻到現在還未到靖王府。

「正巧遇到洪水，一時趕不及，他現在怕也是心急得很。」

馮憐容急道：「那可怎麼辦？鳳娘的父親年後才被外調的，她母親又去世了，她一個人，定然會害怕，偏是相公又不在身邊。要不，接她過來宮裡？」

「會不會有危險？」趙佑樘也生怕出事，那他可對不起趙佑楨了，他想著，側頭看一眼馮憐容。「要不妳去一趟靖王府？」

馮憐容愣住了，只當自己聽錯。「皇上剛才說讓妾身去靖王府？」

趙佑樘唔了一聲。「是，妳都生過三個孩子了，有經驗，二來，妳與金氏也認識。」

「可，那是要出宮的……」

「妳不是很想出宮，朕給妳機會還不好？」趙佑樘知道這些天馮憐容的壓力很大，給她出去散散心是個好主意，另外，他很看重趙佑楨，也確實不想出意外。「帶著穩婆、金太醫跟鍾嬤嬤一起去。」

馮憐容確信這是真的，眉飛色舞地道：「那三個孩子也去？」

「他們去什麼？」趙佑樘不准了。「就妳去，孩子在宮裡能有什麼事。」

馮憐容想想也是，笑著點頭，一邊就讓鍾嬤嬤開始收拾。

趙佑樘抽了下嘴角，真是迫不及待，這不是還有幾天嗎？

「也就在靖王府待著，妳別盡想著出去玩。」他知道馮憐容的小心思，她沒別的愛好，就是嚮往民間，每回出去都高興得跟孩子似的，他怕她自個兒就去街上了。

馮憐容一口答應。「妾身是去照顧鳳娘呢，哪裡有空。」

趙佑樘這才不說了，又把此事跟皇太后提了提。

皇太后也沒有反對，自方嫣被廢之後，她更是不願管事。

幾日後，馮憐容便要啟程前往靖王府，臨走時特別叮囑了三個孩子。

趙承衍笑咪咪道：「等三嬸生了孩子，母妃要帶回來給孩兒看呀。」

馮憐容感到好笑。「孩子生下來，總得幾個月才能抱出來呢，你耐心等等。」

「哦。」趙承衍點頭。「母妃放心，孩兒會看好弟弟、妹妹的，還有二弟。」

因方嫣被廢，趙承煜很受打擊，最近都是無精打采的，趙承衍提過幾次，馮憐容叫他做好大哥，別欺負趙承煜，多多與他玩，這世上，沒娘陪著的孩子總是可憐的。

見兒子懂事，馮憐容很欣慰，隨之又去了乾清宮。

「妾身這就要走了，皇上可要注意身體，飯得準時吃，晚上也早些睡。」馮憐容最擔心的其實反而是趙佑樘，他雖然是個大人，能照顧好自己，可事實上，被事務纏身的也是他。歷來做個明君，總是要付出很大的代價，可不是閒著就能成的。

趙佑樘笑笑。「朕知道，妳早去早回。」

歲月在他臉上已經刻下痕跡，人到中年，他的目光更是深沈內斂，只是這一笑之間，恍似還是當初那個太子，溫和俊雅。

馮憐容彎下腰，伸手抱住他肩膀，在他唇上親了親。他的手立時便握不住朱筆了，拉她坐在腿上回吻。

二人過得一會兒才分開，馮憐容依依不捨地告辭離去。

看著她的背影，趙佑樘忽然又有些後悔。這是第一次，他在宮裡，她不在。

可現在後悔也晚了，馮憐容已經坐著馬車前往靖王府。

靖王府並不遠，這回因是夏伯玉親自護送的，他也格外細心，下得馬車先是探查了一番，才請馮憐容下來，進府之後，又是令護衛四處巡視，務必保全馮憐容的安危。

金氏聽聞馮貴妃來，嚇了一跳。

馮憐容笑著道：「妳別慌，實在是皇上擔心，才叫我來的。」

金氏感激道：「多謝皇上、貴妃娘娘。」

這段時間，她過得不太好，主要是趙佑楨一直沒有回來，而她又是第一次生產，怕不順利，連著幾天作噩夢了，眼下瞧見馮憐容帶了穩婆、太醫來了，心才定一定。

「三殿下其實已經提前回了，只是洪水大，便是大船也行不過來，繞了遠路，這才晚了。」

「妾身也知道。」金氏垂淚。「就是忍不住擔心，胡思亂想。」

馮憐容拍拍她的手。「這樣對孩子不好，妳現在只想著好好把孩子生下來，天下的事情都得緩一緩再說，等到三殿下回來，看到孩子，可不是高興？只是晚一些團聚。」

「是啊，千萬莫緊張。」鍾嬤嬤也道。「這是大忌，王妃您得放鬆些。」

穩婆也這般說，幾人都很關心她，金氏心裡暖暖的。「妾身知曉了，儘量不想這些。」

馮憐容笑道：「一會兒得吃午飯了，妳也多吃些。」

金氏道好，鍾嬤嬤便去吩咐。有喜的婦人吃什麼，她現在最清楚不過。

金氏這兒，雖然宮裡常派人來看，仍是孤單得很，今日馮憐容一來，與她說笑，處處安排妥當，她心情也愉快起來，一頓飯比平日裡多吃了好些。

伺候的丫鬟笑著告訴馮憐容。「王妃難得如此。」

馮憐容道：「等以後三殿下回來，都會如此的。」

金氏聽著，面上就是一紅，馮憐容又叫她喝點兒湯。

「我有孩子時，常喝這湯，味道特別鮮，現在這時節的蘑菇也好，山上新鮮採下來，比那些山珍海味都好吃。」

她眉飛色舞，聲音又軟糯，聽著都讓人有食慾。

金氏喝了一口，也稱好，連著喝了半碗。她抬頭看看馮憐容，只覺得她親切可人，沒有架子，說起話來好似住在附近的閨中好友，她對馮憐容更多了一分喜歡。幸好是這樣的人，不然過來照看，只怕她更緊張。

兩人閒聊一會兒，直到金氏睏了，才各自散了。

第三十三章

靖王府地方大，除了正殿外，兩邊還各有大院，最裡頭還有個園子，此時也開滿了花，只趙佑楨如今沒有兒孫滿堂，自是顯得冷清了一些。

馮憐容四處看看，走到大門口時，夏伯玉也不知從哪兒出來的，躬身道：「皇上吩咐過，娘娘不得私自出門。」

馮憐容皺了皺眉，她不過想瞧外頭兩眼，不過夏伯玉這麼說，她倒是想問：「若我一定要出門呢？」

「那下官只能阻止娘娘，請娘娘回宮了。」

聖旨在手，果然是天下無敵，馮憐容只得往回走。

鍾嬤嬤看了安慰道：「外頭不過是條街道，能有什麼好看？剛才奴婢瞧了，也沒有什麼鋪子、攤子，這兒多是富貴人家住的，熱鬧的時候也只是客人來往得多。」

馮憐容道：「我也沒想出去。」

就是皇上太氣人了，原來還給夏伯玉下了手諭，根本不准她出門呢。

她哼了一聲。「小氣鬼。」

不過在這王府住著也好過在宮裡，她雖然喜歡趙佑樘，可因前世的關係，唯獨不喜歡那皇宮，那裡總是容易讓人壓抑，哪有外面舒服。只是，她現在多了好些牽掛，趙佑樘和孩子她一個也離不了。

過得三日，金氏就生產了，穩婆、奶娘都進去了，鍾嬤嬤跟馮憐容則在隔間等候。

「也不知會不會有事？」馮憐容這會兒也是緊張得不得了，雖然她生過三個孩子，可是她照顧別人生，還是第一回。

「應是好的，剛才王妃頗是冷靜，只要她自個兒多多用力，別慌就好了。」

馮憐容點頭。「希望她平安。」

不過這生孩子也不是短時間的，又是頭胎，二人等了好久，金氏都還沒產下。

馮憐容也坐不住，一會兒走到東，一會兒走到西，忽然之間，她頓住腳步，問鍾嬤嬤。「我那會兒生孩子，皇上是不是也這樣？」

鍾嬤嬤笑了。「可不是，坐立不安的，可惜娘娘是沒見到。」

馮憐容在心裡想了一下，甜滋滋的。那皇宮她再不喜歡，可是因為有他在，怎麼住著都甘心。

她走來走去，剛要坐下，夏伯玉領著趙佑梧來了。

「四殿下？」她很驚喜。「你來得正好，一會兒得看到你侄兒。」

趙佑梧笑道：「金太醫不是說侄女？」

「也不一定，可惜三殿下還未到。」

趙佑梧瞧瞧她，見她只穿了身家常裙衫，因不在宮裡，只是隨意梳了個髮髻，眉目如畫，溫柔有情，與他記憶裡好似並沒有多少變化，他笑了笑道：「應是快了。」

二人一起坐下，馮憐容與他很熟稔。「你在宗人府，每日可忙？小羊跟阿鯉說好久不曾見你了。」

「剛去，是有些忙，但最近倒算空閒，改日會去看看他們的。」他看一眼馮憐容。「皇上准娘娘在這兒住幾日？」

「倒是未說，不過我想總還得住兩日吧，等鳳娘都適應了才好。」

趙佑梧點點頭。「我也住幾日，最好哥哥明日到就好了。」

兩人正說著，外頭又有人敲門，夏伯玉這回沒領人進來，而是先稟告說道：「四殿下、娘娘，安慶長公主來了。」

安慶長公主本是趙佑楨、趙佑梧的親姊姊，只因不得趙佑樘信任，被禁止入宮，逢年過節也不得來，可是他們之間的血緣關係在這兒，不管如何，她都是他們兄弟倆的姊姊。

「請她進來。」趙佑梧說。

只是安慶長公主一進門，沒想到馮憐容竟然也在這兒。她仔細瞅了一眼，忙上前見禮。

「鳳娘也是有福氣，竟然勞娘娘過來相看。」安慶笑咪咪的，上下打量馮憐容，驚奇她並沒有多少變化，她們已經有好些年沒有見到，已是有些陌生。

現在的安慶變了很多，膚色雖仍白皙，可神色憔悴，早已沒有當年的意氣風發。

興許是在謝家過得並不如意？可當年皇太后替她挑的謝家三公子，聽說也是溫柔體貼的人，照理說，也該與永嘉一般。

馮憐容起身笑了笑。「也是皇上關懷，特意叫我來的。」

安慶聽到趙佑樘，心裡並不高興，勉強一笑。那會兒趙佑樘不准她入宮，堂堂公主遭受此等待遇，她在謝家都抬不起頭來，背地裡哪個不笑話她？說是公主，可該有的體面全都沒了，起先幾年相公對她還算不錯，可後來漸漸淡了，先後納了兩房側室，她看不順眼說了兩句，他就說她心胸狹窄，謝夫人也不管，只任她受委屈。

安慶知道這都是拜趙佑樘所賜。若她有永嘉這樣的底氣，豈會過成這種光景？

她強壓下怒氣，問道：「鳳娘進去多久了？我之前還怕來晚呢。」

「快有三個時辰。」趙佑梧也開始沒有耐心，他立在屋簷下，負手從左走到右。

安慶輕聲問：「四弟，你現也大了，何時來謝家坐坐？你還沒見過你侄兒、侄女。」

趙佑梧抬起頭看她一眼。年幼時，他與安慶的感情是很好的，那時候母妃得父皇寵愛，要風得風，要雨得雨，只是唯獨一個太子之位不曾得到，可惜當年他年紀小，並不知母妃的心思，後來母妃、父皇先後去世，他心裡悲痛，但也還是懵懵懂懂，哥哥也不與他說清楚，還是這幾年，他才漸漸明白那些來龍去脈，但到底隔了那麼久了，竟已變得像是別人的事情。

他點了點頭。「等有空，我自會來謝家拜見。」

他猜得出來安慶過得不好。自母妃死後，胡氏一族也煙消雲散，他與哥哥常年住在宮中，安慶又能有什麼依靠？故而她剛才問起的時候，竟有些小心翼翼，生怕趙佑梧拒絕。

聽到他願意，安慶歡快地笑起來，好似見到了一絲曙光。雖然她厭惡趙佑樘，可她兩個弟弟卻得趙佑樘的任用與信任，不管手中權力多寡，朝中文武百官都會給上幾分面子，假如他們來謝家一趟，那麼多少能緩解她現在的處境。誰叫這世人，都是這般勢利！

這當下，忽然傳出嬰兒的啼哭聲，三個人的目光全都往裡看去。

鍾嬤嬤笑著走出來，叫道：「是個千金，母女平安！」

馮憐容當先走進去，穩婆已經把嬰兒擦乾淨，拿了棉布包起來。

金氏滿頭大汗，像是從水裡撈出來的一樣。

「快給她擦擦。」馮憐容吩咐，一邊坐過去跟金氏道：「要是睏了，就先睡一會兒，等下再用飯，不過最好還是吃一些。」

金氏卻往外張望。「相公，還沒回嗎？」

馮憐容安慰道：「說是快了。」

金氏嘆口氣，但想到女兒，又笑起來。「剛才穩婆說，女兒胖乎乎的，有六斤重。」

「可見是個健康的孩兒。」馮憐容笑道。「我生的那三個，也差不多這麼重，如今長得都很好，妳也不用擔心的。」又叫穩婆抱來看。「孩兒剛生下來，真的全都一個樣兒。」

她是怕金氏頭一次見到孩子，難免覺得奇怪。

金氏一聽，釋然了，原來才生下的小孩兒都是這樣的，不是她的孩兒長得醜。

二人說著話，安慶在旁邊忍不住就皺了皺眉。要說，她還見過金氏幾面，馮憐容肯定沒她這麼多，可二人說起話來很是親熱的樣子，倒是把她撂一邊，她上前道：「鳳娘，我給妳帶了些山蔘來，妳正是要補身體的。」

金氏連忙道謝，言詞間很客氣。「煩勞姊姊跑一趟，我還不好招待。」

「要招待什麼？妳就該躺著，後面坐月子要小心了。」安慶叮囑道。「可不要起來，不然落下病根，那是很麻煩的。」

廚房端來清淡的粥湯，金氏喝了幾口便要休息，幾人退出去後，安慶也隨後告辭。

趙佑梧因是男人，剛才也沒走近，只立在門口，看到自己侄女一眼，也是很滿足了。

馮憐容因金氏生孩子，之前也沒好好用膳，眼下算是順利度過，倒也餓了，與趙佑梧二人好好吃了一頓。

趙佑梧笑問：「娘娘可吃得慣？比起宮裡御廚，那是差得遠了。」

「宮裡的吃多了，鄉間小菜都會令人吃驚，怎會覺得差，正好換換口味。」馮憐容說著抬頭瞧趙佑梧一眼，見他已是個風流倜儻的年輕男子，當下笑道：「將來你搬至寧王府，我定會與皇上說一聲，送個御廚給你。」

趙佑梧哈哈笑了。「那我多先謝謝娘娘。」

他吃住方面比趙佑楨精細，挑剔了一些，可也不覺得有什麼，倒是痛快承認。

馮憐容用完膳，因也累了，便各自休息去了。

馮憐容不在延祺宮的期間，趙佑樘反而天天去，這日帶著趙承煜過來用膳。

趙承煜自生下來，就沒來過延祺宮，因方嫣的教導，他與其他兄弟也不親，故而沒有機會，眼下不免好奇，四處打量這宮殿。

趙承衍拉著他去看葡萄架。「再過一個月，這葡萄就長大了，到時你過來，我請你吃。」

趙承煜抬頭一看，果然就見綠油油的葡萄藤上掛了好些小葡萄，這葡萄的顏色是淡紫色的，他在園子裡雖然見過很多花，可葡萄是第一回見，不由得歡喜道：「好啊。這好不好吃？」

「好吃，很甜的，有點兒酸，母妃還會拿這個釀葡萄酒呢，到時候我也請你吃。」

趙承煜嗯了一聲。

趙承衍道：「你既然來了，咱們玩陞官圖吧？」

趙承煜看了看趙佑樘。趙佑樘看他們相處得不錯，微微一笑，拍拍他的肩膀。「去玩吧，不要拘束了，跟自己兄弟有什麼客氣的。平常你也可以來找他們玩，再看看你妹妹。」

妹妹這詞，對趙承煜更陌生了。因趙徽妍還小，很少出來，他也沒有機會見到。

趙承衍又拉著他去看趙徽妍。趙徽妍這會兒也一歲半了，粉嘟嘟的小臉上有一雙大眼睛，咧嘴一笑，能讓人的心都軟了。

趙承煜看著也喜歡，伸手摸摸趙徽妍的小手，暗自心想，可惜這妹妹是他們的，他的母后現在都住去長安宮了，父皇雖然說是懲罰，可是他知道，母后再也不能回來了，又如何還能生個小妹妹？

他小小年紀，眼裡透著傷感。

幾個孩子去玩陞官圖，趙佑樘四處轉轉，這延祺宮還是延祺宮，除了少了馮憐容，沒有任何變化，可不知怎麼，他就是覺得空落落的，以往每次來，總是心情愉悅，現在她不在，任誰也不能讓他那麼高興，哪怕是孩子們。

他坐在馮憐容的書房，拿起她練字時寫的宣紙看。不可否認，她的進步不小，已不遜於那些學子，一筆一劃都透著柔情，像是三月裡的春光灑在上面，滿是暖意。也不知道，她這會兒在幹什麼？

趙佑樘今兒用膳，食不知味，算一算，她都去了七天，就不想回來？那金鳳娘不是已經生下孩子了嗎？

他吃著、吃著，忽地就把筷子一頓。四個孩子嚇了一跳。

「父皇怎麼了？」趙承衍眨巴著眼睛問。「是不是想母妃了？」

旁邊伺候的宮人都抿嘴一笑。

趙佑樘臉上掛不住，斥道：「食不言，寢不語，好好用膳。」

趙承衍看出他生氣，連忙低頭用飯；趙承謨自然也不敢說，挾了蝦球給趙徽妍吃；趙承煜也縮著頭不吭聲。他們的內心都是怕趙佑樘的，隨著年歲的增加，他們也知道父親與旁人不同，還有一個名字叫皇帝，在這天下生殺予奪，十分輕易。

等到四個孩子吃完，趙佑樘便出了延祺宮，路上就吩咐嚴正準備馬車。

嚴正不用猜，也知道他是要去哪裡。

馮憐容這會兒將將洗漱完，脫了外衣，散了頭髮，鍾嬤嬤也走了，她正要關窗子歇著，誰料到一隻修長的手突然伸出來，擋住了窗櫺，馮憐容嚇得花容失色，啊的一聲叫起來。

叫完了，才見一個人立在窗外，月光下，只見他面如美玉，一雙眼眸流光溢彩，渾身洋溢著尊貴之氣。

「皇上？」馮憐容訝然。「皇上怎麼來了？」

外頭鍾嬤嬤敲門，急問道：「娘娘，怎麼了，出了何事？」

馮憐容剛要回答，就見趙佑樘伸出手指放在唇間搖了搖。

她只得中途改口道：「沒什麼，是我看錯了，以為有隻老鼠呢，嬤嬤去歇著吧。」

趙佑樘嘴角抽了抽，老鼠？

若是真有危險，她定然不會這麼說的，更別提外頭那麼多護衛，鍾嬤嬤叮囑幾句這便走了。

馮憐容輕輕呼出一口氣。「剛才皇上嚇死我了，怎麼不從門口入呢？」

趙佑樘心想便是想嚇妳。「他們並不知朕來。妳怎麼還不回宮？」他捏著她的臉，語氣裡掩飾不住的質問。

馮憐容的臉被他揪得疼，卻心裡一喜，笑道：「皇上想我了？」

「誰想妳！」趙佑樘挑眉道。「這兒是靖王府，妳不過一個客人，一直打擾別人做什麼？我看妳，是不是打算偷偷溜出去玩，所以才一直住著？」

馮憐容無言，真把她當玩心重的小孩子！

「我是擔心鳳娘，二來三殿下還未回來，不過這兩日也打算回宮了。」她揶揄地道：「誰想到皇上迫不及待來看妾身呢。」

她微微仰著頭，月光落在她臉上，像是蒙了層光輝似的，嘴角微翹，露出的笑容比夏日裡的果子還甜，趙佑樘把她臉拉近些，隔著窗就狠狠吻了下去，那滋味就跟酷暑裡吃了冰西瓜一般，渾身舒服。他好一會兒才放開她。

馮憐容揉著嘴唇道：「皇上還是走吧，一會兒被人發現可不好。」

這兒四處都是護衛，常來巡查的。誰知趙佑樘把身子往前一探，竟然從窗口翻了進來。
馮憐容不由自主往後退去，那表情好像是看到了什麼亂闖的壞人一樣。
趙佑樘臉一黑。「妳怕什麼，怕朕吃了妳？」
「難道，不是？」馮憐容心想，大晚上的，他還進來，意圖也太明顯了。
趙佑樘一想。「確實。」
他回身，兩隻手一伸把窗子給關上了。
屋裡這會兒蠟燭早滅了，有些暗，趙佑樘上前幾步，猛地就把馮憐容給抱起來。她現只穿了裡衣，薄薄一層，體溫從他手上傳來，讓他的身體也越發熱。
他抱著她往床上一坐，手很不老實地到處遊走，馮憐容被他摸得臉色通紅，壓低聲音道：「皇上當真要……可這是在靖王府啊，萬一一會兒鍾嬤嬤要進來怎麼辦？就算不是，這萬一被他們聽到聲音呢？」
趙佑樘咬住她耳朵道：「那妳憋著點兒，別出聲。」
馮憐容只覺羞死了。「皇上，不如我明兒就回宮。」
「不用。」趙佑樘正興奮，在宮裡，他們兩個不知道歡愛多少次了，可在別處好似沒有，這種感覺極其刺激，他猛地就把她壓在身上。「這兒不錯，妳記著，別出聲，不然可怪不了我。」
這可苦了馮憐容，做這種事情不自禁就得出點兒聲，往常也不怕別人聽見的，可在靖王府，自然不行，她可不想被別人聽見，到時候說出去，怎麼見人啊！
可偏偏趙佑樘玩得狠，來了一次又一次，馮憐容就差沒咬件小衫在嘴裡了。只聽得床頭發出輕微的嘎吱聲，刺激得二人好像在浪濤裡顛簸。

好一會兒，趙佑樘才停下來。馮憐容腿上、股間全是汗，伏在床頭半死不活，原來憋著不出聲，比想像中還要累人。

趙佑樘平躺下來，伸手摟她入懷。

這天氣，還是有些兒熱，二人身上都不乾爽，馮憐容扭著身子埋怨道：「這下可好了，要水都不行了。」

趙佑樘道：「要不我避一避，妳洗個澡？」

「算了。」便是看不見人，可這空氣裡瀰漫著的味道怕也瞞不住人，馮憐容鼓著嘴兒，氣哼哼戳了他一下。「便是忍一天都不行，這兒可是別人家。」

趙佑樘好笑。「那又如何，朕要在誰家不行？」

這話是不錯，可能在明面上做嗎？馮憐容橫他一眼。

趙佑樘伸手掐了她一把。「妳就不想朕，這幾日都不回來？朕來臨幸妳，妳還不高興？」

馮憐容聽了又有些想笑，說來說去，他還惦記這件事兒呢，還說他不想自己。

二人正說著，外頭鍾嬤嬤忽然敲門，輕聲道：「娘娘……」

兩個人的身子都是一僵。

趙佑樘心想，這鍾嬤嬤幹什麼啊，大半夜的突然過來，他現在什麼都沒穿，怎麼辦才好？雖然剛才玩得盡興，可被人知道，他也不願意，當下輕手輕腳地就拿衣服。

馮憐容也是被驚到了，不過一想，鍾嬤嬤年紀大了，時常起夜，可能是聽到他們說話？

她握住趙佑樘的手，叫他別動，二人屏氣凝神，鍾嬤嬤聽得一會兒，又沒聲音了，只當馮憐容是說夢話，當下又走了。

二人鬆了口氣。

趙佑樘憤憤道：「鍾嬤嬤特別多事，該是要告老還鄉了。」

「她這是關心妾身。」馮憐容道。「總是皇上不好，弄得偷偷摸摸的。」

趙佑樘側過頭，邪笑一聲。「剛才妳不也舒服得很？要不朕明兒再來？」

馮憐容嚇得，忙道明日就回宮。

趙佑樘抱著她柔軟的身體仍不捨得，但明日還要早朝，說了一會兒話便翻窗出去。

到得第二日，馮憐容不敢再住，辭別金氏連忙回宮。

幸好沒過幾日，趙佑楨回來了，見到妻子順利生了女兒，滿心歡喜，很快就來宮中當面向趙佑樘道謝。

時間飛逝而過，一眨眼便到秋天，工部尚書夏大人拿了「壽山皇陵圖」給趙佑樘看。

歷來皇帝登基幾年，便會早早定下皇陵事宜，以便日後駕崩，不至於手忙腳亂，而且皇陵一定會經過皇帝親自審核，趙佑樘看了幾日，大致也同意，只幾個地方稍許修改了一下。

夏大人拿到圖紙，看到皇后的放棺之地四周竟然要求刻花，心想這主意倒是新鮮，不過這花瞧著眼生，竟是往常不曾見過的，後來把樣子描畫下來，去問過好些花匠，才知此花乃是生長在湖木哈高山上的野花。

夏大人滿心疑惑，但自然也不敢有任何疑問，連忙使人去建造皇陵。

這日，金鳳娘的女兒瑜兒週歲，馮憐容派人送了兩套尚服局精心做的衣衫，並一對金鈴，一對玉珮。

趙佑樘過來，她就與他說了，他笑道：「妳想得周到，是該這樣，等她大一些，叫他們常帶過來，與徽妍做伴。」

「好啊，妾身也是這麼想的。還有一事，關於佑梧的，皇上該給他選個妻子了吧？上回在靖王府，妾身看他也是該娶妻了。」

趙佑梧也到了娶妻的年紀，趙佑樘唔一聲。「朕一直忙於政務，倒是忘了，就是不知……罷了，也與佑楨一樣，問問他喜歡什麼樣子的？朕覺得這個法子最穩妥，現佑楨跟他妻子可是琴瑟和鳴。」

「等到四殿下成親，皇上還得記著給他送個御廚。」她把當日的事情一說。

趙佑樘哈哈笑起來。「這饞嘴兒。」

過幾日，他把趙佑梧叫來乾清宮。

「朕也覺得，你是該成親了，不妨與朕說一說，想娶個什麼樣的妻子？哪位官員家裡的姑娘，你若有喜歡的，朕也可以成全。」

趙佑梧一笑。「臣弟好似也沒見到喜歡的。」

「哦？」趙佑樘笑道。「可見你眼光很高。」

趙佑梧道：「其實也不是，只要性子溫柔些，笑起來甜甜的就行了，當然，長得也得好看，但京都女子有些都很傲氣，要麼太過拘束，又或市井氣，左右沒有看上眼的。」

他身為寧王，身分高貴，長相俊美，其實早就不知道多少人搶著要把女兒嫁與他，他性子又不似趙佑楨樸實，故而見過的女人不少。

趙佑樘心道，高也確實不高，沒提到才情，這性子溫柔、笑起來甜、不傲氣……他想著，臉色忽然就沈了下來，忍不住抬頭看了趙佑梧一眼。這小子一直住在宮裡，年少時也常去延祺宮，該不是看上馮憐容了？不然找個妻子還得找個那麼相像的？

趙佑樘的臉陰了，趙佑梧自然看得出來，忙道：「其實皇上也不用為臣弟費心，姻緣一事不可強求，臣弟並不著急成親，又不是女兒家。」

「你說的也是，可你這年紀再待在宮裡並不合適，朕看你擇日就搬出去吧。」趙佑樘雖然懷疑他心儀的女子是像馮憐容這般的，可又不好直接點出來。

趙佑梧倒是一怔。因按照趙佑楨的情況，他也得成親了才搬至王府，誰想到趙佑樘會讓他提早出宮。

趙佑樘觀他面色，淡淡道：「鳳鳴街上正有一處大宅，便賜予你做寧王府。」

趙佑梧跪下謝恩。

這事兒之後，沒過多久，寧王府修葺、打掃完畢，趙佑梧就要搬遷了，他特意過來與侄兒、侄女、馮憐容辭別。

馮憐容對此事一點不知情，驚訝地問道：「你要搬走了？」

她低頭看看兩個兒子，他們肯定捨不得。在宮裡，除了趙佑樘外，他們與趙佑梧相處得最好，趙佑梧因與他們年紀相差不是很大，不只是叔叔，也是朋友，有些話，他們還只跟趙佑梧說呢。

果然趙承衍已經紅著眼睛，拉趙佑梧的袖子。「四叔不能不走嗎？我去求求父皇。」

趙佑梧摸摸他的頭道：「我只是住出去了，你與阿鯉想我，也一樣可以來寧王府。」

馮憐容嘆一聲。「本以為要等到你成親，皇上也是，不知道著急什麼？不過……」她頓一頓，又高興起來。「住在外頭也是好事，你可與你哥哥、嫂子親近親近了，也沒有那麼多規矩，你會過得更加舒服些。」

她對趙佑梧是有些瞭解的，比起趙佑楨來，他做事靈活，性子也略微不羈，宮裡的沈悶並不適合他，他更像是京都風流瀟灑的公子哥兒，白日御馬觀花，夜晚遊船聽曲，享盡人間富貴。

「一會兒記得把劉御廚也帶走，我現去傳個話。」她還記得此事。

趙佑梧微微一笑。「多謝娘娘。」

他便是走了，也會記得曾在延祺宮度過的歲月，那時候父母離世，哥哥又遠走他鄉，只有在這兒，他才得到幾分溫暖、幾分家的感覺，這是馮憐容還有兩個侄兒帶給他的。

他也打心眼裡喜歡馮憐容，雖然她比他年長，可他從一個孩子成長為男兒，她卻還是當年那個給他掏過耳朵的馮憐容，假如可以，他定也要找個如她一般的女子。

想到這兒，他眉頭一挑，忽地笑了出來。莫非皇上突然叫他搬出去，是為此事？他不知不覺洩漏了自己的想法，讓皇上發現了。

見他發笑，趙承謨道：「四叔，你在外面可要好好照顧自己，莫吃酒吃多了，醉的……」

他沒說完，趙佑梧一把捂住他的嘴。

趙佑梧臉兒發紅，見趙承謨求饒了才放開他。

趙佑梧又抱了抱趙徽妍，小姑娘快三歲了，肌膚似雪，眼眸如水，活脫脫一個小馮憐容，不過比起她的母親，將來想必還要漂亮些。

趙徽妍聲音軟糯糯的。「四叔要走啦？」

「是啊，到時候小兔過來，四叔帶妳去街上玩。」

「好啊。」趙徽妍拍著小手。「聽母妃說，街上可好玩呢！賣什麼的都有，但是要用錢買的，我還沒錢。」她對這些事情並不太清楚，但說得一本正經。

趙佑梧笑了，摸出一個小金錠給她。「這是錢，妳拿好了，以後來寧王府，四叔帶妳用這個去買東西。」

趙徽妍連道好。過得一會兒，他與眾人告辭。

趙承衍兄弟兩個一左一右拉著他，送了老遠才回來。

馮憐容安慰道：「寧王府又不遠，你們想去見他，與皇上說一聲便是。」

但兩孩子還是心情低落，待趙佑樘過來用晚膳時，馮憐容將此事告知他。

「現妻子也沒給他挑一個就搬出去，他一個大男人，沒人處理內務，如何是好？」

趙佑樘瞧她一眼，見她滿臉關切之情，冷哼一聲道：「那也不用妳操心，又不是沒丫鬟、婆子。」

「下人怎麼抵得了妻子，妾身看皇上還是早日給他選個合適的姑娘。」說著，她又好奇。

「不知道四殿下喜歡什麼樣的，該不會也像三殿下一般的喜好？」
這個問題，趙佑樘不想答。
馮憐容看他不說話，表情還很奇怪，驚訝道：「莫非更加特別？」
是很特別，趙佑樘點點頭。「所以朕也不知怎麼給他選，叫他自己想辦法。」
天下只有一個馮憐容，他倒是膽子大，還想要個相像的！
馮憐容也不問了，只暗自心道，這兩兄弟的喜好怎麼一個比一個古怪，真是看不出來。

入冬後，因后位空懸已有年餘，朝中大臣猜測帝心，陸續就有人上奏疏，提議立后，至於人選，除了馮憐容也無旁人，當然，也有人看後宮空虛，希望皇帝再次選秀。
趙佑樘早有想法，當日就與皇太后商量。
皇太后道：「便立馮貴妃了，哀家看她這幾年管著後宮也無差錯，宮裡上下無有怨言的。」
這倒是真心話，因馮憐容有善心，最不喜宮人、黃門仗勢欺負，故而有冤屈的申訴上來，都能得到公平對待，是以作惡的人越來越少，宮裡呈現出少有的一團和氣。
趙佑樘頗是得意，就像自己被誇獎了一樣高興。雖然馮憐容有時候會犯傻，狠不下心，可她的優點也是不可抹殺的。他笑了笑道：「那朕擇日就命禮部造冊封后了。」
皇太后道：「哀家最後只願她能好好對待承煜。」
這是她最後，也是唯一的擔憂。畢竟趙承煜不是馮憐容的親生兒子，卻又是太子，這等尷尬關係，並不是那麼好處理的。

趙佑樘也清楚，卻是無言以對。雖然他知道馮憐容一定會善待趙承煜，可人與人之間的關係有時候並不是你希望往好的方向發展，便一定能往好的方向發展，正如當初他與方嫣，誰也沒有想到會變成今日的結果。

趙佑樘召禮部官員吩咐下去，封后可是一件大事，光是準備起碼都得要幾個月，是以封后大典也得等到明年春天了。

等到眾官員一走，趙佑樘問嚴正道：「你去庫房把那些上貢的玉石都找來。」

嚴正一怔，沒聽明白。「皇上，什麼玉石？」

「就是那些大塊且還未打磨的。」他想一想。「上品的羊脂玉、白玉、黃玉，都搬來。」

嚴正抽了下嘴角，那得多少啊！也不知道要幹什麼？過一會兒，他尋了四個黃門把那些玉石陸續抬上來。因實在太多，也不能放在御案，全都堆在地上。

趙佑樘站起來，圍著走了一圈，然後蹲下來，拿著這個看看、那個看看，最後挑了一塊純黃色的美玉，這玉看起來就跟淡黃的果肉似的，非同尋常，這是塊少見的黃田石。

他自個兒瞧著都很滿意，稱讚道：「這個做印章不錯。」

嚴正嘴巴張得老大。鬧半天，原來是要給馮憐容做塊寶璽。這未來皇后，面子可真大！

第三十四章

封后大典在三月十八，馮憐容一大早起來，就見殿裡眾人萬般忙碌，因她今日不只封后，還要搬至坤寧宮。

鍾嬤嬤腳不沾地，眼見她起來了，道：「珠蘭，快些來給娘娘梳頭。」

寶蘭又捧了冊封皇后時要穿的衣物來。

馮憐容瞅一眼，只見厚厚一疊，便覺心下沈重，再瞧見那頭冠，只覺脖子都疼了，上頭好大四隻金鳳凰。

鍾嬤嬤道：「不管如何，也得撐著，這封后大典可不像那會兒冊封貴妃，得好長時間呢，娘娘莫失了禮數。」

她知道馮憐容有時候是不太著調，這麼大的人了，會像個小姑娘似的讓人不放心。

馮憐容笑道：「這自然會，只是瞧著就覺得累人。」

「便是累人，那也是值得的，天下人誰不羨慕娘娘？」鍾嬤嬤拿起素紗單衣，深青色鑲醬紅色邊繡三對翟鳥紋的蔽膝先給馮憐容穿上，最後在外頭又套上深青色，繡有十二等五色翟的褘衣。

珠蘭那邊頭髮梳好了，給她戴上一頂珠冠，上有九龍四鳳，中鳳口銜一顆大明珠，頂覆翠蓋，下垂珠結，其餘九龍三鳳銜珠滴。前後左右共有珠翠雲四十片，珠花十八，翠鈿十二等等，馮憐容只覺頭上壓了個大金元寶，這麼一打扮下來，眾人的目光都直了。

馮憐容照照鏡子，只見裡頭的自己確實有些陌生，難怪都說人要衣裝來襯托，這身皇后禮服當真不同凡響，端的是華貴奪目，威儀四溢。

珠蘭蹲下來給她穿青襪，鞋履用青綺所製，飾以描金雲鳳紋，鞋頭綴明珠三顆。

她站起來，輕輕呼出一口氣。三個孩子此時也都來了。

趙承衍看著自己的母親，笑道：「母妃這樣穿，真認不出來呢，還是平常好看。」

馮憐容摸摸他的頭。「可不是，我也這般覺得。」

趙承衍卻躲開了。「孩兒大了，母妃可不能再摸孩兒的頭了，還有，也不能叫孩兒小羊，那羊整天咩咩咩的，哪像我。」

馮憐容輕笑道：「大了也還是我的小羊，咩咩的小羊。」

趙承衍抽了下嘴角。

趙承謨道：「哥哥，以後得叫母后了。」

「是啊、是啊，母后。」趙徽妍撲上來，拉著馮憐容的手道。「外頭停著好大一輛車呢！要帶母后出去啦，父皇在等著呢。」

那是皇后專用的鳳輦了。馮憐容問：「太子呢？」

趙承衍搖搖頭，表示不知。

趙承謨最是喜歡觀察人，說：「應是在皇祖母那兒等著。」

方嫣被廢之後，除了趙佑樘，與趙承煜最親的是皇太后，趙承煜也愛往那兒去，趙承謨知道他始終與他們是有隔閡的，哪怕細微的一個動作、眼神，總是透露了他的想法。
他上去拉住馮憐容的手，笑道：「母后，咱們走吧。」
馮憐容給兒女牽著，坐上了鳳輦，先去景仁宮拜見皇太后。
因這些年她的表現，皇太后對她坐上皇后之位也沒有什麼不滿，畢竟方嫣已經被廢，此事不可挽回，宮裡總要有位新的皇后，而馮憐容總是知根知底的。
皇太后輕聲對趙承煜道：「你母后來了，快去迎接吧。」
趙承煜抬起頭來，看見一身盛裝的馮憐容。他往前慢慢走去。
馮憐容對他微微一笑，好似春日裡的桃花。「原來你真在這兒呀。」
「是的，」趙承煜吸了口氣道。「是，母后，孩兒恭賀母后。」
這聲母后，他叫得有些困難。畢竟這個稱呼曾經是屬於方嫣，只是世事變遷，他沒有想到今日會叫馮貴妃為母后。當然，依他現在的年紀，他已經知道是為何了，即使有些困難，他還是順利叫出口。
馮憐容在這瞬間，暗地嘆了口氣。她做了皇后，趙承煜也算是她的孩子了，可面對他，很難說沒有心結，畢竟他是方嫣的兒子，只是人總要往前看，興許她與趙承煜真能相處得不錯呢。
她上前拜見皇太后。
皇太后道：「多餘的話，哀家也不說了，這些年妳做得很好，以後這後宮便全交予妳，妳好好盡責便是。」
馮憐容應一聲，別過皇太后，便前往乾清宮。

趙佑樘早就在門口等著，他看著她一步步走過來，厚重的禮服裹在身上，卻並不突兀，只是這樣的打扮生生壓去了她的素淨，好似在雪地裡開出了豔麗的花。

趙佑樘的嘴角微微翹起，伸出手來，馮憐容把手放在他掌中，輕聲道：「皇上，妾身都出汗了，好重、好熱啊，一會兒若頭昏眼花，怕是有所疏漏，皇上得提醒妾身啊。」

趙佑樘噗哧一聲笑了。人還是那人，穿什麼都改不了。

「朕叫他們將奏樂時間縮短了，應不會太久。」

馮憐容大喜。「皇上真好。」恨不得就貼上去，拿腦袋蹭他幾下。

看她穿著這身衣服，面上偏偏是小貓諂媚似的表情，趙佑樘嘴角抽了抽，不忍相看，咳嗽了聲道：「快走吧。」

他牽住她的手往前走去，她則落後他一步，仍是以前的樣子。

趙佑樘走一會兒，腳步一頓，回頭道：「往後，妳該要與朕並肩而行了。」

馮憐容抬起頭來，有一些恍然。

「過來。」他目中有鼓勵之色。

明黃色的龍袍好似太陽般耀眼，落入她眼裡。在她的世界裡，他何嘗不是她的太陽，可現在，他與她的距離竟可以這麼近了。

大典之後，馮憐容坐了趙佑樘的龍輦一起回來，鍾嬤嬤頭一個就把她的珠冠摘了。

馮憐容呼出一口氣。「舒服多了。」又展開手，讓珠蘭把褘衣除下，只穿了素色單衣斜歪在羅漢榻上，眼眸微微瞇著，便是趙佑樘在旁邊，她也忍不住犯睏。

趙佑樘見狀，叫孩子們自行出去玩樂。

她感覺身子輕飄飄的，囈語道：「好像剛才的曲調還在耳邊。」

趙佑樘視線順著她臉兒往下，只見她裡衣微微鬆開，露出丹紅色的抹胸，脹鼓鼓的，他略一遲疑，伸手給她掩上道：「怎麼睏成這樣？像喝醉酒似的。」

馮憐容也沒聽清，只往他懷裡鑽，不一會兒竟睡著了。

趙佑樘好氣又好笑，心道她這身子是越發嬌貴，只起早些，站了一會兒便累成這樣，遂命寶蘭取條薄被來。

寶蘭去取時，半途遇到鍾嬤嬤，說：「娘娘在榻上就睡了，皇上都在呢。」

「什麼？」鍾嬤嬤一愣，這麼無禮的事情好似馮憐容還未做過，可見確實是睏，她想起一事，忽地一跺腳道：「哎呦，瞧我這老糊塗！因娘娘要封后，忙裡忙外的，竟忘了。」

寶蘭奇怪。「什麼事兒？」

「妳啊，娘娘的小日子一直沒來，可不是推遲了。」

寶蘭一想，果然是，頓時面露喜色。「那該不是……」

鍾嬤嬤道：「還不快去請金太醫。」

現今朱太醫年事已高，去年便退了，而金太醫得馮憐容看重，自己醫術也越發了得，在太醫院的地位那是數一數二，長年累月都住在太醫院裡。

鍾嬤嬤抱著被子過去，見馮憐容真是睡著，不過這睡姿，也是天下頭一等，拿皇上的大腿當枕頭。

「皇上。」鍾嬤嬤迫不及待地稟告好消息。「娘娘可能是有喜了，奴婢已經叫寶蘭去請太醫。」

趙佑樘自然高興，但又有些惱意。「難怪她這般累，怎麼妳沒早些察覺？」

這確實是鍾嬤嬤疏忽，她立刻跪下來道：「還請皇上恕罪。」

雖然是被封后大典給影響了，可錯還是錯，故而她也不辯駁，要是換成以前，皇上肯定就要懲處她了，但他這會兒卻擺擺手。「罷了，起來吧，以後莫再犯。」

這是馮憐容看重的人，且也不過是幾日的事情，即使提前知道，封后大典一早就定下了，也不方便更改日子。

鍾嬤嬤戰戰兢兢站起，往後退去。

馮憐容聽到些聲音，翻了個身。趙佑樘伸手輕輕碰觸了一下她的臉頰，微微笑了笑。說起來，也是該有個孩子了，自趙徽妍出生之後，這都有數年了，他以為她這年紀已是不太好懷上，誰想到，卻在今日，她給了他一個驚喜，真是雙喜臨門。

他握住她肩膀，把她扶起來。

馮憐容醒了，揉著眼睛道：「什麼時辰了？」

「仍是上午呢。」趙佑樘一彈她額頭。「還在迷糊？」

「啊！」馮憐容叫道。「我剛才睡著了？」

「可不是，還睡在朕的身上。」

馮憐容臉有些燙，不好意思道：「剛才覺得累，不知不覺便這樣了，耽誤皇上時間。」

趙佑樘沒說話，叫珠蘭給她拿套裙衫來，馮憐容剛穿上，金太醫就來了。

「快些給她看看。」趙佑樘道。

金太醫忙上來給馮憐容把脈。

馮憐容一頭霧水，也不知道是怎麼了，不過見趙佑樘跟鍾嬤嬤、寶蘭、珠蘭都是一副嚴肅的樣子，只得住口，讓金太醫可以安心探查病情。

過了一會兒，金太醫道：「恭喜皇上、恭喜娘娘，娘娘是有喜了。」

馮憐容還愣在那兒，見趙佑樘開懷大笑。「好、好，這是朕第五個孩子。」

延祺宮裡眾人都歡欣鼓舞。

三個孩子一聽說，也都圍上來，一致都要求馮憐容生個妹妹。

馮憐容無言，這是想生女兒就能生的嗎？而且剛才看金太醫的意思，好像又是個兒子。

「妳好好養胎，朕瞧孫婕好做得也不錯，妳多數交與她，莫累著了。」趙佑樘叮囑。「妳現年紀不小，剛才金太醫都說，得多加休養，才能順順利利的。」

馮憐容聽了傷心，握住趙佑樘的手道：「妾身可是人老珠黃了？」

趙佑樘瞅瞅她的臉。「還行，皺紋不多。」

「已經長皺紋了？」馮憐容大急。「哪兒、哪兒？」

看她那慌亂的樣子，趙佑樘道：「怕什麼，朕還不是有，誰人不老？」

「皇上不一樣。」

這世上，男人女人在一起，從來都只看女人的容貌，男人有錢、有權，身分顯赫，多得是女人愛慕，別說趙佑樘還是皇帝，天下間最最尊貴的人。普天之下，莫非王土，他自然什麼都不怕。可她呢？

這些年，他一直都很寵她，因她還不算老，二人也有感情在，可再老一些就不能看了，哪怕她今日登上了皇后之位，這種顧慮始終都會有，隱藏在她的心底。

若到那一日，她總會傷心，作為皇帝的女人，大抵結果都是一樣的，她十分清楚，可人總是貪心。她總是希望他能永遠這樣對待自己，希望那一日永遠也不會到來。

珠蘭拿了小銅鏡給她看，對著光，她隱隱看見眼角生出了淺淺的皺紋，眸色猛地一黯，恨不得哭。

趙佑樘覺得她大驚小怪，女人到這個年紀才長皺紋出來，已經保養得很好了，其實她看起來還是很年輕，哪裡真像那麼大歲數的人，他把小銅鏡扔到一邊。「朕又沒嫌棄妳，亂想什麼？」

「現在是沒有，以後……」

「就說妳胡思亂想，以後的事妳又知道？」趙佑樘拉她起來。「天色也不早了，該搬的還得搬，朕同妳去坤寧宮。」

馮憐容抿抿嘴，只得跟他走了。男人就是心粗，有時候一點兒不知道她的心思。

若他願說一句以後也不嫌棄，她不就高興了？偏不說，她哼了哼，好想掐他一把，但瞧他腳步匆匆，又似很忙，想剛才還讓她睡在他腿上，她又笑起來。

二人到得坤寧宮，趙佑樘帶她四處走一遭。「妳有想添置的東西儘管說，如今妳是皇后，用不著與任何人交代。」

「也不用，妾身看這樣挺好的。」

「什麼不用，妳好好想想，總有喜歡的。」

馮憐容只得點點頭。這坤寧宮因是方嫣住過的，她其實並不喜，假如可以，她還寧願住在延祺宮，可宮裡的規矩便是這樣，她也不好說，大概習慣就好了。至少對趙佑樘來說，好似沒什麼不對的地方。

說來說去，男人跟女人就是不同，她在糾結過去的經歷，他卻早就拋之腦後。

延祺宮裡的東西陸續搬過來，從此後，馮憐容便是坤寧宮的主人，宮裡妃嬪都來恭賀。她是皇后，那是理所當然的，馮憐容想到她做妃嬪時，每日最不喜歡的便是去請安，尤其是冬季，當下自然也能明白妃嬪們的想法，故而她當即就免了她們日後的請安，改為一月一次，這樣對誰都好。

等到那些貴人走了，孫秀道：「娘娘就是大度，不過這般善待她們，就怕她們更是疲懶。」

馮憐容嘆口氣。「她們也不容易，多幾次請安，我也不會多長塊肉，算了吧。」

孫秀笑道：「這倒也是。對了，還忘恭喜娘娘有喜了。」

馮憐容一笑。「怕是以後要麻煩妳。」

「怎麼會，反正我時間多得是，便是不忙，也沒有旁的……」她頓一頓，拿帕子掩住嘴角，笑道：「現管著事兒，還覺得挺有意思，娘娘請放心交給妾身吧，多多歇息。」

馮憐容聽她這麼說，心裡其實有些尷尬。往常是妃嬪的時候，她管不了什麼獨不獨寵，可當了皇后，還獨占著皇上，便是面對那些妃嬪，也是說不出的奇怪之感，等到孫秀走了，她把鍾嬤嬤叫來，二人走到裡間。

鍾嬤嬤看她這臉色，關切地發問。

馮憐容道：「我這是皇后了，是不是要勸皇上……」

「勸皇上做什麼？」

「還不是那些事。」馮憐容垂下眼眸道。「宮裡好些妃嬪。」

「哦。」鍾嬤嬤明白了，自家主子這是不適應從妃嬪到皇后的變化，歷來正妻都講究賢慧大度，作為皇后，原本是該勸皇上雨露均霑，多多開枝散葉的，畢竟多子多孫，那是福分，可現在宮裡的孩子，除了趙承煜，都是馮憐容一個人生的。

馮憐容惴惴不安地看著鍾嬤嬤。

鍾嬤嬤笑道：「娘娘笨呢，宮裡又沒有規定皇后該是如何，什麼勸誡不勸誡，皇上真要看上哪位貴人，娘娘就算要攔也攔不住，不是？何必傻得還要勸皇上去。」

馮憐容點點頭，她當然也不想勸。「就是看到那些妃嬪，很是……」

「那就少看看好了，這也是她們的命，與娘娘無關。」鍾嬤嬤開解馮憐容。「娘娘是覺得當皇后突然有了負擔？其實還不是一樣，皇上喜歡娘娘，不管娘娘是皇后，還是貴妃，都沒什麼區別，娘娘往常怎麼做，還是怎麼做好了。」

馮憐容聽她一席話，也慢慢穩住了。是啊，只是稱呼換了，她還是她，何必因為當了皇后，就真要變成皇后的樣子？再說，她也不擅長那個。

「謝謝嬤嬤了。」

鍾嬤嬤笑著看她。她現在的樣子，宛如當初剛剛入宮，那會兒她也是樣樣都教她，只是她那會兒也不是很聽話，倒是命好，入了皇上的眼。

馮憐容解了這個心結，也覺得輕鬆。不過皇后的事務還是很多，宮裡內務、各項採辦，雖然很多交與孫秀，但數目龐大的都得她親自審查。

隔日，趙佑樘親自拿了寶璽給她。「剛剛完工的，看看喜歡不？」

這寶璽是淡黃色的，不似趙佑樘的那塊顏色深，可卻顯得柔和，整個印章為正方形，上頭雕刻了一隻凶猛的獸，張牙舞爪。

馮憐容指著道：「這是什麼？」

「螭虎，皇后的寶璽都得刻這個。」趙佑樘其實覺得不適合馮憐容，但皇后該有皇后的威嚴。

馮憐容已經拿著寶璽看來看去的了。

「試試。」他說。

馮憐容把寶璽蘸了紅泥，在宣紙上一按，只見四個紅色大字「皇后行璽」出現了，字體端正大氣，又隱隱透出風雅。

「真好看。」馮憐容微笑。

趙佑樘瞧著也很滿意。

「不過這字有些眼熟。」馮憐容指了指「行」上的一撇。「略正，末端又很輕揚，還有這個，」她指向「璽」字。「那個玉字裡頭的點，妾身總覺得不好寫，皇上還教過呢……」

她說著猛地頓住，看向趙佑樘。

「怎麼？」趙佑樘面色略有收斂，比剛才立直了。

「這該不是皇上刻的字吧？」她疑惑。

趙佑樘挑眉道：「朕能有這閒工夫？妳當朕整天沒事幹？」

馮憐容心想，倒也是。可是這字真的好像。真不是他寫的？

趙佑樘微微側過頭，打算死不承認。天知道他刻這四個字花費了多少工夫，本來也是不會的，一時興起，不只寫了，還想親自刻，結果不知道吃了多少苦頭，他都懊惱自己幹什麼要攬這個活兒，他為什麼待她這麼好！

所以他決定死都不告訴馮憐容，省得她又沾沾自喜，以為自己有多喜歡她，卻沒想到，她竟然能認出來。

不過他不承認，馮憐容當然沒辦法，只能暗自揣測一番，仍覺得定是他刻的，不然為何要親自送過來，早該在冊封的時候一併給她，所以這寶璽對他來說是不一般的，既然不一般，那肯定是他花費工夫的東西。

她越想越高興，自個兒笑得嘴巴都咧開來。

「朕還忙，走了。」他怕馮憐容一會兒又問他。

結果馮憐容抓住他道：「等等。」

趙佑樘正待發問，就見她拿起寶璽猛地往自己手背上一按。

他嘴巴一下子張大了。「妳……」

馮憐容又快速地在他另外一隻手上按了一下，笑道：「這下誰也不欠誰。」

原來，她是想起那日他用玉璽按在她手上的事。這豬腦袋，當日他按下去可不是為了好玩，瞧她這傻樣，還一點不知道他的心意，這些年，她真是光吃飯不長腦子。

他搶過寶璽，抓住馮憐容的手，啪啪就按了下去，覺得不過癮，又挽起她袖子，在她手臂上也按了兩下。

眼見他盯著自己的臉了，馮憐容嚇得轉身就逃。

趙佑樘一把抓住她，寶璽舉得老高。「還鬧不？真當朕拿妳沒辦法？」

「不敢了。」馮憐容捂住臉。「別按臉，那東西洗起來可疼呢。」

趙佑樘冷笑。「那妳還往我手上蓋！」

馮憐容委屈。「這不是玩嗎，我幫皇上洗，好不好？」

趙佑樘一聽，總算放下了寶璽，旁邊的宮人才從震驚的狀態中恢復過來。

馮憐容不敢怠慢，忙叫她們去打水。

寶蘭、珠蘭拿了水跟胰子來，馮憐容把趙佑樘的手放進金盆，現在她是皇后，這洗臉、洗手的也都是金盆。她替他搓啊搓的，又怕弄疼他，洗了好久，趙佑樘差點睡著了。

回過神一瞧，嗯，差不多了，他又給馮憐容洗手。

兩人光洗手就花了半天。

「朕看給妳父親封個侯爵。」他忽然說起話來。

馮憐容忙道：「不用。」

「怎麼不用？妳都是皇后了。」

「反正不用，父親也不會喜歡的，只會覺得是種負擔，畢竟沒有立下大功。還有，妾身哥哥已經是那麼大的官了，就因為妾身是皇后，馮家還封爵，叫外頭人怎麼想？咱們家都不是貪圖富貴的人。」馮憐容誠懇道。「皇上的好意，妾身心領了。」

趙佑樘揉著她手背，默默聽著，稍後道：「也罷，反正妳總是這樣，這個不要、那個不要，都不知道妳到底要什麼。」

馮憐容的手不由一緊，心道，她要的不過是他的喜歡，最好是永永遠遠，只喜歡她一個，可這是多麼難說出口的話，也多麼難實現。這只是她的癡心妄想。

趙佑樘抬起頭看她，她卻已經低下頭去，映入眼簾的是他修長的手，正在溫柔地給她洗那些紅泥。

她的眼睛一熱，胸腔裡竟是又暖又痛的感覺。

馮憐容當上皇后之後，身邊的宮人、黃門個個都得了賞賜，其中黃益三、大李更是一躍成為少監，尤其是黃益三，做了司禮監的少監，不過他多數還是跟隨在趙承衍身邊。

眼下太子、皇子的年紀已經漸漸大了，雖然還沒什麼矛盾，可各自身邊的人心思都很多，只是平日裡收斂著，都不露出絲毫端倪，因趙佑樘對他們管束很多，誰也不敢冒險。

這日，黃益三抽空到了乾西，就見裡頭一個黃門走出來，輕聲與他道：「黃公公，一切如常。」

黃益三點點頭，拿出銀子給他。「你還是好好盯著，別讓人發現了。」

「自然，奴才又不是傻子。」他頓一頓。「不過仙姑與平日裡可不同了，有回把銀子交予兩個宮人，只叫她們打探太子殿下的消息，現就是知道有了新皇后，也不惹事，瞧著是要安安穩穩地熬下去。」

黃益三笑了笑。「聰明的人是這樣，看來仙姑是變聰明了。」

那黃門略略低下頭。「不過太子殿下還是會來。」

「仍有人看著？」

「是。」那黃門沈吟一會兒道。「看著是看著，但依奴才瞧，太子殿下是有些不耐煩，畢竟是個主子，誰願意有人這般每次都監視著，什麼話都不好說。」

黃益三笑起來。「這是人之常情。」

「公公說的是。」黃門朝他拱拱手，悄悄退了下去。

黃益三往四處看一眼，嘴角挑了挑，也走了。

因兩個兒子都大了，趙承謨也搬了出去，住坤寧宮的孩子就只剩趙徽妍。

馮憐容這日在看帳本，小姑娘也歪過來看。

馮憐容笑道：「怎麼不去描紅，看這個眼睛不疼？」

「珠蘭手裡這是算盤？」趙徽妍問。

「是啊，這是算帳的。」

趙徽妍笑道：「老是描紅、賞花的，都沒意思了。娘，我要學這個。」

「那怎麼行，妳可是公主，算帳這種事都有旁人做，妳學琴棋書畫都好，唯獨不能學這個，被妳父皇看見了，都得說妳。」

趙徽妍嘻嘻笑。「父皇才不會說，父皇最喜歡我了。」

「誰說的，妳做得不對，父皇就得說妳。」

「可好沒意思，母后，不如您帶女兒出去玩？」趙徽妍是個性子很活潑的小姑娘。

馮憐容心道，她倒是想，可皇宮哪裡是尋常人家，不然她早出去幾百回了。

二人正說著，就見金蘭笑咪咪地進來道：「娘娘、公主，快來看小兔兒，上貢來的，長得像貓呢，說是叫獅子兔。」

趙徽妍一聽，拔腳就走。因她以前還小，光是忙著學說話、走路，哪裡想過養什麼東西，可長大了，就常覺得悶。這回聽說有小兔兒，跟自己的乳名一樣，自然是大為歡喜。

她直奔到外頭，院子裡放著小木箱子，她走過去探頭一看，就見裡面並排蹲著兩隻小兔子。一隻渾身漆黑，一隻白白的，身上有幾團黑色，牠們的毛特別長，油光水亮的。

趙徽妍扭頭問馮憐容：「娘，這小東西真是兔子嗎，跟娘說的不一樣。」

馮憐容去看了看，也是驚訝。「是啊，毛怎這麼蓬，難怪剛才金蘭說跟貓似的。」她雖是覺得奇怪，可還是彎腰把那隻漆黑的抱了出來，小兔子很是溫順。

送來的小黃門道：「回娘娘，這兔兒是遼東總兵吳大人上貢來的，本也不是景國出的，當地人說是叫獅子兔，只望娘娘與公主喜歡。」

「原來如此，怪不得與咱們見過的兔子長得不一樣。」馮憐容捧著兔兒給趙徽妍玩。「妳現在不會覺得沒意思了吧？」
趙徽妍伸手摸摸兔子，感覺就跟摸綢緞似的。「是啊，有兔兒玩啦，這兔子真漂亮、毛真長。母后，一會兒我抱給大皇兄看，就說是他那一類的。」
馮憐容噗哧笑起來。「別去氣妳大皇兄，他現在最討厭別人叫他小羊。」
趙徽妍嘿嘿地笑，一會兒又嚷著要餵兔子。
小黃門道：「這兔兒就愛吃草，現天暖，到處都是鮮草倒是容易，等天冷了，就吃曬乾的草，這些也不用娘娘、公主費心。」
馮憐容道：「那你去取來，幾天一送，也省得每日來回跑了。」
小黃門道是，這就走了，稍後就推來一小車，母女倆蹲著看兔子吃草，津津有味。
小黃門回頭就去稟告趙佑樘。
趙佑樘大概也想像得出是什麼情景，微微一笑。
等到傍晚，三個孩子從春暉閣出來，大李道：「公主剛剛派人來，請太子殿下、皇子們過去，說是皇上送了兩隻十分少見的兔兒。」
趙承衍覺得自己是大人了，挑眉道：「兔兒是女孩看的，咱們有什麼可瞧。」
趙承謨笑道：「既然妹妹相請，自然要去一趟，陪母后吃頓飯，不是很好？」又側頭看趙承煜。「二哥去不去？」
他們是一家團聚，自個兒總是格格不入，趙承煜心裡不想去，可不得不去，他不能讓父皇覺得他不喜歡兄弟、妹妹，甚至不喜歡母后。

趙承煜點點頭。「去啊，正好見見母后。」

看到哥哥們來，趙徽妍抱著漆黑的兔兒給趙承衍看。「大皇兄，看這烏雲毛長吧，可愛吧，快來抱抱，小羊跟兔兒本來就很好的。」

趙承衍的臉黑了。「怎麼好了？」

「都吃草的啊。」趙徽妍眨巴著眼睛。「小羊哥哥，你也喜歡兔兒吧？」

趙承衍伸手就要去捏她的臉。「早說了，不准提小羊，我是妳大皇兄，壞兔兒，看我怎麼罰妳。」

趙徽妍卻撒腿跑了。

「妳別逃。」趙承衍追她，兩個人在屋裡追來跑去的。

一會兒他就追到妹妹，伸手撓她的癢癢，趙徽妍咯咯地笑，差點在地上打滾，連聲討饒。

馮憐容看著也不說，反正這兄妹兩個常常打鬧，不過奇怪的是，趙徽妍總是喜歡找趙承衍，卻從來不敢惹趙承謨。

好一會兒，趙承衍才收手，兩人又高高興興地說話。

趙承謨抱著另外一隻玩。「這兔兒確實第一回見。」

「聽說是別國的，大老遠送來。」馮憐容瞧瞧趙承謨的臉。「瞧你光長個兒不長臉的，怎麼還是那麼瘦。」

趙承謨笑道：「就是長個頭上去了。母后，這兔兒是哪兒上貢的？」

「遼東總兵。」馮憐容想了想。「好似是吳大人？」

趙承謨哦了一聲，這人好似舅父曾提過，如今舅父從戶部調任吏部，吏部是管官員升遷的，位高權重，不知道多少人想巴結，舅父也常來宮裡與父皇商議大事，遇到他們，總是會說上幾句。

而這吳大人在舅父口中，卻不是能堪以大任的，他手頓了頓，把兔兒給趙承煜。「二哥，你也抱了玩玩。」

趙承煜只得接了，與馮憐容說些祝福安康的話。

馮憐容道：「我瞧你衣服常穿得不多，可要注意別著涼了。」

趙承煜點點頭。

晚上，幾個孩子在這兒吃了一頓飯，回去時，路上趙承煜遇到一個小黃門，小黃門正提著燈籠，手裡拿了包藥。

趙承煜認識此人，他是在長安宮當差的錢申，他心裡突然一跳，停下腳步。「你這藥是怎麼回事？」

錢申道：「方仙姑病了，奴才是剛抓了藥回來。」

趙承煜忙問：「仙姑病了，嚴不嚴重？」

「有些重，好幾日都不曾好。」

趙承煜心想，他也好久不曾去見生母，當下就要去，花時見狀忙攔著趙承煜。「殿下，現天不早了，不如等明兒再說？」

「今兒、明兒又有何區別？」趙承煜不聽，跟著錢申就去了。

方嫣這病倒是不假，已經臥床幾日，只她沒想到趙承煜會來，當下就瞪了錢申一眼，錢申一縮脖子退到後方。

「是我問他的，倒不關他的事兒。」

方嫣嘆一聲。「我這病也無妨，你也不必來看我。」

話雖是這麼說，可眼睛卻盯著趙承煜不放。畢竟趙承煜不能常來，一年又能見幾回？

趙承煜四處看一眼，只見青燈寡淡，長安宮處處都透著一股衰敗之感，他想到剛才坤寧宮裡那又是另一番景象，兩相對比，心頭不免酸澀。想當年，他的母親也是皇后，如今卻落到這個地步，該是怪誰呢？聽聞是母親自己做錯，可這樣的懲罰也實在太重！

正想著，卻聽後面哎喲一聲，原是錢申想討好趙承煜那幾個黃門，倒了茶來，不小心潑在其中一個叫萬思順的人身上。

「奴才該死，這就領您去擦一擦。」錢申忙帶著萬思順走了。

萬思順嘴裡罵罵咧咧的。

「殿下，也該回去了。」花時眉頭皺一皺，提醒趙承煜。

不管如何，那都是廢掉的皇后，就算是親生母親，又於趙承煜何益？花時覺得，趙承煜該是完全與她斷絕親情才好，畢竟處境已是尷尬。

趙承煜揮揮手。「你們出去，讓我自個兒待一會兒。」

花時一怔。

趙承煜叫道：「滾出去！」

花時側頭看一眼，見趙承煜的眼睛都有些紅，連忙就與眾人退了出去。
方嫣道：「承煜……」
「母親。」趙承煜趴在她床頭。「孩兒只想安靜一下，母親以前常說孩兒是太子，是宮裡除了父皇外，最最尊貴的人，可現在孩兒與母親說幾句話，他們都得盯著，孩兒做什麼，也得前思後想，怕這個、怕那個，孩兒，只覺得累……」
他的聲音越來越低，他這等年紀，原不該承受這些。
方嫣心疼，攬著他的肩頭道：「承煜，你再忍忍，你切莫惹你父皇生氣，以前是我連累你，才害得你如此。」
二人說了一會兒，趙承煜才出來。
花時嘆了口氣，又朝旁邊的萬思順看一眼。
這萬思順是皇上早早就調來的黃門，專職跟在趙承煜身邊，說是奴才，可實際上是專門盯著太子的。
花時湊過去道：「萬小弟，好歹仙姑也是殿下的親生母親，這樣也是人之常情。萬小弟你向來聰明，因看得出來，殿下是個念情的主兒。」
萬思順沒說話。他心裡想的是，太子再怎麼樣都不是皇帝，再說，他押的寶絕對不在趙承煜的身上。
所以，幾日後，他照例去稟告趙佑樘。
趙佑樘聽著皺眉。「你說沒聽見他們母子兩個說話？」

「回皇上，是的，本來奴才該在場，可被潑了茶水，硬是被領著去擦，等回來時，他們也說完了，聽說殿下還命旁人都退下。」

趙佑樘的臉色不由得一沈。這幾年，他怕趙承煜被方嫣影響，確實管得比較嚴，如今看來，趙承煜根本不該去看她，想必這潑茶一事又是她的餿主意，倒不知與兒子說了什麼，但願趙承煜別昏了頭腦。

趙佑樘拿起奏疏來看，結果才看一眼，臉色就有了變化，京畿地區竟然鬧蝗災！

這對農家來說是毀滅性的打擊，因為蝗蟲很難對付，它們來時氣勢洶洶，去時莊家顆粒無收。

這是一個噩夢，偏偏百姓還不敢撲殺蝗蟲，因蝗蟲來時，就跟大漠裡的黃沙似的，茫茫一片，看起來神武非凡，有些人尊稱它們為蝗神，遇到這等事，不思方法，反而領頭燒香、磕頭，祈求上天保佑。百姓們中有愚昧的便一應跟著，旁人眼見無法戰勝，也只能寄望老天，這樣，自然更是滅不了了。

趙佑樘一早就聽聞過此等傳言，召見幾位大臣，任命了捕蝗使，言道：「若有祈天者，屢教不改，殺無赦。」隨即令他們領兵即刻出發。

捕捉蝗蟲不亞於一場戰爭，人數一定不能少。

餘下大臣陸續退下，唯有馮孟安沒走。

趙佑樘道：「蝗災屢屢發生，每幾年，總有事出，倒不知如何防之？」

馮孟安道：「近幾年京畿多乾旱，想必蝗災與之有關，當年黃曜所寫《捕蝗編》，就提到蝗蟲喜乾燥，今年發作，應是如此。」

「《捕蝗編》？」趙佑樘手指輕敲了兩下桌面。「黃曜後人現在何處？」

「臣倒不知，不過殿下想啟用，自是不難。」馮孟安道。「原本黃家也是清白人家，聽說當年被抄家，是有隱情……」

趙佑樘抬眼瞧瞧他。「看來你這《捕蝗編》還有下文，罷了，朕會命吏部徹查。」他瞭解馮孟安，因他從不是無的放矢之人。

馮孟安頷首。「皇上聖明。」

馮孟安出來後，並沒有馬上出宮門，而是去春暉閣一看。

原本周彥文是伴讀，不過周彥文年紀大了，永嘉長公主惦記他的終身大事，領著回去找媳婦，故而現在只有趙承衍兄弟三人。

馮孟安看了一會兒，正要走，肩膀上卻落下一隻手，他回頭一看，竟是趙佑樘來了，連忙行禮。

趙佑樘負手笑道：「朕也喜歡在這兒看他們。」

閒暇時，他是會這麼做的，因為這不只是他的孩子，也是景國將來的希望。

馮孟安道：「殿下與大皇子、三皇子都很聰穎，那是景國之福。」

趙佑樘點點頭，他這三個兒子天賦是很高，想必隨了他，因方嫣跟馮憐容都不是多聰明的人，故而提到兒子，他是頗為得意的。

他隨後召一個黃門上來，說了幾句，那黃門就去門口。

李大人看見，走過去，那黃門耳語幾句便又告退。李大人咳嗽一聲，施施然走回。馮孟安有些納悶，稍後就聽李大人道：「現京郊外田莊正在鬧蝗災，這蝗災，下官也曾提過，如今倒想聽聽殿下與皇子們的建議。」

原來是考三個兒子。馮孟安抿嘴一笑。

趙佑樘略略抬起頭，面色專注。

只見趙承衍第一個就回道：「自然是要抓了。」

「如何抓？」

「用手！」趙承衍大嗓門。「不然用網也行，就跟抓蝴蝶似的，不然就用火燒，再不然……不然吃了！不是說難民挨餓嗎？這蝗蟲想必跟蟬蛹似的，不難吃。」

李大人聽得嘴角直抽，一旁的趙承煜跟趙承謨都忍不住噗哧笑起來。

李大人擺擺手。「莫笑，其實也不錯，可是……大皇子，蝗蟲不能亂吃，吃多了會鬧肚子的，到時候找大夫也是一團亂。」

趙承衍撓撓頭。

趙佑樘在外頭也摸了摸下頷，他這大兒子生性大咧咧，活潑好動，有時候說起話來也是這般橫衝直撞，但這法子不算錯，乃基本之法。

李大人朝剩下二人看去。

趙承煜也看趙承謨。「三弟可有好的法子？」

趙承謨心道，本想讓二哥先說，只怕自己說了，二哥更是難答。他站起來朗聲道：「《捕蝗編》裡提到，蝗蟲喜乾燥，要避免蝗災，除了大哥所說滅蝗之法，防治也一樣重要，故而若遇到乾旱，需提早尋蝗蟲卵滅之。另外，捕蝗之法，我以為，除了百姓、兵士等人力，也可用雞、鴨對之，兩者乃天敵，除了餵飽雞、鴨，也能滅蝗，不是兩全其美？」

趙承煜的臉色在此時已是很難看。其實《捕蝗編》他也看過，原想著趙承謨年紀小，應不知，他在最後可以好好發揮，誰料到不只全被趙承謨說光了，他還有一些自個兒的想法。

趙承煜只得道：「三弟說得很是周全，全是依《捕蝗編》之言，不過用雞、鴨，我覺得不易實行，畢竟不是家家戶戶都養的，何來那麼多雞、鴨？若蝗蟲不除，豈不是浪費糧食？」

趙承謨笑了笑。「二哥說的是。」他也不提自己到底覺得是對是錯。

李大人道：「蝗蟲自古就有，一直不得消除，只要有可行之法，或可都拿來試試。」他也開始講自個兒知道的捕蝗法子。

外頭二人聽著，趙佑樘道：「那雞鴨之法可是《捕蝗編》中的？」

「不是。」馮孟安道。

趙佑樘笑起來。「那倒是阿鯉獨創的，不論對錯，總是難得。」

馮孟安最是喜歡這個外甥，雖然他在三人中年紀最小，可他說的話，趙承謨總是能很快理解，這等悟性非常人可以做到，而且記性也特別好，他說的話，下回問起，他總是記得一清二楚。可在趙佑樘面前，他卻不好這樣直接誇獎，未免顯得太過偏心，便沒有接這個話。

趙佑樘看他一眼，若有所思，稍後問道：「你瞧朕這三個兒子，哪一個最是聰明伶俐？」

到底他是以皇帝的身分，還是以妹夫的身分問？要知道，這兩者之間區別很大。

馮孟安再如何鎮定自若，這會兒也有些頭疼。「殿下與兩位皇子各有千秋，以臣看，都是大器之才。」

趙佑樘斜睨他一眼，淡淡道：「那依你這舅父的眼光看呢？」

「這個……」馮孟安心想，既然他這麼問了，若不好好回答，便是刻意隱瞞，他目光投向窗內，笑道：「臣較為喜歡三皇子。」

趙佑樘笑道：「阿鯉這孩子是比較出眾，不過說到重義，還是小羊最是心善，至於承煜，他是有些中規中矩了，但好在肯下苦功。」

在三個孩子中，趙承煜是最為刻苦的一個，就算是回東宮，也總看書看到很晚，其他兩個孩子都不及他。

馮孟安道：「尺有所長，寸有所短，確實如此。」一邊卻暗自揣測，不知今日趙佑樘與他說這些，可有別的意圖？

二人又說了一會兒，馮孟安才先行告辭了。

第三十五章

蝗災過後，雖捕獲上萬蝗蟲，但田地依然遭受重大損失，趙佑樘便免了這年的賦稅，再加上吏部還黃家清白，他升黃曜後人為捕蝗使，一門心思細研除蝗之法。

卻說馮憐容當上皇后之後，每逢節禮，四處都上貢些珍奇玩意，眼見庫房都放不下了，她與趙佑樘商量，以後就免了此事，畢竟勞民傷財。再說，這些東西她一輩子也用不完，那些官員找尋來，又得花費功夫，不過是為了討好。

趙佑樘倒也同意，隨後就由她下了懿旨。

孫秀負擔了大部分的瑣事，馮憐容念她有功，請求趙佑樘晉封孫秀為賢妃，而她自個兒則安心養胎，時間一晃眼，到得冬日，她順利生下一個男孩兒。

趙佑樘賜名為趙承睿，乳名冬郎。

見馮憐容一連給他生了四個孩子，這回又是男孩，故而趙佑樘也沒再聽馮憐容的，執意封了馮澄為長興侯，賜下千頃良田，一時馮家富貴。

這日馮家人入宮，唐容與吳氏穿得花團錦簇，喜氣洋洋，吳氏這會兒也給馮孟安生了兩個孩子了，不過小兒子尚小，今年才四歲。

唐容一來就道：「託娘娘的福，家裡的錢真是幾輩子都花不完。」

田莊賜下來，她與馮澄去看了看，聽說光是每年莊稼收入就有上萬兩銀子，把他們驚得半天回不過神。

馮澄當時就道：「這些銀錢，哪裡用得掉，皇上也是……」

馮澄是個容易擔憂的人，怕趙佑樘太看重馮家，有時候反而會引來災禍；唐容只覺得自個兒的日子變得太快，從良娣的娘，這會兒成為皇后的娘，又是侯爺夫人，她也是花了好久才慢慢適應。

「既是皇上的心意，你們收了，好好享福唄。」馮憐容轉頭看向兩個侄兒，長得都像馮孟安，笑著一人送了一塊玉珮。「聽說大元都考上秀才了，真是個好孩子。」她多賞了大元一套文房四寶。

馮孟安笑道：「我當年還比他早一年考上呢。」

「哥哥的性子真是一點兒沒改。」馮憐容打趣。「原以為升了吏部侍郎，總會老成一些。」

「那是在娘娘面前。」吳氏伸手輕拍一下馮孟安。「在外頭，可常板著一張臉。」

眾人都笑起來。

馮憐容躺在床上，渾身暖洋洋的，只覺雙親當真是好，生出這樣的哥哥，與父母一樣，只鍾情於一人，這家裡，自然便沒有一絲不快。

三個孩子也來湊熱鬧，與表哥、表弟也玩在一起。她笑盈盈地瞧著，好似此刻也不需要再有言語。

兩個月後，馮憐容出了月子。

這一個孩子，除了由新添的奶娘柳氏照顧外，趙徽妍對這個弟弟也特別有母愛，小兔兒也不玩了，成日裡，見弟弟醒了就陪著玩，覺得十分新奇。

趙佑樘見著了也好笑。「妳這孩子，光是看著弟弟。」

「弟弟好有意思。」趙徽妍走過來，趴在趙佑樘的膝頭。「之前還不知道睜眼睛，後來就會看人了，還認識我，見著我就笑，又會發出奇奇怪怪的聲音，比小兔兒好玩多了！」

趙佑樘摸摸她的腦袋。小姑娘長得越發美，大眼睛忽閃忽閃的，比山上的泉水還清澈，皮膚又嫩得好像一戳就能破似的，小嘴兒一張一合，說句話就能吐出芳香來。

「比小兔兒好玩，那能比小馬兒好玩嗎？」趙佑樘問。

「小馬兒？」趙徽妍眼睛亮了。「騎的馬兒嗎？哥哥他們常說去騎馬，還有將軍教，偏我要去，他們不肯帶！」

「還不是怕妳摔著了。」馮憐容替兩個兒子說話。

趙佑樘笑道：「月底朕帶妳去，正好妳哥哥們也學學射箭，現在這腕力怕也夠了。」

正說著，就察覺出一道目光直盯在自己臉上，不用猜，那定是馮憐容，這時候，她就跟孩子似地想要賴。

「皇上，妾身也要去。」果然，馮憐容開始拉著他的袖子撒嬌。

趙徽妍瞧瞧母親，抿嘴一笑。人小鬼大的她這會兒找藉口走了。

馮憐容更不矜持，整個人貼他身上。

「現在爹跟娘整日遊山玩水，不只去了金陵，昨兒來信，說又去渭南，打算把五嶽都看遍。」

她語氣裡有說不出的羨慕。

趙佑樘摸摸她的腦袋，跟剛才對自個兒女兒一樣的寵愛。「即使不帶徽妍，也得帶妳，妳比女兒還要纏人。不過五嶽，朕可去不了，只這京城四處，倒也不難。」

馮憐容笑嘻嘻地親他一口。「這就夠了，皇上，妾身要求也不高的。」

「朕要求也不高。」趙佑樘目光移到她胸口。「妳坐月子時，欠朕的該還了。」

馮憐容臉一紅，任由他抱著進去。

月底，一眾人浩浩蕩蕩就去了圍場，這回趙佑樘不只帶了四個孩子與馮憐容，他把兩兄弟也叫去了。

趙徽妍跟堂妹趙瑜這對小玩伴共乘一輛馬車，趙佑樘與馮憐容坐在另外一輛馬車裡，二人磕磕碰碰地撞了好幾下，趙佑樘才放開她，雖說每次坐車都是這個結果，但他好像就是控制不住，非得被磕到了才滿足，也不知道是什麼怪癖。

馮憐容用帕子按了按嘴唇，見沒有出血，當下放心了，她就怕腫起來被孩子們笑，如今他們都大了，哪裡有瞧不明白的，也就他總是猴急，沒人瞧見時就不分場合，喜歡這種刺激。

她拿起頭上插的小玉梳，把兩邊凌亂的地方稍許梳一下。

趙佑樘笑道：「上回被風吹得跟野丫頭似的，現在知道整齊了。」一邊拿過她這梳子，在她後面梳了一把，又重新插到右側的髮髻上。

「皇上還不是個野小子，光說妾身呢。」她興致勃勃。「一會兒皇上還與妾身騎馬嗎？」

她很懷念那次他坐在她後面，她恣意馳騁的情景。她的身子又重新依回到趙佑樘懷裡。

趙佑樘伸手輕撫她臉頰。「妳想這樣，朕自然陪妳。不過朕得先看看孩子們的箭法如何了？」

「一會兒妾身也看看皇上的箭法。」

趙佑樘笑了。

「朕可沒有疏忽鍛鍊，妳等著瞧。」

雖然這麼說著，他下意識就伸展開手臂搖動了兩下，馮憐容抿著嘴笑，可見他還有些緊張。畢竟他整日繁忙，開弓射箭的時間實是不多，說起來，他是天下間最尊貴的人，可也是天下間最為操心的人。

「皇上還是多多休息，把事情交託於大臣們，其實早朝也不用每日去。」

這話她不是第一次說了，趙佑樘道：「朕知道。」

聽他語氣淡然，便知他又沒有聽進去，馮憐容暗地裡嘆口氣，卻也不好多說，女人家嘮叨多了，會被男人嫌棄，她也不想變成這種人，只能平日裡待他更好些。其實人生在世何其短，即使有通天的權勢，到最後還不是歸於黃土？

馮憐容死過一回，對這些身外物、權勢總是看得破，可趙佑樘顯然不是，但，他是有雄心大志的人，真看破了，怕也是意志消磨了，會變得不像他，倒是個難解的結。

馮憐容一路思索著，就聽外頭車夫吁的一聲，隨即馬車就停了，眾人都陸續下來。

在圍場守衛的兵士過來拜見，趙佑樘叫他們牽合適的馬兒來，又親自替趙徽妍找了匹棗紅小馬，才三個月大，上前抱住她放在馬背上。

趙徽妍興奮地直笑。「叫牠跑快點兒。」

「急性子，哪有才騎就跑的？小心摔了。」趙佑樘牽著馬兒給她引路。

由於趙瑜年紀小，為了安全起見，趙佑楨找了匹棕色小馬，給她牽著玩。

一路上，兩個女孩笑得歡快無比。

趙佑樘跟趙佑楨說話。「你上回舉薦的人，朕覺得可以，明兒就升他做你副手，不過你難得回家一趟，還是多住幾日。」

趙佑楨笑道：「多謝皇上，臣也想多住一陣子，不過洪水不等人。」

「說得好像景國就你一人懂這些。」趙佑樘感到好笑。「朕命你多待一陣子就多待一陣子，咱們也好久不曾見面了。你上回差點溺死，不記得了？哪有這麼拚命的！」

趙佑楨只得同意。

二人說了一會兒，與女兒牽著馬兒回來。

趙佑樘拉了一下弓，往馮憐容瞟了眼，她立在人群中，身著寶藍色的騎射服，腳穿一雙鹿皮靴子，手裡拿著馬鞭，英姿煞爽，讓人不注意都難。

他嘴角微微一挑，不過眼神往右錯了一下，就看到趙佑梧不知何時竟立在她旁邊。二人雖然差了好幾歲，可趙佑梧這幾年歷練下來，也成熟了，長身鶴立，風流瀟灑，今日穿了玄青的騎射服，與馮憐容站一起，看著倒也相配。

趙佑梧不知低頭與她說了什麼，她嘴唇微啟，巧笑倩兮。

趙佑樘眉頭皺了皺，側過頭，拿起弓箭時，恨不得就往趙佑梧扔過去，不過自個兒突然又發笑。那二人又有什麼？趙佑梧再怎麼樣也不敢動那個念頭，至於馮憐容，她這滿顆心還不是在自己身上？

他拿起羽箭搭在弓上往後直拉，在極其專注的瞄準後，手一鬆，只見羽箭如飛往前刺了過去。

馮憐容的眼睛一下子瞪大了，緊緊盯著那箭，直到它穩穩刺入靶心，她才鬆了口氣，隨之而來的便是欣喜。她朝他看過去，滿臉笑容。

趙佑樘假裝沒看到，其實心裡也鬆了口氣，他又連射了兩箭，全都中了靶心，眾人都歡呼起來，他這才看向她，帶著居高臨下的驕傲與得意。

馮憐容走過去，稱讚道：「皇上真厲害！」

趙佑樘一副理所當然的樣子。

馮憐容看看他的弓。

「上回倒沒仔細瞧，原來這弓那麼大的。」

趙佑樘突然起了壞心眼，把弓給她。「妳來試試。」

馮憐容自然沒注意，伸手就去接，結果那弓到她手上，她才知道竟有那麼沈，她一下子就彎了腰，叫道：「好重！」

趙佑樘哈哈笑了。

「母后，我幫妳拿。」趙承衍過來。「母后力氣真小，這弓啊，孩兒們都拿得動。」

「那是因為你們練過啦。」馮憐容不服氣，噘嘴道。「要我從小練，定不比你們差，你得意個什麼。」

趙承衍看她這樣子，只得道：「是啊、是啊，母后練了，肯定也厲害。」

趙徽妍撲到趙佑樘的懷裡道：「父皇，女兒也要學這個！」

趙佑樘道：「妳母后都拿不動，妳能拿得動？」

「那女兒以後學，成不成？」趙徽妍摟住父親的脖子。「女兒學了這個，以後也能跟著父皇出來打獵，不只在後頭騎騎馬。」

「好，以後教妳。」對女兒，他總是來者不拒。「下回朕命人給妳做一把輕便的，也不用使太大的力氣。」

趙徽妍連連點頭。「父皇真好。」

父女兩個說了一會兒話後，趙佑樘吩咐三個兒子道：「你們來射一箭看看。」

趙承衍性子急，自然是第一個，只見這箭力道是猛，可準頭差了些，離靶心還有一段距離；輪到趙承煜，射得準一些了，可還是沒到靶心；最後是趙承謨，一箭射出來，快要到靶子時卻掉了下去，眾人都笑起來，可見他力氣是小了些，不過他年紀本也最小，腕力不夠也是正常的。

趙承謨神色自然，趙佑樘叫人把靶子往前移一段距離，這回趙承謨再射，卻是一箭就中靶心。

趙佑樘露出滿意的神色，笑道：「你力氣再大一些，倒是能趕上朕，這把弓送予你，回去好好練練。」

趙承謨謝恩，笑著接了，有意無意往趙承煜看了一眼。

趙承煜的心情自然不太好。畢竟他是太子，可現在趙承謨樣樣都超過他，他面上無光。

趙承謨見狀，唇角一抿，笑了笑。比起哥哥的遲鈍開朗，他顯然不是這等人，到他這個年紀，已經知道太子與皇子的區別了，這就像今日父皇與兩位叔叔的距離，雖然他還沒能完全想得通透，可趙承煜對他來說，卻絕對不是親近的人。那麼將來的事，誰又能知道？

兒子們射完箭，趙佑樘就帶他們去打獵，馮憐容教趙徽妍、趙瑜騎馬，趙徽妍看著母親熟稔的姿勢，十分羨慕。

「母后什麼時候學會的呀？」趙徽妍問。「怎麼沒帶女兒去？」

「那會兒妳還小，怎麼帶？說起來，我也好幾年沒來這兒了。」馮憐容把韁繩給她自己拿。「妳現在大了，等學會騎馬，以後咱們可以常來。」

趙徽妍笑道：「好，那我今兒就得會了。」又與趙瑜說：「妳也學著，到時咱們一起過來玩。」

趙瑜道：「咱們家裡也有馬兒的，只是我不太喜歡。」

「妳只喜歡琴棋書畫、做做女紅，學得大家閨秀的模樣，將來好嫁人，是不是？」趙徽妍打趣。

趙瑜臉紅了，啐道：「胡說。」

比起趙瑜，自家女兒顯得肆無忌憚，馮憐容伸手一拍趙徽妍腦袋。「姑娘家，哪裡能把嫁人放在嘴邊？妳啊，要多跟瑜兒學學。」

趙徽妍並不認同，她覺得女兒家不必得局限這個，不過也不反駁，嘻嘻一笑道：「不說就不說了，咱們騎馬。」她一拉韁繩，小馬兒慢慢走了。

三人騎了好一會兒，趙徽妍跟趙瑜都能獨立騎馬了，那些男人們才回來。

「母后，咱們打到一隻豹子！」趙承衍大老遠就在喊。他很快騎過來，翻身下馬，眉飛色舞道：「是我跟二弟一起打到的。」

「哦？」馮憐容倒是心驚。「沒受傷吧？豹子可要吃人的！」

「沒，再說，牠看到咱們只管逃。」趙承衍嘻嘻笑道。「晚上有豹子肉吃了，那豹皮瞧著也好，叫人剝下來給母后做披風。」

趙承謨也騎了過來。「古書有云，豹肉談不上好吃，還不如野雞味美。」

趙承衍斜睨他一眼。「你怎什麼都知道啊？不過這豹肉就算不好吃，我也得吃，總是嚐個新鮮。」

「那也行，正好給哥哥們補補，下回射箭也不用多射上兩箭。」

豹子皮厚實，他們年紀小，不能一箭洞穿了，故而二人追了好一陣，才齊齊發箭把牠給制伏。

趙承衍感到好笑。「倒不如說給你補補，自個兒騎馬還差點摔跟頭，你說你瘦胳膊、瘦腿兒的，不更得補？」

趙承謨咳嗽一聲。「我是還未到哥哥這年紀。」

「得了。」趙承衍道。「你是懶不說，我與二弟練習時，你光顧著在旁邊曬太陽睡覺。」

不過也奇怪，他這弟弟不太用功，可不管是講官詢問，還是父皇考察，他總是不會令人失望。

趙承煜最後才到，這會兒也是笑容滿面，畢竟打到一隻豹子，說到底，他還是個少年，容易滿足，趙佑樘剛才還誇獎了他，自然高興。

「要是能再打到一隻猛虎就好了。」趙承衍還在遺憾。

「聽說這兒已經沒猛虎了。」趙承煜道。「本來有幾隻，都在皇爺爺那時被打死了。」

「哦？」趙承衍好奇。「皇爺爺這麼厲害！」

「還有二叔祖父，他打仗百戰百勝的，幾隻猛虎算什麼？」趙承謨道。「可惜咱們都沒見過他。」

其他二人也露出仰慕的神色，肅王雖然是個藩王，可他的本事一點不比歷史上的名將差，是個世間少有的將才。

「那要不要求父皇請肅王來一趟？」趙承衍道。「景國也常打仗，那些外夷總是除不盡的，咱們學得一些，將來也好派上用場。」

趙承煜與趙承謨都道好，三人便與趙佑樘說。

趙佑樘笑道：「你們叔祖父是年紀大了，不然早前也來過京城，既然你們想與他學習、學習，朕便請他跑一趟。」

孩子們都很高興，趙佑樘順勢也與他們講一些兵法之道。

馮憐容見他們父子幾個其樂融融，一時也不去打擾，自個兒打馬跑了幾圈，難得出來，她玩得很盡興，過一會兒才回，把馬兒牽到草棚子裡。

那邊趙佑樘與兒子也講完了，便來找馮憐容。

「不是要與朕騎馬？」

馮憐容原本已玩得足夠，可他一說起，她便又叫人牽馬。

趙佑樘笑著坐在她後面，伸手抱住她的細腰。馮憐容帶他馳騁了一會兒，騎到很遠才停下，此刻也不拿轡繩了，任由馬兒在草地上閒散地走著。

趙佑樘也不說話，把下頷擱在她肩頭，聞著她的髮香，只覺愜意。

這是難得的一天，如此放鬆。他閉起眼睛，昏昏欲睡。

等回到宮裡時，天都烏沈沈的，這一日從早玩到晚，眾人都很盡興，也很是勞累，故而用完晚膳，都早早歇了。

到得第二日，膳房才開始處理豹子肉，這等吃肉的猛獸，肉都有些腥氣，故而花費的功夫也多，燉個豹子肉，直到晚上方才好，各宮都派了人來取肉。

這幾個黃門自然都是認識的，東宮的蘇漢端了肉，本就要走了，卻聽到膳房的人在跟其他宮裡的黃門說話，他不由得停了下，往後一退，偷偷往裡看去，卻見他們給了那兩個黃門一人一小盅去火的湯。

耳邊就聽他們說：「這豹子肉燥，吃完還得去去火，這才對身體好。」

蘇漢火了，幾步進去說：「怎麼沒給我？」

膳房的人臉色一變，顯然不知道他會聽到，忙堆起笑道：「哪能不給，只是原本準備了幾盅，一早就擺好的，誰知道被不長眼的東西給摔了，奴才等會兒自然會補上。」

蘇漢道：「補什麼，這個給我不就得了？」

他指向趙承衍的那一盅。

膳房的人笑了笑。「那是給大皇子的，殿下的湯剛摔了。」

蘇漢恨得牙癢癢。若是尋常，哪裡有不巴結太子的道理？即使真摔了太子的湯，也得拿大皇子或者三皇子的補上。他也不多說，氣憤地甩袖子而去。

蘇漢一路回去，越想越惱火，雖然他這主子是太子，可如今的處境真還不如一個皇子，那些人表面上好似還過得去，可心裡一個個只怕都打著別的主意。

他剛到門口就與花時說這件事，裡頭的趙承煜聽到一些，皺眉道：「還不端進來，我都餓了。」

花時便叫蘇漢走了，親自拿過來。

趙承煜問他：「什麼去火的湯，可是膳房短了這兒的？」

「也不是……」花時斟酌言詞，笑了笑道。「之前摔了，現在還沒煮好，一會兒就端來了。」

趙承煜沒吭聲，其實他大概也能猜到一點兒。因這不是第一回，膳房的人愛巴結大皇子、三皇子，唯獨對他反倒平平常常，可這種感覺總是教他不太舒服。

花時看他默默地用膳，也焦心，輕聲道：「殿下得空還是常去皇上那兒，父子兩個感情好，比什麼都重要，那些人還不是都看在眼裡呢。」

宮裡眾人為何會看重那兩個，還不是因皇上與他們感情深厚？不過幸好都搬出來了，現在三兄弟與皇上相處的時間並沒有太大的差別，只要趙承煜能得皇上喜歡，這太子的位置自然就能保得住。

趙承煜還是沒說話。不過，他去乾清宮比往常勤快，總是有問題請教趙佑樘，像是個勤奮好學的孩子一般。

轉眼來到秋天，肅王來宮裡一趟，趙佑樘好好招待了他。

現今肅王年紀也不輕，頭髮已花白，性子仍沒什麼變化，見到趙佑樘不似旁的宗室誠惶誠恐，他大咧咧，談笑自如。

趙佑樘令三個兒子隨著他學習了一陣子。肅王身經百戰，在兵法上很有自己獨到的見解，甚至還編寫了一本《戰策》，這次來，就留下給予他們參考，讓趙承衍三兄弟受益匪淺。

這一年很快就過去了。

眼見趙承煜常往趙佑樘那兒跑，父子兩個時有話說，黃益三多少就有些著急，這樣下去，自家主子可怎麼得了？在他看來，趙承煜是方嫣生的必不是好東西，將來一旦登上帝位，鐵定會對趙承衍兩兄弟下手。若不把他拉下馬，他不甘心。

「主子也該常去見見皇上。」黃益三對趙承衍道。「太子殿下現今走得很勤，昨兒為個水車都得往乾清宮去一趟，這戶部的事兒又與他何干？」

趙承衍奇怪。「他去他的，我沒事往乾清宮跑幹什麼，不得打擾父皇？有這工夫，還不如陪陪母后呢。」

他天生就不是一個有野心的人，黃益三心裡可惱了，因馮憐容做了皇后，他就是嫡長子，怎麼不能做太子？

黃益三打算點醒趙承衍，壓低聲音道：「主子，您好好想想，殿下可不是您的同胞弟弟，將來若是……」

他話未說完，就聽後頭傳來腳步聲，當下頓時住口，回頭一看，原是趙承謨來了。

趙承謨今兒穿了身淡紫色的錦袍，面如冠玉，這幾個月他長得極快，只差趙承衍半個頭了，一雙眸子向他看過來，光華璀璨，卻又像帶著無形的壓力，讓黃益三忍不住就往後退了一步。

「奴才見過三皇子。」

趙承謨並不理他，與趙承衍笑道：「大哥，我剛剛得了一把好弓，正適合大哥呢，咱們去試試？」

趙承衍自上回打獵之後，對射箭十分有興趣，他道了聲好極，立時就站起來往外走。

趙承謨落後幾步，眼見黃益三就在身側，他淡淡道：「下回再讓我聽見你與大哥說這樣的話，別怪我告訴父皇。」

黃益三的臉色一下子慘白，額頭上出了冷汗。「奴才……奴才不敢。」

趙承謨看也不看他一眼，徑自往前走了。

這些黃門因利益的關係，有時候便想掌控自己的主子，說得好像是為主子好一樣，可事實上，還不為他們自己？他大哥這種性子，要真聽了黃益三的話，那才會壞事！不過黃益三此人，本事還是有一些，只要他不帶壞趙承衍，也不是幫不上忙。

趙承謨沈吟片刻，又繼續往前走了。

最近天漸漸熱了，馮憐容雖有孫秀幫忙分擔大部分事務，但也不是特別空閒，便將事情交予寶蘭、珠蘭來管，如今這兩個也是老資格的宮人，她很是放心，這日吩咐廚房幾句後，自去裡頭歇息。

因坤寧宮裡寒冰源源不絕地送來，並不炎熱，反而跟春天似的，她一覺就睡到下午，打著呵欠起來，便聽到外頭算盤聲噼哩啪啦，還有鍾嬤嬤的聲音。「公主，別算了，一會兒娘娘看到……」

正說著，馮憐容已經出來，披一件杏黃色繡玉蘭花的寬袖衣，頭髮也沒梳，惺忪著眼睛，嘴裡道：「徽妍，妳又調皮玩這個？」

趙徽妍嘻嘻一笑。「我算清楚了，讓母后少操心，可不好，怎麼能算調皮？」

她現今五官已經長開，匯集父母的優點，無一處不美。今兒穿了一套淺湖色纏枝梨花的襦裙，頭髮梳成花苞頭，嬌俏可愛，馮憐容見到她也是愛極了，到底就只這一個女兒，正是這樣，趙徽妍在宮裡的地位高高在上，趙佑樘也縱著她，如今趙徽妍擁有的，不比馮憐容少。

馮憐容走到她身邊，板著臉道：「我一早說過，姑娘家不該學這個，妳以後嫁人，自是有人打點，哪兒用得著……」

「怎麼打點？萬一那些人糊弄我，欺我看不懂，偷了我的錢？」趙徽妍抓住她袖子搖了搖。

「讓女兒學學吧，瞧女兒多聰明，無師自通，寶蘭、珠蘭都說我算得快。」

馮憐容一戳她腦袋。「琴棋書畫妳不愛，淨喜歡些別的，不過妳真願意也罷了，妳父皇都教妳學了射箭呢。我這兒不准，妳又光顧著說妳父皇的好。」

趙徽妍忙道：「怎麼會，母后最是好了，我學這個，也是看母后勞累。」她叫馮憐容坐下，指著帳本一一說給她聽。

馮憐容看她一臉認真，又很欣慰，雖然這女兒被萬般寵愛，性子也有些驕縱，可是做起事來一板一眼，身邊的宮人也訓得服服帖帖，小小年紀就知道學著管家，也有自己的想法，那是少有的。

她伸手拍拍趙徽妍的手。「好了，我知道妳能幹，不過稍後再說，母后要先去乾清宮一趟。」

趙徽妍知道她是要去看父親，也沒有纏著去，乖巧地點點頭。

馮憐容讓珠蘭梳了頭，又命人去膳房一趟，這就往乾清宮了。

趙佑樘聽說她來，臉上露出笑意，擱了筆道：「怎麼突然來了？這等天氣，妳最不愛出門的。」

「還不是聽說皇上有些咳嗽。」馮憐容從小黃門手裡拿過食盒，從裡頭端出一碗湯。「剛叫膳房做出來的川貝雪梨豬肺湯，雖然皇上喝著藥，可這總比藥好喝吧，還有效果。不冷也不熱的，正好吃。」

趙佑樘卻不動。「不見朕忙著？」

馮憐容瞟一眼，明明剛才放下筆，這回又拿起來，她抿嘴一笑，拿起銀調羹舀一勺送他嘴裡。「皇上這麼忙，還是妾身餵著好了。」

趙佑樘一本正經地吃下去，馮憐容很快就餵完了，叫人把東西撤下，又拿帕子替他擦擦嘴。

「也不打擾皇上了，今兒天熱，皇上多多休息。這些奏疏便是看不完，也有明天。」

她叮囑幾句就要走，趙佑樘卻一把拉住她，也不管旁邊有沒有黃門，就將她抱在自己腿上。

她今兒穿得一身淡雅，就跟玉蘭花似的，不說那碗湯，即使瞧見她，都覺得十分解暑，故而好似她一走，這天又得熱起來，他捨不得。

馮憐容臉一紅。都老夫老妻了，他還總是這樣，幸好那些黃門、宮人都識趣地低下頭，挪得更遠一些。

趙佑樘聞到她身上的香味，身子不由自主就有些反應，馮憐容感覺到，臊得更厲害，畢竟這兒是乾清宮的書房。

趙佑樘也知，呼吸了幾口氣，想忍下去。

「出來時，徽妍正給妾身算帳，可見這抓週也挺準的，她那會兒拿了算盤，這一手功夫，要是個普通人家的男兒，做個帳房先生都是足夠的。」

趙佑樘笑起來。「她是像朕，冰雪聰明。」

馮憐容嘟嘴。「怎麼說到聰明，皇上個個都說像您？」她不服氣。

「難道還能像妳？」趙佑樘低頭親親她的左耳垂，上頭的雪白玉墜，帶來微微的涼意。「非得要說像妳的，也只有承衍了。」

馮憐容立刻就道：「他又不笨！」

趙佑樘噗哧一聲笑起來。

馮憐容說完，才知道自個兒說錯了，怎麼自個兒又承認自個兒笨了？

「還說不傻。」趙佑樘微微嘆氣。「妳這輩子就這樣了，但也別不滿足，這天下像妳這麼傻又這麼好命的有幾個？」

馮憐容哼一聲，扭著要下來。「反正承衍是像我，也不笨。」

趙佑樘握住她的腰不讓她動。「承衍是個大咧咧、沒有心機的性子，朕也不是不喜歡，妳突然生氣幹什麼？坐好了。」

「坐著為何？皇上不是說忙嗎？」

「是忙啊，妳看這麼多奏疏。」

書案上高高一疊，馮憐容數一數，起碼有上百卷，她嘟囔道：「這些大臣怎麼天天都有這麼多事情？」

「妳看看不就知了？」

馮憐容一怔。「妾身看？」

「看吧。」趙佑樘拿了最上頭的給她。「朕正好累了。」

馮憐容有些吃驚，畢竟宮裡早有規定，後宮不得干涉朝政大事，即使是皇后，也從不會去看奏疏。

看她猶豫不伸手，趙佑樘道：「說關心朕，但叫妳看看，妳都不肯，可是怕累？」

「怎麼會，只是……」

「行了，廢話少說。」趙佑樘硬是塞一卷給她。

馮憐容大著膽子看一眼，結果就噗哧笑了起來，好似看到多好玩的事情。「這張大人怎麼跟婦人似的，蔣大人多納幾房側室，又與他何干？竟然說蔣大人不能勝任知府。」

趙佑樘也笑道：「可不是，朕也覺得他們像個婦人。」

因官員之間不合，沒有別的法子，就會拿些芝麻綠豆大的事情做文章，也是嫌他不忙，每回看到這些，他也是惱火。

「換一卷。」趙佑樘道。

馮憐容問：「剛才那個，皇上如何處置？」

「自然是不理了，還能如何，難道朕還要不准蔣大人納妾？」趙佑樘暗自心想，這關他屁事！

馮憐容去拿別的，這回看了卻是嘆口氣。「又是請求發賑災糧的，湖州乾旱。」

趙佑樘拿起筆，手從她身後伸出來，在上頭批了一行字，馮憐容看是准許的意思，又隱隱有些擔憂。這幾年不是風調雨順，不知道國庫可充盈？不過這些年皇上施政從稅收、土地上做了很多努力，遏制那些王公貴族，鼓勵農人，也分發了好些農田予農人，想必應是順利的，不然他也不會毫不猶豫了。

馮憐容又繼續往下看，這一卷竟是勸趙佑樘擴充後宮，延綿子嗣。她心頭一跳，暗道，這些人真是管得寬，皇上要選秀女，自然就會選了，要他們多嘴什麼？

趙佑樘看她不說話，便接過來，掃了一眼，嘴角微微挑起來。「說起來，確實好久不曾選秀女了。」

馮憐容悶悶地道：「皇上要是想，妾身自會張羅。」

趙佑樘嗯一聲。「那得多多選些美人。」

馮憐容的胸口更悶了。「天下美人定是不少的，皇上就算要，成千上百也容易。」

趙佑樘側頭一看她的臉色，更是想笑，自那回蘇琴的事情之後，他便知道她的心思，雖然小心眼，可他倒也不反感。只不過這些年過去，她還是一樣沒個長進，藏也藏不住，但要她說不肯，她又絕不會說的。

趙佑樘不置可否，把這奏疏放一邊，馮憐容當然也不會主動再提。

氣氛這一會兒有些微妙時，外頭小黃門稟告道：「太子殿下來了。」

馮憐容連忙從他腿上下來。

趙佑樘的眉頭微微皺了皺。他聰明如斯，哪裡看不出來趙承煜的意圖，這孩子大了，想得也多了，便有些焦急，一心想保住太子的位置，可明明另外兩個孩子也沒有表現出要爭。更何況，他對他們也是一視同仁的，那麼，趙承煜這樣做又是何必？

趙佑樘道：「叫他進來。」

趙承煜踏入書房時，看到馮憐容也在，他微微怔了怔，才上前行禮道：「見過父皇、母后。」

趙佑樘詢問：「天氣這麼熱，你不在宮裡避暑？」

趙承煜最近常往這兒來，他的目的自然是為了討好父皇，與他培養好父子感情，可馮憐容在，他忽然就有些心虛，臉色便不太自然。說起來，還是因他年紀小，總是沒有大人那般老練。

馮憐容見狀笑道：「我也不打擾你們父子說話。」

「不必，妳坐著。」趙佑樘眼眸瞇了瞇，他看出來，他這兒子對馮憐容仍是生分，到底不是她生的，哪怕過了這些年，感情還是沒有多少進展。

他不由自主就想到他與皇太后。他還是皇太后養大的，這又如何？二人永遠都不會像真正的母子，他對皇太后，也不過是盡個基本的孝道。皇太后即使有什麼意見，其實又哪兒作得了主？

趙佑樘想著，便覺得有些煩躁，這臉色也開始陰沈起來。

旁邊兩個人看著，心裡也不免緊張，都說帝心難測，即使馮憐容在他身邊多年，有時也確實不知道他在想什麼。比如現在，好好的突然就變臉了，也不知道他為什麼生氣。

趙承煜更是不用說，他本來就怕趙佑樘，這會兒臉色也有點兒白。

趙佑樘擺擺手。「都下去吧。」

二人連忙告辭了。

趙承煜出了乾清宮，跟在馮憐容身側，輕聲道：「母后，父皇是怎麼了？」

馮憐容嘆口氣。「我也不知，大概是累了。」她安慰趙承煜。「總是與你無關，皇上這兩日身體不是很舒服，還要看這些奏疏，心情容易不好，你莫往心裡去，有什麼話，等過幾天再去與皇上說。」

她神態溫和，嘴角帶著淡淡的笑容，讓人看著容易心情平靜下來。

趙承煜點了點頭。「孩兒知道了。」

馮憐容笑道：「你既然得空，不如明兒來坤寧宮坐一坐，小羊、阿鯉都要來用膳，明兒是端午節。」

趙承煜猶豫了一下，還是道了聲好。

第三十六章

端午這日，春暉閣也不開課了，趙承衍與趙承謨早早就來坤寧宮，馮憐容見到他們兩個，便命人拿雄黃酒來。

兄弟兩個自然知道她要做什麼，趙承衍連忙避開了，嘴裡叫道：「母后，孩兒都這麼大了，還塗什麼啊！」

拿雄黃酒塗在耳鼻上，可以避蟲毒，所以每年端午，馮憐容都得給他們抹一下。

趙承衍今年不肯了，覺得自己頂著這麼高的個子還塗雄黃酒，很是丟臉，那是小孩子才需要做的事情，因此他跑得遠遠的；趙承謨卻不像他，主動微微蹲下身子，讓馮憐容塗抹。

看到一張俊臉伸過來，馮憐容笑咪咪地拿酒輕輕抹在他耳朵、鼻子上。「還是阿鯉乖，不似你哥哥，越長大越是不聽母后的話。」

趙承謨笑道：「哥哥不過是想有個大人樣子。」

「那你不想嗎？」

「我已經是了。」趙承謨眨眨眼睛。

馮憐容看著趙承謨，常覺得自己看到趙佑樘年輕時的樣子，興許是有父親的讚許、母親的疼愛，他比起當年的趙佑樘更多了一些自信，以及少年人身上難得見到的氣度。她想起趙佑樘的評價，趙承衍與他相比是有些遜色，他雖然是長子，可總沒有這個弟弟來得聰敏沈穩。

馮憐容伸手替他整整烏髮上壓的玉冠，欣慰道：「阿鯉是個大人了，但有句話道，養兒一百歲，長憂九十九。你跟小羊即使年紀再大，母后還是會替你們擔心。」

趙承謨笑道：「那便擔心好了，不擔心，孩兒還會難過呢。」他站直身子，瞅瞅馮憐容頭上戴的石榴花，從袖中摸出一個簪子來。「母后以後都戴這個，真花可是會凋謝的。」

這是一枝長玉簪，通體透紅，上有六朵石榴，鮮豔嬌嫩，見這雕工也是精湛，馮憐容驚喜道：「你哪兒買的？」

「孩兒從來沒送過母后貴重些的禮物，前兩日叫四叔幫著買的。」

他正說著，趙承衍已經衝過來。「我也出了錢的！」

馮憐容看他來，伸手就在他的鼻子上塗雄黃酒，趙承衍冷不丁被偷襲，哇哇大叫著跳開，趙承謨幫忙抓住他的胳膊，馮憐容趕緊又在趙承衍的耳朵上也抹了一點兒，趙承衍急了，拿起雄黃酒，卻不敢冒犯馮憐容，只往趙承謨臉上塗。

兄弟兩個一番打鬧，臉上塗得到處都是，互相看著又哈哈笑起來。

「母后，孩兒替妳戴上。」趙承謨抹了把臉，把石榴簪子戴在馮憐容的左鬢側，滿意地笑道：「這種顏色，襯母后最是美。」

趙承衍也湊過來瞧。「是啊，我說要這種紅玉。」

「是我說要石榴花的。」

趙徽妍這會兒才出來，老遠就道：「聽說你們送母后簪子了，我的呢？」

趙承衍道：「妳要什麼，妳首飾還嫌不多？」

「討厭，難道哥哥沒想送我？」趙徽妍穿了一身杏紅繡蘭草翠鳥的襦裙，脖子上戴個瓔珞項圈，腰懸珠玉金鈴，走起路來不時有清脆的聲響，整個人像是從畫中走出來似的，小小年紀，已有幾分風華絕代的氣質，畢竟她長在宮中，不似馮憐容乃小家碧玉出身，趙徽妍同趙佑樘一般，自小就帶著尊貴氣。

趙承謨笑道：「自然買了，就在大哥手裡。」

趙承衍一聽就跑，回頭道：「妳來追，追到就給妳。」

那兄妹兩個每回見面，不打鬧一番都不成，趙徽妍在院子裡追了好一會兒，趙承衍看她頭髮真要亂了，這才停下來，把一套六個金鈿插她頭上。

趙徽妍適合戴珠光寶氣的首飾，這不但沒讓她看起來俗氣，反而更為耀眼。

馮憐容看看三個孩子，笑道：「一會兒你們三嬸、堂妹、四叔都要來，也別再鬧了，讓人笑話，都多大的人了。」

三人笑著稱是。

稍後趙承煜與靖王府、寧王府的人遇上，一起過來，趙徽妍拉著趙瑜就去了裡間，馮憐容與金氏也有話說，因趙佑楨常不在京裡，金氏便是宮裡常客，這妯娌兩個越來越親密，跟那兩個小姊妹一樣。

趙佑樘是最後來的人，來時就見馮憐容竟然在包粽子，好奇道：「怎麼會裹粽子？」

「還不是徽妍呢，說要自己包粽子，結果膳房把粽葉送來了，她包了幾個又覺得沒意思。」所以她包攬了。

不過瞧著手法卻是熟練，趙佑樘笑道：「看來妳一早便會。」

「妾身在家裡就跟著母親學的，原本以為忘了。」她拿著手裡的粽子晃一晃道：「這個給皇上吃，放了好些肉，那肉燉了好久，軟爛得很。」

只是肉多，瞧她說得好像是多好的東西，趙佑樘嘴角挑了挑。「那妳一會兒怎麼認出來？」

「這個啊，妾身也想好了。」她拿細草繩打了個結。「看，這個結不一樣，兩個耳朵，旁的妾身就只打一個。」

「好，那朕就等著吃了。」趙佑樘感到好笑，他坐在旁邊看，見馮憐容又裹了幾個，倒是手癢，也拿起粽葉來，學著她的樣子做成個兜狀，往裡頭填米，結果一不小心填多了，發現餡兒放不進去。

馮憐容道：「得放少些，一開始放一勺米，然後放餡兒，再放點兒米……」

「本來就要做個白米粽子。」趙佑樘打斷她。「妳當朕不知道？」

好吧，死要面子，馮憐容也不拆穿他，笑咪咪道：「白米也挺好，沾點兒糖吃。」

「可不是。」趙佑樘有模有樣地包好了，又拿起粽葉來，這回是好好做了，舀了不少棗子進去。

馮憐容偷覷了一眼，她就愛吃紅棗的，看來他記得她的喜好。

趙佑樘又包好一只，得意洋洋地叫四個孩子來看。「怎麼樣？」

四個孩子齊聲道好。

「這是給你們母后吃的，朕就包這一只了。」他擦擦手，施施然站起來。

馮憐容心想，一會兒不知落到誰口裡了。

結果煮粽子的時候，膳房的人為了拍馬屁，將趙佑樘做的粽子單獨拿出來蒸，端上來的時候也是單獨端，馮憐容感到既好氣又好笑。不過吃一只皇帝親手裹的粽子，也是少有的口福。

到得晚上，眾人才去景仁宮，與皇太后用晚膳。

因端午節，趙佑樘多喝了點兒酒，頭有些暈，故而早早就散了，各自回宮。

趙佑樘摟著她入殿，有一搭沒一搭地說著閒話，有時候說得漫無邊際，兩人能把怎麼用棉花做被子都扯出來，馮憐容想著也好笑。

兩人躺上床，趙佑樘剛要翻身，就聽外頭有聲音傳來，像是宮人、黃門在商量事情。

他皺眉道：「何事？」

嚴正在外頭輕聲道：「也……也不是大事兒，長安宮有個黃門被打死了。」他頓一頓。「是太子殿下下令的。」

趙佑樘的眉頭皺得更緊，好好的端午節，突然弄出死人的事情，誰的心情都不會好，但死了個黃門確實不算大事，不可能勞他起來處理。

他重新躺好，一時並不說話。

馮憐容也不知說什麼。長安宮乃是方嫣住的地方，既然與趙承煜有關，那他今晚定是去看方嫣了，可怎麼會弄出人命？趙承煜在她看來，性子還是挺好的，雖然與她不親，可平日裡很是聽話。照理說，他應該不會命人把黃門打死，難道是出了不得了的大事？

二人這邊各有想法。

那邊長安宮裡，趙承煜卻臉色慘白，問花時道：「怎麼會死了？明明只叫他們打了兩板子。」

花時安慰道：「許是身體太弱，不過現在死也死了，反正不關殿下的事，也是他自己不好，害得方仙姑吃錯藥，病得更重。」

趙承煜咬了咬唇。「也是，仙姑的處境本來就很……」

他嘆了一口氣。最近幾年，方嫣的身體一直不太好，他每回來，就見方嫣好似更瘦了些，常常強打起精神與他說話。因為端午節，他過來看看，誰料到這次她竟然病得起不來，一問才知，原是有個小黃門去御藥房抓藥，弄丟了一味藥，這病才纏綿許久，他一氣之下，只當這兒的人胡亂欺負方嫣，想殺雞儆猴，命人打小黃門一頓，結果就出事了。

花時道：「殿下快回去，這兒的事奴才自會處置。」

趙承煜點點頭，低垂著頭走到方嫣的床前。

方嫣雖然有些虛弱，可腦子清醒，她知道趙承煜這孩子是為了幫她立威，可她一個廢掉的皇后，怎麼也不可能有威信，真要有那一天，她便不會住在這兒。

「承煜，以後這種事你莫再做，那小黃門怕是一時疏忽，但你罰了他，他也不該有怨尤，你是太子，即使要他命也沒什麼。你不要多想，再說，你也不是故意的。」

趙承煜道：「我知道。」

方嫣拍拍他的手。「你沒空也別來了，有空，也該去皇上那兒，我無事，再怎麼樣，我會把身體養好的，我還要看著你呢。」

看著她這兒子登基坐上皇帝的寶座，那麼將來，她還是皇太后。現境況如此，她除了等待，也不能做什麼。

趙承煜暗地裡嘆一聲，這便走了。回去時，他睡了一個不太安穩的覺。

人有時候面對危險，總是會有種直覺，他懷有心事，到深夜才迷迷糊糊地入睡，只是第二日，他的擔憂就成真了。

宮裡漸漸在傳他心狠手辣，只因為弄丟一味藥，就把人活活打死，說他草菅人命。趙承煜知道後，心慌意亂，怕趙佑樘對他有不好的印象，主動去乾清宮解釋。

「孩兒也不知怎麼回事，本是輕罰的，誰料到就死了。孩兒早知如此，便不打他了。」

趙佑樘淡淡道：「他既做了錯事，受些懲罰也是該得的，你不必誠惶誠恐。」

趙佑樘擰了擰眉。他向來也厭惡黃門、宮人的這些惡劣行徑，若他是趙承煜，看見自己母親因這個原因病重，只怕也是要打那黃門。

趙承煜本是做得不錯，可他現在急著來辯解，好似還後悔做了這件事，這就讓趙佑樘不喜。男人本就該有擔當，他又是主子，這般縮手縮腳，成何體統？

趙承煜被他看著，一顆心越發跳得急速。

趙佑樘忽然嘆了口氣。說來說去，他這兒子還是怕自己不喜歡他吧？他就那麼在意太子這身分？縱然在意，也不該如此表現。

想當年，他對那帝王之位也是心嚮往之，然而，他那會兒連太子都當不上，可在先帝面前，卻也不會這般模樣。患得患失，到最後總是會容易失去的，他這一兒子的悟性還是差了一點。

趙佑樘叫他回去好好看書，別再想這個事。

趙承煜看出父親瞬間的淡漠，一下子只覺一顆心掉到谷底，萬分懊悔之前那事兒。

他退出乾清宮。

趙承衍聽說了，與趙承謨道：「原來二弟還真打死人了，真沒看出來，要說我，我還不敢，母后鐵定會責備。」

趙承謨唔了一聲。「好像是真的。」

他顯得並不太關心，趙承衍便也不再提。

他走後，趙承謨問大李：「黃益三最近真的去過長安宮？」

大李垂首道：「是。」

大李跟黃益三早前雖然一起伺候馮憐容，可自從一人跟了一個皇子後，二人的立場便也不同了。在大李看來，為了趙承謨，他隨時都能出賣黃益三，畢竟趙承謨才是他的主子，他只會盡全力輔佐趙承謨登上太子之位，因為那是他的本分。

見趙承謨沈默不語，大李道：「黃益三應還有後招，雖然主子告誡過他，可他仍是不死心。」

「只要不碰大哥便是，其他的隨他。」

鷸蚌相爭，漁翁得利。哪怕最後被父皇發現，那也是黃益三自尋死路，畢竟大哥的性子擺在那兒，父皇不會懷疑到他的身上。

趙承謨展開書卷，低頭看書。

過幾日，寧王府送帖子來，請太子、皇子們去玩，趙承衍與趙承謨很高興，早早就與馮憐容說，馮憐容自然答應。

這日，趙承衍與趙承謨早早的就穿戴好，兩個人立在馮憐容面前，馮憐容看得笑容滿面，自家兒子就是俊，將來定是風流人物。

「你們父皇說了，別多喝酒，到時候出了醜，皇上得罰你們。」

趙承衍笑道：「怎麼會？酒又不是什麼好喝的，母后放心好了，我會看著弟弟的。」

趙承謨斜睨他一眼，暗道，我看著你還差不多。

趙徽妍走過來。「母后，女兒也要去！」

「皇上不准妳去，他們男兒玩樂，妳一個女兒家摻和什麼？要去妳三叔家，跟姊妹玩玩還差不多。」

趙徽妍氣得噘嘴。

趙承煜稍後來了。三個兒子一起與馮憐容道別，後又去乾清宮一趟，三人才坐了馬車出皇城。

趙佑梧雖說是他們四叔，可平時就跟朋友一樣，互相見到了，出去遊船、騎馬，玩了大半日才回王府，幾人還嫌不熱鬧，把馮孟安的大兒子馮廷元也請來。

趙承衍大老遠看到他，就叫：「表弟！」

馮廷元應聲跑來。

「見過太子殿下、大皇子、三皇子。」他有馮澄這樣的祖父，為人上頭的規矩絲毫都不差。

趙承衍一拍他肩膀。「在這兒就叫咱們表哥，什麼太子、皇子的，累不累？」

馮廷元嘻嘻笑道：「也好。」

「可惜你不能常來宮裡，咱們一年不過見幾次面。」趙承衍自小就見過他，只是次數少，不過有這份親情在，二人之間絲毫不生疏，眼睛一轉，與趙承謨道：「不如下回咱們與父皇說，叫廷元來當陪讀好了，與咱們年齡也相當，不似彥文表哥那樣，這都娶妻生子了。」

趙承謨一開始也不答，只問趙承煜：「二哥覺得如何？」

趙承煜心道，自然不好，他們已經是兩兄弟，對他一人，再來個馮廷元，那又是馮憐容的侄兒，肯定是與那二人親，與他又有何關係？可他卻不能說出來，只道：「人多熱鬧。」

趙承衍一撫掌。「可不是，咱們春暉閣太冷清了，哪裡像那些書館，這麼多人。要我說，咱們春暉閣也該如此，互相之間也能討教、討教，做什麼都有意思。」

趙承謨道：「那得讓母后多生幾個。」

春暉閣又不是普通書館，除了太子、皇子，陪讀都不允許多的。

趙承衍抽了一下嘴角。「母后再生十七、八個，那也比咱們小太多了，怎麼頂得上用，你淨胡說。」

趙承謨哈哈一笑。

馮廷元也笑起來。「表妹跟冬郎可好？表妹怎沒來？」

「她想來，只是父皇不准罷了。至於冬郎，白白胖胖，不知道多能吃，就是愛哭，母后有點兒頭疼，不過大一些應會好的。」趙承衍道。「外祖父、外祖母還在四處玩？」

「是啊，這回是去嘉定府了，說要看峨眉山。」馮廷元笑道。「應是要到年前才能回來。」

三人熱絡地說著話，可趙承煜與他們一般年紀，卻覺得自個兒是個外人，只立在旁邊聽著，縱然歡聲笑語再熱鬧，他也覺得冷清。父皇平日裡說什麼兄弟友愛，他們兩個是友愛了，可自己呢？他低垂著頭，偶爾嘴角牽一牽，附和著笑一笑。

趙承謨轉眸看他一眼，又把頭側了過去。

過了一會兒，趙佑梧叫人端來酒菜。「你們也難得空閒，這幾年怎麼過來的，我最清楚，來我這兒就放鬆些。」

他為人不羈，雖也領了職務，但平時玩樂，走馬鬥狗，一樣不少。

「大哥莫要忘記母后叮囑的話。」趙承謨輕聲提醒，依趙承衍的酒量，隨便喝兩盅怕就得被放倒。

趙承衍道：「喝一點兒又沒事，我自有主張。」

趙承煜拿起面前的酒盅喝了一小口，酒入腸子暖烘烘的，意外地讓人舒服，他一連喝了好幾口。

趙承謨問道：「這酒好喝？」

「還不錯。」趙承煜笑了笑。「你試試？」

趙承謨放在唇邊抿了抿。「不是很辛辣，還不錯。」

趙承煜一盅酒吃了，又倒了一盅。

「咱們出來玩，可見二哥也高興，不過莫要醉了，至多再喝一盅。」趙承謨拿起酒盅，自己也喝了一口。「去年叔祖父來，有日父皇與我還有叔祖父飲下不少。」

趙承煜一怔。「何時的事，我如何不知？」

「大哥也一樣不知。」趙承謨笑道。「是父皇召了我去的，說是叔祖父想考我兵法，結果就喝起酒來，一共喝掉五罈，叔祖父說我與父皇相像，都是能喝酒的。其實這酒，我也不過只能喝上五盅。」

趙承煜一聽，氣就直往上冒，竟連肅王都說趙承謨像父皇！是啊，他們每個都這麼想，趙承謨比他更像父皇，他一個太子，到底算什麼？

他握住酒盅一口就乾了下去。不過五盅，他又不是喝不了，有什麼了不起的？

眼見他惱火，花時連忙勸道：「主子，可不要這麼喝，一會兒醉了如何是好！」

「你別管，我又不是喝不了，就這麼點兒酒。」趙承煜聽也不聽，一氣喝了五盅，笑道：「如何，不是沒事兒？」可剛說完，趙承煜的腦袋就脹得發疼。

趙承謨笑道：「二哥可真厲害，我就算能喝這些，怕也走不了路了。」

趙承衍也是喝了一些，不過還好沒醉。

眼見酒足飯飽，趙承謨道：「咱們也該回去了，不然母后得擔心。」

趙承衍道好，側頭看到趙承煜，吃了一驚。「怎麼二弟的臉這麼紅，醉了不成？」

「我，沒醉！」趙承煜叫起來。

「他喝了五盅酒呢。」趙承謨彎唇一笑。「自然得這般。」

「五盅啊！」趙承衍道。「好厲害。」

「厲害？我也能喝，只是不輕易喝罷了。」

趙佑梧笑道：「酒還得常喝才能練出來，你這小子也只會吹牛。」他知道趙承謨聰明，今日之事也看在眼裡，可並不插手，只吩咐下人去叫馬車準備。

三人回到宮中，馮憐容聽說趙承煜喝醉，忙叫人送了醒酒湯，又見兩個兒子沒什麼，少不得責備。「怎麼沒看好承煜？你們怎麼做哥哥、弟弟的！」

趙佑樘也在，挑了挑眉。

趙承衍忙道：「二弟也是高興。」

馮憐容又看向趙承謨，趙承謨誠實道：「是孩兒的錯，不該提起那回與叔祖父的事，說孩兒能喝五盅酒，後來攔也攔不住二哥，非得喝了五盅。」

這不是瞎逞能？趙佑樘皺眉，趙承謨說的那事兒是真，他自然不會怪趙承謨，只怪趙承煜不能喝還喝那麼多。

他擺擺手，叫兩個兒子去歇著。

那廂趙承煜醉得頭腦糊塗，一路上吐了幾回，話也說得不少。喝下醒酒湯才舒服一些，一覺睡到第二日午時。

他沒想到，他這輩子的命運就因這次醉酒被毀了。

醒來後，他就見到花時白著一張臉，看著他的神情極為複雜，像是有好些話要說，又不知道從何說起。

趙承煜心裡咯噔一聲，他瞭解花時，花時這樣子肯定是發生了大事，他嚥下一口口水，才問道：「怎麼回事？」

花時低垂著頭不吭聲。

「快說！」趙承煜一拍床沿。

花時嘆口氣，他也沒想到會有這檔子事，可這能怪誰呢？只怪自家主子不謹慎，人道酒不是個好東西，萬萬沒錯。

「昨兒主子喝醉後說了幾句話……」花時為了此事是一宿沒睡，即使到萬思順那裡求過，也不成，甚至還動過殺了萬思順的念頭，可萬思順死了，皇上更會懷疑。

要說這人，也是鐵石心腸，主子小小年紀喝醉酒，胡言亂語也是人之常情，怎麼就非得當成真心話！

趙承煜一聽，手就顫抖起來，他隱隱約約記得，自己好似是說了什麼。他張開唇，好一會兒才鼓起勇氣道：「我到底說什麼了？」

「主……主子，」花時抹了把額頭上的汗，都有些不忍心說。「主子說不要當這太子了，還提起皇上，好似說什麼偏心……」

其實醉酒時說的話也是含糊其詞，哪裡真能辨認，但好似他是吐出這麼個詞，被有心人聽見，加油添醋，變成不得了的事情。

趙承煜一下子癱軟在床上，花時看他臉色白了，知道他是害怕，忙又安慰道：「主子莫要擔憂，其實不過是醉話，皇上知曉，應也不會如何。」

花時這話說得好沒底氣，可見他與自己一樣，束手無策。

趙承煜搖搖頭。雖然是醉話，可有道是酒後吐真言，其實他內心何嘗不是這麼想的？他為了太子這個位置，整天逼著自己努力刻苦，不能落後那兩兄弟半分，十分勞累，有時候，他真的是不想做了。可是，那也只是一剎那的想法。

他是太子，是將來的帝王，這個位置，他絕不能拱手讓與別人！

他突然又起來，命宮人替他穿衣服。

花時問道：「主子要吃什麼？」

「不吃了。」

趙承煜擺擺手，洗漱完就去了景仁宮。

皇太后也是剛準備用膳，聽說他來，笑道：「你這時候來，可是要陪哀家用飯？」

趙承煜強笑道：「是的，皇祖母。」

皇太后觀他面色，命眾人退下。「發生什麼事了？」

皇太后與趙承煜的關係算是不錯，一來之前她幫著方嫣帶過一陣子，二來，趙承煜長大後，常陪伴她，故而比另外兩個孫兒都要來得親，是以皇太后對這個孫子確實有幾分感情。

趙承煜低聲道：「昨日孫兒不小心喝醉酒，說了混帳話。」

皇太后一聽，笑道：「這有什麼？喝醉酒自是要說胡話的。」但頓一頓，她明白趙承煜來的目的，看來這胡話說得不是時候，他那麼緊張，應該是與皇上有關。

趙承煜道：「但這些話非孫兒本意。」

「胡說又怎會是本意，這誰人不知？」她笑了笑，寬慰趙承煜。「你年紀還小，喝了酒，自然是有些不適應，莫多想。」

趙承煜看皇太后是支持他的，心情好一些，笑道：「皇祖母快些用午飯吧，可不能讓孫兒耽擱了。」

皇太后命人端來午膳。

花時這會兒立在趙承煜身後，嘆了口氣，這宮裡，自家主子如今能依靠的只有皇太后了，可就是不知道起不起得了作用？畢竟皇太后連廢后都不能阻止，只能死馬當活馬醫。

主僕兩個都有些惴惴不安，幸好過去幾日，趙佑樘並沒有任何反應。

皇太后這日見趙佑樘來請安，免不了就想試探一下。

母子兩個閒話幾句，皇太后問道：「等明年承衍這年紀也該封王了吧？那會兒靖王、寧王差不多都這時候，過兩年還得娶妻，哀家看哪家有合適的姑娘，得提早給他留著。」

她語氣很輕鬆，就像是在關心孫兒，可趙佑樘是何等人，他立時就想到趙承煜來過景仁宮的事情。

那天趙承煜在醉酒時說的話，他聽萬思順回稟過，當時自然是生氣了，兒子抱怨父親偏心，哪個父親會高興？還說什麼不當太子的胡話，但即使如此，他也沒有把趙承煜叫來訓一番，只因太子確實不是那麼好當的，這個身分承擔了太大的壓力，且方嫣被廢，做為廢后的兒子，滋味更是不一般。

他可以理解他這二兒子的處境，但作為父親、作為一個帝王，卻也對這兒子失望，畢竟趙承煜不只是他的兒子，他還是一個太子，未來的儲君。

如今皇太后提到封王的事情，可見與之有關，她也怕自己會廢了趙承煜，另外立別的兒子？

趙佑樘微微笑了笑道：「封王自是要封的，但現今也不去藩地，朕覺得不用著急，再緩兩年。」

皇太后心裡咯噔一聲，但也沒往下說，這些年她早已習慣趙佑樘的性子，一旦他說了怎麼做，基本上就是無法更改，不用說還是這等大事。

「皇上說得甚是，既然如此也罷，反正總歸都在京城。」她很自然又說到趙承煜。「這孩子當真是辛苦，上回來看哀家，只見都瘦了一圈。皇上也莫要對他太過嚴苛了，畢竟還小，不是那麼懂事的，得慢慢來教。」

趙佑樘聽出來她是在替趙承煜求情。「朕知道，不過承衍、承謨與他一般學習，倒沒什麼，這孩子是負擔太大了，心思太重。」

皇太后聽了這話，不知該說什麼。因這話很中肯，趙承煜確實心思重，本來是個單純的孩子，現今是越來越不愛說話，就算陪著她，有時看起來也有些陰鬱。

皇太后嘆一聲。「他本也不是如此，皇上，到底他沒個……」說到這兒，她住了口。

趙佑樘眉頭一挑，莫非想說沒個生母在身邊？可當年，他也一樣沒有，何曾這樣患得患失？他這兒子，身上少了一股毅力與決斷，總是柔弱了些。

他搖搖頭站起來，與皇太后告辭。

隔了幾日，趙佑樘召見幾位重臣，這本來也不是什麼稀奇的事兒，可方嫣那兒一聽說，卻急得不知如何是好。

至於她為何會知道？那自然得歸功於她身邊的人——知春與知秋拿了錢四處打點，還是會聽到一些消息。這次，便是聽說趙佑樘與幾位大臣說了太子的事情，當然，誰也不知實際的談話內容，但零星幾個字眼也夠讓人猜測的。

知秋低著聲音道：「興許是因上回殿下醉酒，說了不合意的話……」

知春忙打斷她。「妳莫要胡猜，若真是，怎麼會過了這麼多天？當初就該有動靜，或是因別的事兒。仙姑，您不要著急，只是提到殿下，未必就是有事。」

方嫣淒聲道：「我連日來作了好些噩夢，可見是有不好的事情要發生！」

知春道：「夢哪能當真？」

「怎麼不當真？有時鬼神都能入夢，我兒將來必是真龍天子，故而那些神靈才會來提醒，我叫妳們一打聽，可不是如此？幸好是提早些知道……」方嫣撐著身子坐起來，叫知春拿紙筆來。

知春便取來了，一邊問：「仙姑要寫什麼？」

「寫信。」方嫣道。「一會兒妳送去給皇上。」

知春一聽就犯難了。自家主子當初就是被皇上廢掉的，如今寫信過去，皇上願不願意看，可難說。

「仙姑，要不您再等等？」她心裡還有一層隱憂，生怕方嫣好心辦壞事，要說趙承煜今日這個結果，本來就與方嫣有莫大關係，萬一寫封信過去，火上澆油，那可如何是好？

方嫣卻不聽，淡淡道：「妳儘管送去便是，我只是想與皇上見一面。」幾年了，一夜夫妻百日恩，她只是提這一個要求，也不算過分吧？

知春只得答應。

方嫣道：「妳手上的銀錢儘管使了，若是不夠，我這兒還有些首飾。」

因當年皇太后的原因，她雖然被廢，可帶走的東西並不少，平日裡也不曾被苛待，手頭是不緊的。

知春道：「這倒是不用。」

眼見方嫣寫完，她拿著信就走了。

第三十七章

乾清宮裡，唐季亮與嚴正道：「有黃門說，知春在外頭探頭探腦的。」

嚴正挑眉。「知春？那不是長安宮的宮人？」

「正是。」唐季亮壓低聲音道。「不用說，定是方仙姑派來，為太子殿下的事情。」

二人正說著，一個小黃門進來稟告。「兩位公公，這是方仙姑送與皇上的信。」

「信？」那二人面面相覷。

方嫣竟然給皇上寫信？

唐季亮冷笑道：「皇上定是不會看的，我看不如交還給她。」

嚴正卻把信拿過來。「你如今還不知皇上的性子？這信看不看另說，咱們可不能私下作決定，既是有這事兒，那定然還是要告知皇上的。」

唐季亮道：「皇上正忙著看奏疏，哪兒有空。」

「那就等著。」嚴正把信塞袖子裡。

方嫣若是皇后，那必是要提早送進去，可廢后總比不過景國大事。

這一等就是一個多時辰。

趙佑樘擱下筆，正打算去坤寧宮，就見嚴正在門口，見到他，躬身把一封信送上來。「皇上，這是方仙姑寫與皇上的。」

趙佑樘一怔。過了片刻，他伸出手把信拿了，打開來看。

方嫣出自世家大戶，一手字拿得出手，很有幾分功力，趙佑樘只見上頭寥寥幾行，大意是請他過去長安宮一趟，她有話與他說，言詞極為懇切，不似她一貫的態度。

趙佑樘把信疊好，塞到袖子裡，與嚴正道：「去長安宮。」

唐季亮吃了一驚，沒想到趙佑樘不只看信，還要親自去見方嫣，果然皇上的心思，不是那麼好猜。

嚴正忙命人跟在後頭一起前往，到了長安宮，眾人都被驚動，紛紛跪下叩見。

方嫣讓知春扶著在門口迎接。這幾年，他們一直不曾見過，趙承煜已經從一個孩子成長為少年，在趙佑樘的印象裡，方嫣的樣子已經模糊，不過等到他再次看到她，卻驚訝她的變化。

這些年，他原本只當彈指而過，原來對方嫣來說，並不是如此。她老了，老得讓他有些心驚，她的頭上竟然已經長出了白髮，面色也很是憔悴，像是大病初癒的樣子。

趙佑樘道：「妳坐下。」

他語氣不是很冷硬。方嫣道謝，坐了下來。

趙佑樘淡淡問道：「妳要見朕，是為承煜的事情？」

方嫣心裡一驚，他們夫妻感情雖然不好，可她對趙佑樘的說話方式是瞭解的，他如此直接，一點兒緩和都沒有，那不是一個好兆頭，她左右看一眼，示意宮人退下。

趙佑樘見狀，也叫旁人退下。屋裡只剩下他們二人。

方嫣回道：「回皇上，確實如此，妾身雖在長安宮，可無時無刻不擔心承煜，為此，妾身也知罪，可他總是妾身的兒子，要妾身不掛念，絕無可能。」她猛地跪下，因力道猛，發出咚的聲響，雙眼通紅的懇求。「但妾身連累承煜，把他置於此等處境，妾身也是後悔，可不管如何，他仍是皇上的兒子。」

「他自然是朕的兒子。」他挑起眉頭，不太耐煩地問：「妳可也是怕朕廢了他？」

方嫣臉色一變，當初趙佑樘提到廢她，後來便真的廢了她。如今，她還未提，他便已經提了！

「皇上！」方嫣的眼淚一下流出來。「皇上可不能廢了承煜，他到底做錯何事？便是有錯，也是因妾身這個母親！」

她這回也是下了決心，膝行往前道：「承煜不如就放在皇后娘娘名下，原本也該如此，他將來定會好好侍奉皇后娘娘的，妾身……若皇上擔憂妾身的事情，妾身今日便可了結自己，只望皇上看在這些年的情分，還有太皇太后、方家當年的扶持，莫要廢了承煜。」

趙佑樘倒沒有想到她會說出這番話。可惜，若她那時有此等覺悟，何至於會落到今日這種境地？現已是晚了。

前幾日，他便與大臣說了太子一事，無人反對，事實上，廢后之子，原本也難當太子，他已給了趙承煜機會，或許要求高一些，可他若能達到，他並不是不願相信他這個兒子，可趙承煜卻擔不得如此大任，在感情上他與馮憐容、皇子們、公主不親厚，在為人處事上又不夠通達，莫說別的，他將來做了皇帝，很難令人放心。

趙佑樘看著方嫣道：「妳也莫要說什麼了結自己，妳死了，承煜就少了一個關心他的人，他不容易撐下去，所以妳得好好活著。作為父母，孩子們未必樣樣都能順妳的意，他就算不做帝王，過得逍遙快活，也未必不可。」他頓一頓。「阿嫣，妳也該放下了，別把唯一的兒子給毀了！」

方嫣一聽此話，渾身劇震。

「皇上！」她大叫一聲。「皇上，您不能對承煜如此無情！他如何承受得了？」

趙佑樘沒有回答，起身走了出去。

在廢太子一事上，他是對趙承煜無情了。皇家有時候就是這麼殘酷，父與子，兄與弟，轉眼間反目成仇。

他仰起頭，微微嘆了一口氣，但該作的決定還是得作，若說錯，就是他這個父親錯了，假使一早就知道結果，當日興許就不該立了趙承煜。他吃盡了先帝不早立太子的苦頭，可到頭來，自己也是錯了。

過幾日，趙佑樘就下旨廢了趙承煜。

時間拖得越久，對趙承煜的傷害也就越大，他快刀斬亂麻，但這個舉動還是讓眾人都萬分吃驚。

馮憐容捏緊手裡的筷子，不可置信地問鍾嬤嬤：「是真的？怎麼此前一點風聲都沒有？」

鍾嬤嬤心想，風聲大著呢，只是誰也沒有告訴她。

馮憐容沒胃口了，嘆口氣道：「承煜得多傷心，他……他一向好好的，怎麼皇上會作出這種決定？」

她想起趙承煜的眼睛，不經意間總是盈滿傷懷，讓人心疼。雖然他們不算親近，可趙承煜對她還是很有禮貌的，也是個討人喜歡的孩子，她完全沒有想到，趙佑樘會突然廢了他。

「我去看看他。」馮憐容站起來。

鍾嬤嬤道：「莫去，娘娘，聽說二皇子在景仁宮。」

已經不是太子，自然就是皇子了。

馮憐容嘆了口氣，叫兩個兒子跟趙徽妍過來，與他們說道：「承煜遭受此等打擊，你們見到他，可要好好安慰。」

趙承衍點點頭，問道：「可父皇怎麼會廢了二弟？也沒瞧見二弟做什麼壞事啊。」

他跟馮憐容是一個性子，什麼事兒都不多想，從趙承煜是太子之後，他就沒想過自己也是有機會當太子的，故而趙承煜被廢，他只覺得滿肚子的疑惑，又很同情。

馮憐容道：「我也不知，不過這等事可不能去問承煜。」

趙承衍皺眉道：「怎麼會？孩兒哪會這麼傻！在二弟面前，自是不會提的。」

「孩兒覺得，仍是如往常的態度待二哥就行了。」趙承謨此時開口道。「就算是安慰，好似也不太好，他聽了只會更傷心。」

馮憐容想想也是，便不再叮囑。

另一廂的趙承煜見過皇太后，又去長安宮裡與方嫣哭了一回。

方嫣這回是真的絕望了，原本以為自己被廢，至少還有個兒子，可誰想到，兒子也是一樣的命運，她是哭得呼天搶地，直道兒子可憐，兩個人好似把一輩子的淚都流掉了。

不過淚總有流完的時候。方嫣想到趙佑樘說的話，對他是恨到了極點，可他說的那句終是有理，在這世上，除了她，還有誰會真心對趙承煜好？縱然是他這個父親，也是殘忍如斯！

「兒啊，事已至此，你也莫要傷心！」她擦擦眼睛道。「就算不是太子，你也仍是皇上的兒子，將來也一樣會有所作為。」

趙承煜抽泣道：「父皇，他……他還會當孩兒是兒子？」

「自然，你父皇……」方嫣咬一咬牙。「只是覺得你不適合當太子，並沒有別的，他還是喜歡你的。」

趙承煜沈默。對這話是半信半疑。因為趙佑樘這些年對他的培育，也是付出了心血，他是關心自己的，可是為何，他又非得要廢了自己？到底他哪兒做得不好？是因為三弟比他更聰明？那父皇，是更喜歡三弟了？

他有好多問題想問父皇，可是，他不敢。他已經真真切切嘗到作為皇帝的威嚴，他是個太子，未來的儲君，可只憑父皇一句話，便煙消雲散。

「你現在還是個皇子，今日的傷心藏在肚子裡，你還是要好好學習，聽你父皇的話，與你大哥、三弟相處融洽，將來也一樣是榮華富貴，至少與你三叔、四叔是一樣的。」她甚至微微笑起來。「承煜，其實做皇帝也沒有那麼好，你看你父皇成日困在京城，日理萬機，哪裡有你三叔、四叔這樣逍遙，想去哪兒便去哪兒。你不是也曾說過，想四處遊歷嗎？」

趙承煜點點頭。「這倒也是。」

他到底年紀小，聽母親安慰，心情終是舒朗了一些。

而方嫣是啞巴吃黃連，有苦說不出。捫心自問，她當然希望趙承煜做太子、做將來的皇帝，可事實上，趙佑樘最後那句不要毀了兒子，實在太令她膽戰心驚，她不由想到懷王的結局，如果趙承煜不甘心，惹出什麼事，可能結果也是一樣。她已經徹底見識了趙佑樘的殘酷，即使是親生兒子，恐怕他也是下得了手。

兒子若能過得自在，有何不好？方嫣這麼想的時候，只覺前塵往事，真是如夢一般。如果當初她能看開，又如何會這樣？

她長長嘆了口氣。自家兒子被廢，總是得立個太子，不用說，自是要在那三個裡頭選，那三個實打實的同胞兄弟，卻不知會不會有場精彩大戲？只是與她，到底無關了。

趙佑樘廢太子之後，心情自然也不太好，他一連幾日也沒有去坤寧宮，馮憐容聽唐季亮說，發了好幾回脾氣。

馮憐容暗道，自個兒要廢了趙承煜，又不高興，在宮裡當差的人是可憐。

不過她也心疼他。畢竟那是他的親生兒子，有道是虎毒不食子，想必他廢他，也是有理由的，只是在皇家，父子關係鬧不好就成大事，傷人傷己。

趙佑樘過了好一陣子才來坤寧宮用晚膳，不過看得出來，他心情仍然不是很好，連趙徽妍都知道，不敢像往常那樣對父親撒嬌，纏著說這個、說那個，早早就帶著弟弟避去了側殿，莫說馮憐容。

二人這麼多年，哪裡會不瞭解？可馮憐容如今是他妻子，好些話還是敢說的。

看趙佑樘歪在羅漢榻上看書，她命宮人都退下去，也脫了鞋爬在榻上。
趙佑樘斜睨她一眼，只見她上身穿了一件淺碧色紅繡石榴花的小衫，襯得肌膚如玉，就跟外頭的月一樣，有瑩瑩的光。
他驚奇道：「妳上了什麼粉了？」
「他們新近呈來的，好似裡頭有些珍珠。」馮憐容看他盯著自己，不由一笑。「皇上喜歡？」
「挺好看的。」他伸手摸摸她的臉，光滑粉嫩。「不錯，不似那些油膩膩的，適合妳。」
「那得叫他們多弄幾盒來。」她身子歪過去，很自然地倚在他手臂旁，瞄到他手裡的書，笑道。「皇上竟然在看《笑林計》？」
這書裡頭都是好笑的小段子，若是以前，趙佑樘肯定不會看，但現在他看了一會兒，也沒見有什麼高興的樣子。
趙佑樘把書一扔。「無甚意思。」
看這個還沒有抱著她有意思，他伸手就把她摟過來。
馮憐容見他這是無處排遣，柔聲道：「皇上自廢了太子之後，就沒與妾身說起此事，甚至都沒有來坤寧宮。」
趙佑樘手一頓，淡淡道：「妳總歸知道了。」
「這天下無人不知，不過皇上既然已經下了決定，也廢了，為何鬱鬱寡歡？」她抬頭看著趙佑樘。

「朕如何不歡了？」

「這臉板成這樣，還叫歡？」她伸手戳戳他的臉。「瞧，一點兒笑容都沒有，今兒連徽妍都被皇上嚇得不敢說話。」

趙佑樘沈默下來。

「妾身去看過承煜，他面上雖然無甚，可也不是什麼都不知的年紀，如何會不難過？可皇上也不曾去見他。」馮憐容的手掌蓋在趙佑樘的手背上。「皇上既然擔心他，又何必要勉強自己不表露出來？」

趙佑樘被她說中心事，雖然有些懊惱，可又覺得心頭湧上一點輕鬆。趙承煜是他廢掉的，作為父親，豈會沒有歉疚之情？可他又不知該如何處置，故而這些天，不管是忙還是閒，都覺得不舒服。

馮憐容看他沒有否認。「承煜有很多喜歡的東西，不如皇上賞一些給他？」

這二人之間的裂痕得慢慢來了。

趙佑樘唔了一聲，過一會兒看看馮憐容，本想問一句話，但最後還是嚥了回去。他之所以沒有告知馮憐容就廢了趙承煜，是因為依她的性子，定是要勸阻的，此事對她來說，對錯想必也模糊得很。

問她，也只是平添煩惱。他自己要做什麼，一切還是得他自己來承擔。

但他聽了馮憐容的話，第二日，就賞了趙承煜一套文房四寶，因他喜歡寫字，算是對了他的喜好，這對趙承煜來說，總也是一些安慰。

過幾日，趙佑樘又賞他一匹寶馬、一套弓箭。

一個月之內，陸續賞了好幾次，趙承煜之前再如何沒想過，也知道父皇的意思，他這是因廢了自己太子之位，在表達歉意。

趙承煜思前想後，心裡也是酸澀。可無論如何，他總是自己的父親，又是當今天子，要怪只能怪自己不夠爭氣，沒有讓父親滿意。

故而趙佑樘召見他時，他已是豁然開朗。

看著立在下方的兒子，趙佑樘面色很柔和，微微笑了笑道：「李大人說你又去聽課，朕看你不用勉強，不如再多休息一陣子。」

趙承煜道：「兒臣閒著反倒不好。」他頓一頓。「父皇賜的東西，兒臣都很喜歡，多謝父皇。」

「喜歡便好。」趙佑樘道。「承煜，不管如何，你都是朕的兒子，若有什麼別的想要的，可與朕說。」

趙承煜聽聞，猶豫道：「父皇，兒臣有個不情之請。」

「你說。」

「兒臣想出去看看，四處見識一下，就如同三叔一般，還請父皇准許。」

趙佑樘一怔，只當趙承煜想離開傷心之地，更覺愧疚，這面色就暗了幾分，可他既然要走，散散心未必不是好事。

趙承煜忙道：「父皇，兒臣並不是為別的，只是想開闊眼界，將來自然會回來。」

他眸色一片晴朗，沒有陰鬱，雖然他已經不是太子，可他也卸掉了這層包袱。正如母親說的，父皇還是關心自己的，既然如此，他又何必再自怨自艾？過去總是過去了，他應該重新開始。

「不過，兒臣還有一個請求。」趙承煜有些惴惴不安地道。「如果可以，希望父皇可以對仙姑放寬一些。」

方嫣已有所覺悟，趙佑樘想了想便答應了，問道：「你想何時啟程？」

「就這兩日。」

趙佑樘點點頭。「出外要多加注意，雖然朕准許，可每年仍是要回來幾次，不能見你一面都遙遙無期。」

趙承煜道好。

趙佑樘建議道：「不如先去山東，朕當年去山東，對那兒印象不錯。現今山東知府陸大人為人正直，心繫民生，你雖是遊歷，也可學些事情。」

趙承煜笑道：「那兒臣便去山東。」

父子兩個說了好一陣子的話。

啟程當日，兩兄弟都來相看。

趙承衍羨慕道：「我也想去，不如我去求了父皇，咱們一塊出去？」

趙承煜瞅趙承衍一眼，要說他這大哥，他是從來都不把他當成競爭對手，聽了這話也有些好笑。「你就算去求，父皇也不會准許。」
趙承衍撓頭。「為何？」
「不為何，你試試便知。」
趙承衍更是一頭霧水，問趙承謨：「你可知？」
趙承謨道：「我知，因你沒有二哥聰明，故而得留下來好好聽課，聽得差不多了，父皇才能放你出去。」
趙承衍氣得要去抓他，他閃身躲過了，一邊笑道：「玩笑話而已，大哥你是長子，必是要留在宮中的。」
嫡長子的意義，不管是在皇家，還是尋常人家，都是一樣重要。
趙承衍遺憾。「可惜了，我倒是真想去睢寧，看看三叔。」他說著眼睛一亮。「二弟，你也可去睢寧，聽說那兒風景很好，到處是山山水水。」
趙承煜點點頭。「我會去的。」
趙承謨這時送給趙承煜一盒徽墨。這徽墨乃是稀世精品，為當年被稱為墨妖的程大師所製，十分難尋。
趙承煜驚訝道：「你倒是捨得？」
「我還有一盒，沒什麼不捨得的。」趙承謨微微一笑。「希望你用此墨多多寫信回來，不要讓咱們擔心。」
二人目光對在一起。

趙承煜拿了徽墨。「好，我會常用。你在宮中，可要好好聽課，有道是讀萬卷書不如行萬里路。」

這宮裡，唯有趙承謨才是他的對手。

趙承謨笑了笑。「還請二哥放心，我必不會鬆懈。」

這幾年，他成長得很快，自然早早就清楚他與趙承煜的關係，並非不相信這個二哥，可當年母親跪在方嫣面前，這一幕永不會令他忘記。雖然那時年幼，可他現在已明白，他與趙承煜永遠都不會成為家人。

可此時此刻，他也沒有多少歡喜，畢竟那是與自己一起長大的少年。只是命運，讓他們不能成為親密的兄弟。

趙承煜很快就離開了京城，回頭看去，只覺心裡又有些悃然。

離開了，好似這皇宮已與自己沒有關係，可是或許哪日回來，又與自己脫不了關係。

誰知道呢？順其自然。

趙承衍、趙承謨送走他之後，在回宮的路上巧遇趙徽妍，三人便一起同行。

趙徽妍畢竟還是個小姑娘，突然擰著眉道：「二哥被廢了，那宮裡便沒有太子，倒不知，父皇何時會再立一個？」

她瞧瞧大哥、又瞧瞧三哥，心想，會立哪一個呢？

並排走著的兩個兄弟一起都頓住了腳步。

太子？趙承衍心想，二弟被廢了，是該要立個太子，不過此前他好似從來沒想過，他側頭看一眼趙承謨。

「三弟，這太子你當最好了，我將來可是要學三叔、四叔的。」

他覺得做藩王最逍遙，不用每日都拘在皇宮裡，反正他坐不住，要不是膽子不夠大，真想直接請父皇准許他住到外頭，這樣他就可以經常與趙佑梧一起玩樂了。

要說他這性子，當真還是個小孩兒。立太子一事，哪是他們好置喙的事，趙承衍還說得好像兒戲一般，這是可以讓來讓去的嗎？能作決定的，只有他們的父皇。

趙承謨道：「大哥，以後這等話莫再說！」

趙承衍被他嚇一跳，怏怏然道：「不過隨口一說。」

趙承謨無言。趙徽妍也一句不敢再提，她雖然年紀小，但老早就看出這兩位哥哥的區別，趙承衍雖然是老大，卻是可以隨便打鬧的，而趙承謨看起來沒什麼脾氣，她卻一點兒不想招惹他，因他的眼睛認真看過來的時候，總是會讓人不敢冒犯。

這路上，三人便不再說話。

坤寧宮。

馮憐容道：「承煜走了，想必妳兩個哥哥也悶得很，以後春暉閣少個人，更是冷清。」

趙徽妍點點頭。「是啊，光是大眼瞪小眼。」

馮憐容笑起來，戳她腦袋。「別這麼說妳哥哥。」

趙徽妍想到剛才的事情，表情又變得神神秘秘，拉著馮憐容去裡間。

二人坐下來，馮憐容問她要說什麼？

「是太子的事兒，我說不知道父皇會立誰呢？結果大哥說最好讓三哥做，三哥就生氣了，不許大哥再提。」

馮憐容皺了皺眉，壓低聲音道：「這是大事兒，妳怎麼也胡說？倒是承謨懂事，這本就不該提。太子什麼的，立也好，不立也好，妳以後一句都別說。」

趙佑樘當初怎麼當上太子，她是知道的，這回趙承煜又被廢掉，對馮憐容來說，只覺得這太子之爭太過殘酷，她是一點兒都不願意去想。只現今宮裡沒太子了，如今怕是要落到她這三個兒子頭上。

馮憐容心煩，作為母親，她可不希望孩子們將來為這個位置爭得頭破血流，不過說起來，他們兄弟間算是友愛的，應當不會吧？

趙徽妍看她很是擔憂，忙道：「母后，女兒以後定不會提了。」

「乖啊，徽妍，妳知道就好。」馮憐容也不想了。「這是妳父皇的事情，咱們別管，除非他們鬧起來。」

要是將來他們三個真的相爭，她肯定要好好教訓他們的。

趙徽妍此時笑道：「母后，咱們不說這個，出去摘葡萄嘛，已經熟了，今年再做些葡萄酒，給三叔、四叔都送些去，還有外祖家。」

馮憐容又高興起來。「今年比往常結得更多，我看能做十幾罈。」

二人攜手出去，幾個宮人忙拿了剪子、竹籃跟在後頭。

趙徽妍個子矮，剪個葡萄得站在小凳子上，但她爬上爬下的卻很歡快，母女兩個不一會兒就剪了兩大竹籃。

「難怪說農人豐收的時候那麼高興，確實有意思。」趙徽妍歪著頭道。「母后，要不咱們還種些別的？」

「好啊，妳說，種些什麼？」

趙徽妍掰著手指數。「女兒看，咱們日常吃的有白菘、花菇、青筍、綠豆、蕨菜、黃瓜、茄子……這些都能種吧？」

「花菇可不好種，那是長在林子裡的樹上，還有青筍也不行，別的倒是可以。」馮憐容叫黃門請花匠來。「這些可比種花容易多了，只要地肥就行。就是不知這院子弄成這樣，妳父皇會不會不高興？」

趙徽妍嘻嘻笑道：「怎麼會不高興？有新鮮的菜吃。」

「咱們哪日吃的菜不新鮮？」馮憐容感到好笑。

「這個……」趙徽妍眉毛一挑。「那不同，這是咱們親手種、親手摘的，父皇肯定喜歡。」

她拉著馮憐容，四處去看，商量這兒種什麼、那兒種什麼。

這邊熱烈討論著，那邊趙佑樘卻在頭疼立太子的事情，雖然廢掉太子不久，那些大臣卻已經在建議立趙承衍為太子了。趙承衍如今作為嫡長子，確實無庸置疑，可這回趙佑樘卻不想那麼著急就立下。

他把這些奏疏都暫時擱下，走出了書房。一到坤寧宮，就見母女兩個都在院子裡。

不知馮憐容吩咐了什麼，花匠連連點頭。
趙佑樘走過去。「是想種什麼花？」
馮憐容笑道：「徽妍說要種些蔬菜，妾身覺得挺好的，剛才與花匠說這個，只不知道這院子該如何安排。」
趙佑樘對這個不是很感興趣，淡淡道：「把好好一個院子弄得像田地。」
「皇上不准啊？」馮憐容立時就露出失望之色。
趙徽妍也著急，盯著趙佑樘看。這母女兩個雖然年紀相差多，可眼神真是一模一樣，好像自個兒說個不字，她們得多傷心一樣。
趙佑樘道：「原先的不能動。」
這兒一片憐容花是他的，絕不能讓這些蔬菜給蓋住。
馮憐容笑道：「原本就有些花兒才好看，不然綠油油的也沒意思。」
「其他的隨妳們，愛種什麼種什麼。」趙佑樘同意了。
母女兩個看他答應，更是興奮，規劃一番，在葡萄架那兒再搭一個棚子，種些黃瓜、絲瓜，旁邊再弄塊地種些菘菜、青菜，地下還能種黃豆、綠豆。
趙佑樘暗地裡嘆口氣，好好一個坤寧宮，成養菜大棚子了。不過見妻女這般高興，他又捨不得說，自個兒背著手進去。
宮中寂寞，她們不似他有那麼多的事情要處理，想來種種菜也能打發時間。
等到用完晚膳後，趙徽妍去跟冬郎玩，趙佑樘就跟馮憐容在裡間說話。

馮憐容閒來無事，翻花樣看，心想得空得給冬郎做幾身小衣服。趙佑樘見她聚精會神，說：

「妳每日除了這些，也好學學琴棋書畫。」

她的字長進不少，至於畫，趙佑樘想到她最愛畫的蛋，頭就疼，這水準別說一般，他覺得都不好拿出去見人。至於琴，不見她學，棋嘛，永遠都贏不了他。

馮憐容懶洋洋地道：「學來做什麼？皇上平常連下棋也沒空與妾身玩。」

「怎麼沒用，像這會兒，妳就可以給朕彈琴聽聽了。」趙佑樘歪在羅漢榻上，瞧著她一雙如春蔥般的手，以前倒不覺得，現在看看，這一雙好手撫在琴弦上定是優美。

馮憐容笑道：「行，皇上說了，妾身得空便學一學。」她說著放下花樣圖。「說到學琴，其實妾身的娘親也感到遺憾，說沒能讓妾身像個正經的大家閨秀，其實那會兒窮，哪裡請得起琴師學呢？倒是現在好了，娘親能圓了她的願望，去江南玩了。」

趙佑樘看她一臉憧憬。「妳真的很喜歡出門。」

「是喜歡。」馮憐容道。「可能也跟妾身自小的生活有關，妾身可不是大門不出、二門不邁的姑娘。」

趙佑樘伸手攬過她。「要不咱們去寧縣住兩天？那邊也有些江南山水的意境。」

因趙承煜的事情，他心頭不是很輕鬆，也許該散散心，同時也滿足他這皇后的願望，可謂一舉兩得。

馮憐容大喜過望。「真的？咱們何時去？」

「看妳急得，朕得把事情交代下再走。」趙佑樘沈吟一會兒。「總得兩日吧。」

「孩子們也去？」

「他們去什麼？就朕跟妳去。」他頓一頓。「徽妍也去，兩個兒子還是留這兒，省得玩得心野了，成天想出去，跟妳似的。」他捏捏她的鼻子。

馮憐容立時就把頭拱到他懷裡去了。

趙佑樘既然作了決定，第二日就召馮孟安入宮。

要說朝中大臣，他現在最信任的便是馮孟安，一來他本身有能力，二來自然是因馮憐容的關係，三來他任職吏部左侍郎已有多年經歷，吏部尚書位列六部之首，被稱為天官，是真正的位高權重，綜合三者，馮孟安自然成了晉升尚書的不二人選，如今馮家當真是不可一世，可馮孟安也明白樹大招風、伴君如伴虎之理，為人臣子也極度安守本分，所以一直甚得趙佑樘之重視。

聽說趙佑樘要去寧縣，馮孟安還是吃了一驚。「皇上是要視察民情？」

趙佑樘笑起來。「朕有你們這些官員，民情還需親自視察？不過是想與皇后出去玩樂。」

歷來皇帝出巡，都假借一個冠冕堂皇的理由，事實上多數還是為了玩樂，且還勞民傷財，沿途官員為孝敬皇帝，也是大肆搜羅世間奇珍異寶，只為討得皇帝歡心。

馮孟安問：「那大皇子、三皇子、公主也去？」

「只公主隨行，朕叫你來，除了日常政事，便是他們二人了。另外，承衍此前提起伴讀的事情，朕一直忘了與你說，你家大元早早考上秀才，將來必是棟樑，朕看也入春暉閣聽課吧。」

馮孟安大喜，他是個有野心的人，現太子被廢，以後的太子必是出自那二人，自家兒子伴讀，別說此前就有交情，以後朝夕相伴，感情自然更為深厚，他低頭道：「大元能伴兩位皇子唸書，是他的福氣。」

「旁的也無什麼，朕只是提前與你說一下，明兒還得召見其他大人。話說，你原先在寧縣待過兩年，可有印象深刻的地方？」

「回皇上，要說寧縣景色秀麗的，除了明湖，便是雲中亭。」他笑一笑。「那明湖現正是個好去處，秋天開滿了野菊，湖上還有蒼鷺、野鴨，娘娘見到必會喜歡。」

趙佑樘聽馮孟安描述的，不由想到那次他偷偷帶馮憐容出去，二人遊船的情景，她確實會喜歡。

「那朕一定得去了。」

第三十八章

等到隔日，他又把餘下的事情吩咐幾位大臣，便帶著馮憐容、趙徽妍出城去寧縣。

這回並沒有大張旗鼓，全部從簡。在趙佑樘看來，一旦公開了皇帝、皇后的身分，就沒有意思了，這樣走到哪兒，那些人就跪到哪兒，反而影響心情。

趙徽妍坐在馬車上，一路嘰嘰喳喳，時不時掀開車簾往外看，見到人多的地方，恨不得就下去走走。

馮憐容瞧著好笑，又覺女兒可憐。想自己小時候，可不像她這樣被困在宮裡，那些大家閨秀雖說二門不邁，可家族間互相走動還是有的，不像趙徽妍，除了一個堂妹，也不認識旁的小姑娘。

趙佑樘提醒道：「妳可不能太縱著她，這回能出來也是朕的興致。」

他疼愛歸疼愛，可這疼愛只局限於皇宮任她們母女倆折騰，要去外頭隨便折騰，他是不許的。

馮憐容明白這個道理，撇了撇嘴道：「皇上的話，妾身能不聽？只是瞧著徽妍不小了，都沒什麼朋友。妾身看大一點兒，是不是可以去宗室家裡坐坐？」

趙佑樘想了想點頭。「可以。」

看他准許，馮憐容暗自高興。女兒去，作為母親，到時陪著一起，也可以吧？

她嘴角悄悄彎起來，趙佑樘假裝沒看見，一年出來三、四回，也是在容許範圍之內，就讓她傻乎乎偷樂好了。

寧縣離京城不遠，沒多久就到了。

「徽妍，妳記得喊爹、娘，別父皇、母后的叫。」

趙徽妍道：「爹、娘，容易得很，女兒絕不會喊錯。」

趙佑樘笑起來。「娘子，那咱們下去吧。」

路上行人不算少，趙徽妍第一次來街上，拉著馮憐容到處跑，對她來說，那些吆喝聲都很有趣。

趙佑樘道：「忙著走什麼？把帽兒戴上！」

帷帽他一早命嚴正準備好，人多的地方就得用上，他這妻女都是貌美如花，可不是讓別人瞧的，別說還有那些登徒子，看著跟蒼蠅一般噁心。

兩人戴上之後，三人這才去玩。

一路下來，趙徽妍買了好多東西，除了吃的，連那些用竹子編的鳥兒都買了十幾隻，身後跟的人提得滿滿。

下午，一行人又去明湖。

這時候正是秋天，湖邊開滿了野菊花，什麼顏色都有，還有雪白的葦穗、紫色的蒿草，它們圍在湖的四周，那湖就像一顆綠色的寶石鑲嵌在中間。

趙徽妍眼睛一亮，奔過去，她歡呼起來，驚得湖上蒼鷺齊飛。「真是太美了，跟畫一樣。

娘，快來呀！」

馮憐容提著裙子過去，母女倆立在湖邊探頭探腦，指著野鴨道：「什麼鳥兒竟那麼好看！」

「這是綠頭野鴨。」趙佑樘嘆口氣，明明是京都身分最貴重的女子，這會兒就跟沒見識的農人入京一般，一驚一乍，幸好是沒有旁人在。

母女兩個沿湖走了大半圈，實在累了，才坐下來。

早有隨從設下桌椅，即使是一早來此的遊人，也統統驅趕出去。

趙佑樘抬頭看看藍天、看看湖水、看看這些水禽，又聽母女兩個在旁邊說些胡話，心情也是難得舒朗。其實做個普通人，大概也是很好的。

嚴正又不知從哪裡弄了條船，稍後一家三口都坐上去，趙佑樘見這湖裡到處是魚，一時興起，又命人弄了釣竿，他坐在船尾釣魚，馮憐容坐在旁邊，一聲不吭，倒是趙徽妍忍耐不住，老是要說話。

馮憐容道：「一會兒妳爹釣魚上來，別怪不給妳吃。」

趙徽妍這才把嘴巴閉上，直到趙佑樘釣到魚，她才歡叫起來，一跳，小船都跟著蕩漾。

趙佑樘很是得意，見到是條肥美的鯽魚，又把魚竿甩了下去。

一下午就光釣魚了，傍晚便在湖邊起火，烤魚來吃。

三人吃得油光滿面，心滿意足地找間客棧休息。

這幾日確實玩得痛快，但最後還是被人打擾，清平侯江昭善是皇太后的哥哥，消息總是靈通些，得知趙佑樘在此，連忙過來拜見，並請趙佑樘去莊上一住。趙佑樘看在皇太后的面子沒有拒絕，反正也玩得差不多，再住兩日就該啟程回京，便帶著馮憐容與趙徽妍去了江家的田莊。

清平侯本來封給皇太后的父親，不過他早前去世，爵位就落在江家長子頭上，江昭善平日不幹實事，領個閒差罷了，但一年來宮裡兩回見見皇太后，故而馮憐容也是認識的。

馮憐容對著趙徽妍道：「這是妳舅祖父，妳五歲時見過一面，他送妳一對玉兔。」

江家雖然沒出什麼風雲人物，可出了一個皇太后，而太皇太后也是與江家沾親帶故，故而這些年江家都是屹立不搖，家中富裕不必說，出手都是貴重的東西，趙徽妍收到的玉兔，那是整塊好玉雕琢而成，不是凡品。

到得江家田莊，三人下車。

江昭善因得知此事，早早就叫人準備好地方，莊上的上房整個讓給他們住。

趙佑樘沒有拒絕，他也心知肚明，江昭善找上來是為何。原先看在皇太后的面子，江家一帆風順，可皇太后總是會慢慢老的，為了江家的將來，自然是要巴結好他這個皇帝。然而身為皇帝，平日裡被人討好，那是家常便飯，他也從不放在心上。

他們討好歸討好，他以後要如何對待，那也還是他的事情。身為皇帝，豈能因為這些就改變？

在他看來，這些臣子想要永久的榮華富貴，首先便是放聰明點兒，雖說水清則無魚，但該收斂的就得收斂，在能力範圍之內把事情做好。可問題是，好些人就是不明白，故而每年落馬的官員沒少過。

沒了頭上烏紗帽兒，又能做什麼？

馮憐容帶著趙徽妍去上房。她這輩子也是第一回上田莊，很是新奇。從上房後邊出來，經過一個後院，打開門就是一望無際的良田，好些農人正在遠處蹲著收割莊稼，歡聲笑語不時傳來，可以聽出他們的喜悅。

趙徽妍道：「娘，咱們回去還是得把東西種起來。」

這次出門，她們原定要種的菜還沒弄。

馮憐容笑道好。

趙佑樘進屋，換了身外袍，見母女兩個又進來。

馮憐容道：「剛才出去看了看，說起來，皇上賜了一大片田地予妾身家裡，妾身也是沒瞧過，不知今年是不是豐收了？」

「不豐收又如何？總不至於連稅錢都交不出。」

當然，這項舉措是他登基之後幾年才改的。景國雖說地大物博，但真正可以種植的肥田也不算多，又有好些集中在權貴手裡，若不收他們的賦稅，那就得全攤在百姓頭上，百姓會越過越苦，故而他才修改政策，清算土地，權貴不得隱瞞真正的田地數量，這樣國庫才能充盈，將來遇到天災，也有足夠的錢糧去賑災。

這些年，他對那些富人有些苛刻，不過始終還是留有一線，因天下任何事，都是物極必反，有時候，就算是皇帝，又如何真的能隨心所欲？少了規矩、少了平衡，什麼都做不成。

三人歇息一會兒，稍後就去正堂。這等夜晚，因他們來，莊裡弄得燈火通明，恨不得張燈結綵，像是有大喜事一般。

江昭善迎接他們坐下，笑道：「光是吃個飯，怕皇上、娘娘、公主無趣，故而下官請了伶人來歌舞助興。」

趙佑樘淡淡道：「甚好。」

桌上已擺滿果盤糕點、美味佳餚，香味撲鼻。下首右邊坐著彈琵琶、彈琴的伶人，屋裡很快就響起絲竹之聲。

這會兒正堂門大開，馮憐容往前一看，就見兩個女子穿著桃紅色長袖舞衣翩然而來，腳步輕盈如雪，落地無聲，真像是飛進來似的，再看那二人，生得也是國色天香，且竟然長得一模一樣！

趙徽妍的眼睛也是瞪得老大，低聲同馮憐容道：「怎麼像是一個人？」

「這是雙生女。」馮憐容解釋。「一個母親同日生下兩個女兒。」

趙徽妍恍然大悟。「原是如此，那是極為難得了？」

「自然。」她今日也是頭一回見，真覺得奇妙，有些聽說長大了就不太像，可這一對，真是一個模子印出來的。

趙徽妍笑道：「她們跳的舞也很好看，比宮裡好多人美。」

這兩人像是心有靈犀，確實一舉一動都相同，沒有一點偏差，身段也是風流，該瘦的瘦，該豐滿的豐滿，即使是馮憐容在宮裡，也沒見著這等妙的人，她隨著她們的動作，也是看得入迷。

那二人跳著舞，其中一人轉到撫琴人身邊，那人忙就讓了，她坐下來伸手彈琴，與剛才那人的琴藝相比竟是一點兒不差，雙手跟翻花似的好看，可見其嫻熟。

另外那姑娘隨著她的琴聲在周圍跳舞，水袖好似有靈性，怎麼捲，怎麼翻，十分自如，她身段也柔軟，任何動作都能跳得隨意，好像這舞是天生便會。

趙佑樘往馮憐容瞧了一眼，見她很喜歡且深深地被驚豔了，便又轉過頭繼續看舞。

見他們三人看得很專心，江昭善伸手撫起鬍子。看來把這兩個姑娘擺出來沒有錯，縱然是宮中，哪裡有這等人才？琴棋書畫無所不通，若有幸入宮，得皇上青睞，還是可以封個妃嬪，女人要討男人歡心，從來就不是憑家世身分，不過是姿色、性情。

馮憐容看了一會兒，忽然心頭一動，轉頭朝趙佑樘看去。他仍是聚精會神，看這眼神，也很是欣賞，手指還輕輕敲擊著桌面。

馮憐容一時不知什麼滋味，她看向江昭善。

江昭善還沈浸在高興之中，他已經有把握，將這對姊妹送給趙佑樘，趙佑樘必是會接受的。男人哪個不一樣？皇帝，也是相同的，別說他專寵皇后，可皇后哪裡沒有年老的一天？誰都會喜歡年輕的小姑娘。

馮憐容皺了皺眉，她不太高興。女人在某些時候總是敏感的，哪怕她此時還不確定。

雙生女終於表演完，趙佑樘賞了她們，回頭見馮憐容在吃東西，他問道：「廚子燒得如何？」

「還可以，比這幾日吃的自是好多了。」

江昭善也是侯爺，吃喝這方面定然是精細的，更別說他們在這兒，定然是叫廚子格外用心。

趙佑樘也吃起來，可不知為何，隱隱有種奇怪的感覺，但他看看馮憐容，她好似還是跟前幾日一樣，當下也就沒有擺心上了。

晚上，趙徽妍自去歇息。

趙佑樘還是如往常一樣與她歡愛，一宵春意濃濃。

江昭善抽空跟嚴正表達了這個意思，要把這雙生女送與趙佑樘，在這下人跟物品一樣的時代，送人就當送禮似的。

嚴正回頭稟告一聲，獲得趙佑樘的准許後，才來回話。

江昭善喜不自禁，過來與雙生女說話。「以後妳們跟著去皇宮，莫要忘了本侯舉薦之情。」又提點兩句。「妳們雖年輕貌美，但入宮後，莫得意忘形，多多討好皇后娘娘與公主，本侯看她們應也欣賞妳們這等才情。」

雙生女笑意盈盈，答應一聲。

江昭善看她們順從，又叮囑一會兒便告辭而去。

這事兒莊上的人都知道，暗地裡就會說兩句，很快就被幾個隨行宮人發現，珠蘭這回也是跟著來的，心想這等事怎麼也得告知馮憐容，當下便與她說了。

馮憐容聽完，心情就不太好了。

珠蘭道：「也就是個玩意兒，不過是新奇些，娘娘知道便是，她們入得宮，也掀不起什麼風浪。」

畢竟是低賤的人，與宮裡的歌姬是同等的。

馮憐容沒說話。

稍晚，趙佑棠進屋，就見她坐在窗前，一動不動的也不知想什麼。

他笑道：「要不要出去走走？」

「妾身不去了，皇上帶徽妍去吧。」她提不起多少興致。

看這臉色，便知她不高興，趙佑棠挑眉道：「怎麼，誰惹妳了？」

馮憐容心想，還不是他，好好的要帶雙生女回去，不知在想什麼！這些年沒有選秀女，想必是為難他了？也是，看這兩個小姑娘年輕粉嫩，樣樣都精通，任誰見到了都難免起心思。是以他也不問自己一句，這就作主了，怪不得說人老珠黃，總歸是有這一天。

她被趙佑棠寵了這些年，仍覺得不真實，總覺得有一日定是要變的，今兒像是到了這一天。可她好似也不是特別悲傷，只是胸口空空的，像是什麼都沒有，此刻，她也不想與趙佑棠說話，只想安靜坐著，等著這情緒過去。

然而，趙佑棠卻看出來了，她是在生氣。她最是喜歡出來玩樂，在這其間，能令她生氣的事情定是很少的，莫非是為那雙生女？

趙佑棠好笑。「朕要帶那雙生女回宮，妳不樂意了？」

他親口承認，馮憐容心頭一跳，皺眉。「有什麼不樂意？總是皇上喜歡的。」

「可妳跟徽妍不是也很喜歡？閒暇時看看不錯。」

馮憐容撇撇嘴，道：「妾身是喜歡，不過總沒有皇上喜歡，還沒有生出要她們的心，不過皇上看上就算了，妾身能有什麼好說的？」

趙佑樘眉頭皺了皺，他原本可沒想那麼多，不過一對伶人，瞧著有點意思帶回去，可在馮憐容嘴裡說成什麼了？好似自己是為了女色，帶回宮要臨幸的，他還不至於如此！

他冷下臉。「妳真這麼想？」

「妾身怎麼想，又有何干？」她雖然不樂，卻也不想與趙佑樘有衝突，笑了笑道：「皇上不是想出去走走嗎？別再耽擱了，等天色晚了可不好。」

她把心頭苦澀壓回去。每當遇到這種事，她總是不想面對，即便是這些年過去，仍是一樣。別說她以前是貴妃，現在是皇后又如何？他要做什麼，誰也阻攔不了。歷來帝王哪一個不是如此？

趙佑樘看她這笑比哭還難看，不由側過了頭，問道：「妳真沒有別的話與朕說？」

馮憐容猶豫了一下道：「若皇上想妾身相陪，妾身這就……」

她仍是不肯說實話，說她不願他帶那一對雙生女回去，說她不喜歡，在這等事上，她總是那麼彆扭。

趙佑樘雖然不是第一次見她如此，可今兒不知為何，卻越來越惱火，他一如既往地寵她，從沒有碰過別人，難道她就不知道他的心思？她仍是胡思亂想，一遇到別的女子，就覺得他必是會臨幸他人，也不知她腦子怎麼長的！

趙佑樘忽地就冷笑起來。「不用妳陪，那雙生女綠珠、紅玨最好不過了，朕找她們出去！」

他說完轉身就走了。

馮憐容只覺自己渾身都僵住，竟是連手指都不能動一下，魂兒也像是飛走了。

珠蘭在外頭聽到，一邊吩咐白蘭出去看看，一邊就來安慰馮憐容。「娘娘，皇上不過是氣話，娘娘莫要著急！」

馮憐容置若罔聞。趙佑樘不知多久沒在她跟前發過脾氣，現在為了那雙生女，他竟然發起脾氣來。他要帶，她讓他帶回宮，這樣難道都不行？她鼻子酸得厲害，站起來一咬牙道：「沒什麼，我有何著急的？咱們也出去玩玩。」

珠蘭驚訝道：「娘娘要去哪兒？」

「去雲中亭，前幾日盡在觀湖，那雲中亭也沒空去看。」馮憐容叫珠蘭拿衣服。「簡單些的，還要爬山。」

珠蘭道：「要不要去與公主說一聲？」

馮憐容正在想，之前出去的白蘭回來道：「皇上帶公主出去了。」

馮憐容聽了，就想問他到底有沒有帶綠珠跟紅玨，可卻沒問出口，他帶不帶又如何？總是會帶回宮的，看昨日他對這雙生女的欣賞，將來有的是機會一起散步！

她賭氣換上衣服，朝外頭走去。可這會兒天卻不太好，原本燦爛的陽光被雲朵遮蓋了一些，已是有些陰。

珠蘭不敢擅自作主，問馮憐容：「娘娘是不是等皇上回來？」

「等什麼，我是皇后，出去走走又有什麼？皇上不也去玩了嗎？」馮憐容的心情實在不好，她是真的想散心，出去一趟，她興許就平靜了，等再見到趙佑樘，她也不會有什麼。

珠蘭只得叫車夫駕車。

江昭善聽說馮憐容要出門，當下立時就來了，畢竟他是這兒的主人，馮憐容從這裡出去，萬一出點兒事，他這腦袋也不保了，連忙阻攔道：「娘娘，這事兒得等皇上啊！娘娘這麼一走，皇上問起，下官該怎麼回答？還請娘娘諒解，再等一會兒。」

可馮憐容看到江昭善，心情更加不好，因這雙生女就是江昭善獻上的。

馮憐容沈聲道：「讓開！信不信本宮砍了你腦袋？」

江昭善看她這般溫和的人，板起臉來竟也有幾分威嚴，一時嚇了一跳，不由自主就跪下來。

馮憐容坐上馬車，喝道：「快走。」

車夫哪裡敢不聽，駕車而去。

江昭善擦去腦門上的汗站起來，幸好還是有護衛跟著，想必不會出事，他暗自安慰自己。但願皇后能早些回來，這樣明兒他們回宮了，就不關他的事。

趙佑樘這會兒正跟趙徽妍在田間散步，只是他臉一直沈著。

趙徽妍剛才問他，為何馮憐容不來？他推說是累著了，可趙徽妍大約看出來，他們恐怕是吵架了。

「父皇，要不咱們還是回去？」趙徽妍道。「母后應該是睡起來了吧？」

「急什麼？等到傍晚再回去。」

趙佑樘心道，既然她不肯來，就教她在家裡等著。讓她這榆木腦袋，盡把他往壞裡想。最好讓馮憐容急得來找他才好。

趙徽妍抬頭看看天色。「可是天好像不好了，會不會下雨？」

趙佑樘聽聞，也看了看，果然天色越來越暗，他想起昨兒江昭善說的，這兒好久沒有下雨，雖然不至於乾旱，可下雨該是好事。

這麼想著，又有些不甘，那不是必得回去？

此時，有人疾跑著過來，見到趙佑樘便稟告。「皇上，娘娘，剛才出去了。」

「出去？」趙佑樘挑眉。「去哪兒？」

「說是去雲中亭。」那人也是個護衛統領。

趙佑樘立時大怒。「什麼！你怎麼不攔著她？」

護衛統領忙跪下來。「下官不敢。」

就連江昭善這等侯爺也不好攔著，他算什麼？對方好歹是皇后。

護衛統領小心翼翼說道：「不過護衛也跟著去了，想必娘娘一會兒就會回來。」

趙佑樘的臉色更加陰沈。原來他剛才想錯了，還以為她雖然不高興，仍是會乖乖等著，誰料到她還使性子出去玩樂，真有她的！

趙徽妍聽得母親去雲中亭，忍不住抱怨道：「母后怎麼沒帶我去？父皇，咱們要不要追上去？」

她拉住趙佑樘衣袖，仰頭一看，卻見他一張俊臉十分嚇人，當下忙住口了。

趙佑樘自然不會去追，他堂堂皇帝，因妻子出門便巴巴追上來，還要不要臉面？便只吩咐護衛去找。

結果護衛還未回來，就下起瓢潑大雨，狂風吹得門窗一陣抖動，院子種的部分花草竟然被連根拔起。這是一場少見的風雨。

趙徽妍擔心。「怎麼雨這麼大，母后會不會有事？」

宮人安慰道：「公主莫著急，娘娘帶了不少護衛去，不過是下雨，能有什麼？過一會兒就停了，到時候娘娘自會回來，公主還是先用午膳，餓到了可不好。」

趙徽妍不肯吃。她擔心母親，只站在窗口往外看，外面的天黑沈沈的，那雨好像也不是雨，像是天上有條河不停地流下來，怎麼流都流不完。

趙佑樘這時也才真正著急起來，他在屋裡走來走去，不知道馮憐容此刻會在何處。

「會不會已經到雲中亭了？」他問嚴正。

雲中亭倒是不遠，嚴正道：「若是途中沒有耽擱，應是到了，那兒有處廟宇，卻是能躲一躲的。」

可若是沒到呢？這等天氣，就算兩軍對陣，都得停歇下來。

趙佑樘越想越是惱火，拿起手邊茶盞猛地往下一摔，喝道：「再派人去找一找！找不到，別回來見朕！」

嚴正暗道，怎麼找啊？護衛出去能站穩都不錯了，這茫茫大雨，前方一丈都看不清，哪裡能摸得到雲中亭？但他也不敢說什麼，召了護衛統領，又派出去二十五人。

果然如他所料，一點音訊也無。只聽到外面狂風暴雨聲，絲毫不歇。

屋裡還有一隻困獸，坐也不是，站也不是。

嚴正瞧著，恨不得能站在屋簷下去。他怕趙佑樘又突然對他發火，怕這火燒得太旺。

正擔心著，就見趙佑樘突然推開門，說道：「拿傘來。」

「皇上，您不能出去！」嚴正嚇傻了，連忙跪下。「皇上可不能有任何閃失，再說了，這麼多護衛出去，定是會有結果的，還請皇上再等一等！」

趙佑樘卻不聽，就這樣立在門口。

嚴正看著他的背影，心頭發冷，他這是要固執到底了，他就是勸又有何用？他只好拿了傘出來。未料剛走到院子裡，那傘就被風吹得東倒西歪，他使出吃奶的勁道都握不住，只聽刷的一聲，傘竟然被生生吹裂，斷成了兩截，竹子做的傘當真就跟豆腐般脆弱。

嚴正傻愣愣看著，又一陣風吹來，他再也撐不住，身子一搖撲倒在地，泥水濺了趙佑樘一身。

嚴正嚇得癱了，趴在地上磕頭不止，趙佑樘見狀只得又退回。

難怪一個人都沒有回來，根本不能走路……他只覺一顆心沈到谷底，一想到她現在在外面，不知道該有多怕！她本就不是膽子大的人，可恨自己此前為何要那麼氣她？明明知道她在意，卻不肯解釋。

他坐立不安，想著又恨起馮憐容，就算他這樣做了，她也該忍一忍，怎麼脾氣如此之大？他是不是太寵她了？縱得她不分場合。縱然是皇后，哪裡能不與他說一聲就私自出門的？

活該！這回也讓她受些教訓，定會知道錯了。

他一會兒一個想法，好似這樣才能消磨掉時間。

嚴正渾身濕透也不敢去換衣服，在旁邊暗地裡拜遍了天上所有的神佛，早些讓皇后娘娘平安歸來，這樣他就不會倒楣了。他實在無法想像，萬一皇后娘娘出點兒事，皇上會變成什麼樣子？

這時有宮人來稟，說公主還不肯用膳，趙佑樘才想到女兒，連忙頂著風雨走過去，幸好兩間廂房隔得不遠，只是他過去的那會兒，衣服已然半邊濕透。

「父皇。」趙徽妍抹著眼睛。「母后還沒有回來？」

「朕知道，已派人去尋了。妳乖乖用膳，一會兒妳母后看妳餓肚子，定會心疼。」趙佑樘柔聲說道。

趙徽妍問：「那父皇吃了沒有？」

趙佑樘沒說話。他當然沒有胃口吃。

趙徽妍嘆口氣。「那父皇跟女兒一起吃吧？吃完再等母后，父皇要是餓到了，母后還不是心疼？」

這話說得趙佑樘不好反駁，於是父女兩個把飯菜吃了。

趙佑樘來了，便一直沒再走，與趙徽妍在一起，彼此還能有個安慰，這場雨足足下了一個多時辰才停下來。

原本久旱逢甘霖乃是好事，可這雨太大，反而是過猶不及，對莊家造成很大的傷害，莊上一片忙碌，而江昭善還有別的事兒心煩，因皇后還未回來，他生怕會連累到自己，畢竟是他請來作客的，現在只後悔當初起了貪念，這下可好，怕是到頭來賠了夫人又折兵！

眼見外頭平靜，他連忙派了很多人去找馮憐容。

時間實在耽擱得太長了，趙佑樘這會兒哪裡再坐得住，叮囑趙徽妍幾句，大踏步就出了院子。

嚴正領著護衛統領過來，那統領臉色難看得很，見到趙佑樘就跪下來。

貼身護衛的表情他再清楚不過，當下心頭就是咯噔一聲，有那麼一會兒竟然不敢發問，只是立著，過得片刻才問：「娘娘人呢？」

統領磕頭道：「回皇上，下官沒找到娘娘，齊山從山腰崩下來，擋住了去路，跟著娘娘的護衛也還一個未回。」

「什麼，齊山崩了？」趙佑樘呆若木雞。「怎麼可能？」

「因是今日暴雨引致，山石滑落，所幸並不算嚴重。」統領道。「下官已經命他們繼續尋找了，好似娘娘並未上雲中亭，有人目睹娘娘上了山腰便返回的，就因下雨……」

趙佑樘打斷他。「什麼好似，到底上沒有上雲中亭？」

若是上了，既然山石滑落，她在山頂的雲中亭，那是更加危險不過的事情，便是有護衛又如何擋得住天災？

統領一怔。

看他竟然答不出，趙佑樘一腳就踹了上去。「你如何調查的？有人目睹，到底是親眼瞧見還是看錯了？觀雲中亭的人每日不少，莫不是旁的大戶，哪家沒有車馬？到底有沒有看見她？」

那統領被他踢得一口血吐出來，驚得魂飛魄散。「回、回皇上，因下雨怕也看得不真切，下官……下官這就再去。」

「還不快滾！」趙佑樘喝道。

統領連滾帶爬地走了。

趙佑樘立在院中，胸口起伏不定。

嚴正小聲道：「怕是娘娘覺得不妥，應是中途就回的。」

趙佑樘置若罔聞。他心如亂麻，畢竟過去那麼久的時間，若不在山上，為何還沒回來？又不是很遠的距離，還是……她回來時正好遇上山石滑落？或是她在雨中迷了路？

可是那麼多的答案，無論是哪一種，都不是好兆頭。因事實上，她就是沒有回來。

趙佑樘拔腿就往外走，嚴正跟上去的時候，就見他翻身騎了拴在外頭的馬，一甩馬鞭就奔馳了出去。

嚴正嚇得臉色慘白，大聲呼喊護衛跟上。

就在這片刻工夫，他已經疾馳到了遠處，地上泥濘，一路濺起泥水，把他衣袍弄得污濁不堪，一如他此刻的心情。

擔心，已讓他無法忍受。

齊山山腳此時已經聚集不少人，有皇家護衛，也有江家的家丁，俗話說人多好辦事，但因山石滑落，這尋人的任務格外艱難，等趙佑樘到達之時，他們還是一無所獲。

趙佑樘下馬看著滿地的泥石，心頭的煩躁湧上來，踩著就往上頭走。

護衛們連忙攔住。

「皇上，剛才還滾了不少石頭下來，皇上萬萬不可冒險！」統領跪下來懇求。

若是皇帝也出了意外，他們一家的腦袋都不夠賠的。

「可派人上去看過？」趙佑樘收回腳。

「回皇上，下官去瞧過了，上頭並無娘娘蹤跡，但又不知詳情，故而……」

他正稟告時，一個護衛上來道：「皇上，有人見過娘娘！」

見趙佑樘面露喜色，那護衛伸手就把身旁一個和尚往前一推。「你快把來龍去脈說了。」

那和尚來自雲中亭附近的廟宇。他死裡逃生，才醒轉過來，聽聞有人問起馮憐容，自告奮勇上來稟告。

「你見過她？」趙佑樘目光落下來，他雖一身衣袍盡沾泥水，顯得有些狼狽，可眸光輕輕一瞥，卻是叫人心生膽寒。

和尚聽到「娘娘」二字，再見到趙佑樘，渾身忍不住發起顫來，想不到他有生之年竟然還能得見龍顏呢！

和尚整個人都趴在地上，只道：「小人原是去山下化緣，回來正巧遇到大雨，小人就想在山中樹下躲一躲，結果遇到娘娘，小人當時就想竟有這等……」他不敢造次，原是想稱讚幾句，到底是沒說，繼續道：「如今小人回想，便是聽那丫鬟喊了『娘娘』的，說是要趕回田莊去，只那會兒風雨極大，有些樹都倒了，小人後來也沒聽清。」

他頓一頓，聲音突然輕了。「但像是發生什麼事兒，小人聽到幾聲驚叫。」

趙佑樘起先還鬆了口氣，既然馮憐容提早走了，那定然能躲過這場災難，誰想這和尚說到後面，又讓他一顆心提起來！這驚叫到底是誰發出來的？到底出了何事？

他又回到了原先的狀態，揮手叫那和尚退開，吩咐幾位統領道：「這兒只留幾人，旁的人在五里之內四散去尋。」

他直覺，馮憐容應該不在此處。那和尚說連山間的樹木都倒塌了，她定是被驚到，大雨茫茫，是不是出去就迷了路？會不會那些護衛跟丟了？

趙佑樘轉身離開齊山。

嚴正這會兒才趕到，滿頭大汗，看到趙佑樘出來，心想娘娘必不是在齊山，忙迎上去道：「皇上，您還是在莊上等候吧！侯爺生怕人手不夠，已經請知縣衙門派出所有衙役，應是很快就會有消息。」

趙佑樘眉頭皺了皺。這等時候，叫他等，還不如叫他死呢！他一刻都坐不住，又翻身上馬。嚴正急得不知道怎麼辦好，可看著勸也勸不了，只得牽著馬兒跟上。

趙佑樘親自去尋，自然也是跟了一隊的護衛，結果走到半途，就見前頭有護衛過來，只是不見馬車，趙佑樘看一眼就認出來，那幾人是專門跟著馮憐容的。他心下一沈，雙腿一夾馬腹，韁繩扯得馬兒吃痛，箭一般飛馳出去，轉眼就到了對面。

護衛看到是趙佑樘，全都下馬跪見。

「娘娘人呢？」他一聲大喝。

護衛都不敢回答，只有珠蘭在後頭哭道：「皇上……」

趙佑樘抬起頭，才發現雖然沒有馬車，可是竟然有一輛牛車。他大踏步走過去，只見牛車上躺著馮憐容，她一動也不動像睡著了一樣，平時不覺得，只此刻見到她，竟是那麼嬌小，在這一輛大車上，小得像天地間一朵花，隨時被風一吹，就能飛到天上去。她躺在那裡，穿著農人粗糙的衣服，溫柔如水的眼睛微微閉著，似再也不想睜開來。

趙佑樘直勾勾地看著她，動也不敢動。他想問一些什麼，可是卻張不開口，他渾身的血液凍住了，每呼吸一口氣都覺得疼痛。

見他這樣，珠蘭忙道：「皇上，娘娘只是昏過去了。馬兒被樹砸到，受驚了，娘娘沒坐穩，後來摔了出來，馬車也壞了，因大雨，咱們也不好識路，等到雨停，才借了農家的牛車……」

趙佑樘聽著，彎下腰，慢慢伸出手輕撫在馮憐容的臉上。她的臉冰冷得不似活人，卻是柔軟的，輕輕的鼻息呼出來，像是一下子就解了他的痛苦。

他又恢復了活力，抱起她，打馬疾馳而去，很快就回到田莊。

每次皇上出行，為防意外，都是帶了御醫，這回也是。趙佑樘抱著馮憐容去廂房，嚴正忙著通知金太醫。

趙徽妍得知找到馮憐容了，也連忙過來，只是看到自家母親竟是人事不知，猛地就哭起來，握住馮憐容的手道：「母后，您怎麼了？快些醒來啊！」

趙佑樘輕聲道：「莫吵，一會兒讓御醫看了，自會好的。」

他命人端熱水來，親手替馮憐容擦臉，期望這溫熱可以讓她轉醒，可金太醫到了，她還是沒有動靜。

「如何？」趙佑樘等了一會兒，金太醫才收回手。

金太醫心裡焦灼，馮憐容這次的病是他遇到最為棘手的，簡單來說，馮憐容是撞到腦袋，傷到裡頭了，有些人很快就能好，有些人要過幾個月才能好轉，而有些人躺著慢慢就死了。這病能不能好，就看命。

他完全不能準確地診斷出馮憐容會何時醒來，斟酌言詞道：「這是震到腦袋了，娘娘後腦腫起，可見傷得不輕，但不見外傷，算是好的。至於如何痊癒，下官也不知，姑且用針灸一試。不過娘娘福澤深厚，皇上不用太過擔心。」

趙佑樘哪裡聽不出來，大怒道：「你的意思是，未必治得好？還得先試試？」

「皇上。」金太醫跪下來。「人之大腦，複雜萬千，下官醫術淺薄，委實不敢斷言。」

趙佑樘一口悶氣堵在心口，他閉了閉眼睛，心裡卻知道若能救馮憐容，金太醫又如何敢不傾盡全力？原本，他就是馮憐容最為信任的御醫，他現在這樣說，只能說明馮憐容這一撞，非比尋常。

趙佑樘只覺渾身的力氣都沒有了，微微擺了擺手。

嚴正請金太醫去準備，稍後替馮憐容針灸。

趙徽妍坐在旁邊輕輕抽泣，她沒有想到今日上午一別會是這種結果，早知當初，她該陪著母親，這樣，興許母親就不會摔出馬車，然而，一切都晚了。她趴在床頭，眼淚不停地掉下來。

可要說後悔，這會兒最後悔的是趙佑樘。他尋到了馮憐容，然而此時，他寧願沒有尋到她，那麼或許再去找一找，就能看到她滿臉笑容地出現在自己面前，而不是現在這副樣子。

趙佑樘走出去，等到金太醫針灸完，他才回來。

馮憐容還是沒有醒，他坐在床頭，只覺時間過得如此之慢。

「嚴正，」趙佑樘突然站起來。「問問金太醫，能不能帶娘娘回宮？」

嚴正便去問了，稍後回來稟告。「平穩些無妨。」

趙佑樘立刻宣佈回宮。

聽說他們要走，江昭善過來相送，那一對雙生女也隨之過來，一人拿著一個包袱。

嚴正大怒，與江昭善道：「你還要不要腦袋了，還不叫她們滾？一會兒讓皇上看到，小心你的命！」

江昭善一聽，嚇得面無人色，連忙叫那二人躲起來。

一行人連夜啟程，第二日清晨回到宮中。

趙承衍兄弟兩個收到消息，高高興興地來迎接，誰料卻發現馮憐容昏迷不醒，都大聲哭起來。

兄妹三個哭成一團，守著馮憐容不肯走。

宮裡一片愁雲慘霧。

趙佑樘一連七天沒有上朝，馮孟安忍著悲痛代為執政，或有奏疏則由趙承衍兄弟倆觀之，商量過後再行答覆，無法判斷的，一律擱置。

第三十九章

馮憐容昏昏沈沈地睜開眼，卻見屋內點著豆大的油燈，比起往日裡的燈火通明，顯得特別昏暗。

鍾嬤嬤正對著燈光，聚精會神地繡花。

「嬤嬤？」她輕喚。

鍾嬤嬤放下針線活兒，笑著過來道：「主子總算醒了，餓不餓？」

「餓倒是不餓。」馮憐容問：「承衍、承謨呢？我剛回來，他們怎不來看看我？」

鍾嬤嬤奇怪道：「主子在說什麼？承衍、承謨是誰？主子該不是病糊塗了？哎，也是娘娘可惡，為了罰寧妃娘娘，叫主子跟著一起淋雨，主子原本身子便不大好，如何承受得住！」

娘娘？寧妃娘娘？

馮憐容瞪大了眼睛，她到底在哪兒？

難道她又變回了馮良娣？

鍾嬤嬤看她呆若木雞，忙伸手摸摸她腦袋，自語道：「還好，倒是不燙。主子，可是腦袋還暈？」

「是有些兒暈。」

她四處看一眼，發現這屋裡擺設，無一與坤寧宮相同，是她前世所住的地方，比起坤寧宮自然是十分寒酸。莫說那些金珠玉樹，連稍許貴重的東西，也一樣都沒有。

她嘆口氣，原來不是良娣，而是淑媛，不過那也是低位分的存在，更何況選秀女之後，多了好些妃嬪。

寧妃……馮憐容想著，面色一下子僵了，那是蘇琴嗎？

她問了鍾嬤嬤，才知現今已是天紀二年了，蘇琴替趙佑樘生了一個兒子，此時是方嫣最恨她的時候。

馮憐容心頭酸澀。一時也分不清這是夢，還是現實。

鍾嬤嬤道：「主子若是還不舒服，明兒請安別去了，娘娘不過是殺雞儆猴，哪裡真把主子擺在眼裡，不過是鬥不過蘇琴，拿別人出氣。」

馮憐容也想起來，方嫣是因蘇琴有回請安遲了，把氣撒在她頭上，命她出去淋雨受罰，她後來就病了好幾日。當年那些日子，如今想起來，真不知是何種滋味，一個天一個地。

「我明兒還是要去的，嬤嬤記得叫醒我。」不過馮憐容現在只想弄清楚是怎麼回事？自然要出去看看。

鍾嬤嬤見她如此，點點頭道：「去就去吧，但站遠一些，別又被那壞心眼的逮住了。」

馮憐容道：「嬤嬤別擔心，我只是去請個安，能有什麼？若是不去，真追究起來，也不是好事兒。」

鍾嬤嬤想想也是。「還是吃些飯吧。」

寶蘭、珠蘭上來伺候她用飯。這些丫頭都還年輕，包括鍾嬤嬤也是十幾年前的樣子，馮憐容瞧著，感到親切，只是這飯菜吃在嘴裡的味道很不好，畢竟這些年她早習慣了王大廚的手藝，再來又有心事，就沒有吃多少。

晚上也早早歇了，她躺在床上，盯著淺青色的蚊帳發呆。這傾雲閣對她來說，還真是冷清。沒有孩子、沒有趙佑樘，這宮裡寂寥得很，到了夜深，像是空無一人……她慢慢閉上眼睛。

第二日，鍾嬤嬤喚她起來。

馮憐容還是似夢非夢，見到鍾嬤嬤的樣貌，仍是分不清這到底是怎麼回事？只伸手讓珠蘭替自己穿衣服。

鍾嬤嬤在旁邊看著，心疼道：「主子真是瘦，還是得多吃點兒。即使不得寵，人還是要活下去不是？留得青山在，不怕沒柴燒。」

女人年紀越大，該是越無望吧？

想來前世，她也是這般想的，越來越消沈，飯也吃不好，睡也睡不飽，耳邊不時聽著他如何寵愛旁人，那是椎心的疼痛！他也與她有過肌膚之親、也曾纏綿過，可他那麼絕情，後來再也沒有見她。

馮憐容看著鏡中的自己，心堵得直痛。那會兒她沒有得寵便這般難受，更何況她還得寵過？她當真要去瞧一瞧？

鍾嬤嬤道：「主子要是不去，也罷了。」

不過是宮裡可有可無的人，去或不去，皇后根本不在乎。說到底，誰又會在乎？只有她們這些奴婢。

馮憐容卻站起來。「走吧。」

她微微昂起頭，臉色平靜。

屋外的太陽剛剛升起，光輝落在她臉上，照得她睫毛都微微發亮。

鍾嬤嬤瞧一眼，忽然發現，這等神情她好似從來不曾見過，以前的馮憐容總是垂著頭，不似現在這般自信、冷靜，她渾身的氣度不太一樣了。

馮憐容往坤寧宮而去。

半路上她遇到孫秀，孫秀笑道：「妳病好了？本來以為妳今兒不出來。」

「好了，該請安的還是得請安。」馮憐容笑了笑。

不知不覺，就到坤寧宮。

馮憐容遠遠看見儀門，剛要進去，衣袖卻被孫秀一把拉住，悄聲道：「看，皇上竟來了呢。」

遠處，趙佑樘果真來了，他尚且年輕，與當年的太子一般無二，馮憐容的呼吸都不由得停住。

孫秀道：「莫要發呆，快些走。」

可馮憐容的腳卻抬不起來，只因她不只看到趙佑樘，還看到他身邊的蘇琴，她穿著一襲雪青色銀繡蘭花的裙衫，襯得氣質越發清冷，如高空上的流雲一般。

趙佑樘側頭瞧著她，嘴角帶著淡淡笑意。那是一種極深的欣賞。

他身後還跟著另外一名昭儀，她的相貌與蘇琴又不一樣，模樣是個可人兒，笑起來分外甜美，眉眼彎彎，她雖然現有身孕，但比起蘇琴的榮寵還是差一些。

馮憐容目光從她二人臉上掠過，又重新回到趙佑樘的身上。

這一幕，她原先就見過，可自己那時落魄，見到他只知垂著頭，不敢有一絲的冒犯。到後來，更是不用提了，她深知自己再也不會有機會，她愛著他，卻從沒有去爭取過。

是啊，一絲一毫都不曾有！若是當初，她不是這樣，又會如何？為何她沒有這等勇氣？

想起前世種種，再見到他，馮憐容不由得癡了。

直到趙佑樘立在她面前，孫秀急得扯她袖子，她才回過神。

馮憐容微微抬起頭，看向趙佑樘。她也尚且年輕，眉目溫婉，身著一襲丁香紅的裙衫，身材纖細瘦長，迎風欲倒，卻是另一種嬌弱美態。

趙佑樘一時竟認不出，又見她雙目璀璨，堪比星辰，其中情意綿綿，好似他二人乃千古佳侶，她前來尋之。他心頭忽地一動，轉眸間，已想起她是馮憐容，當年那個分外膽小的良娣。

「馮淑媛？」他目中露出幾分溫柔。「聽說妳病著，可好些了？」

他面上的冷冰消瓦解。

馮憐容百感交集，原來他還記得她！

她的眼淚瞬間流了下來。

趙佑樘坐在床前，滿臉鬍渣。

他已經守著她九日了，可她一點兒也沒有醒轉的徵兆。

嚴正極為著急，趙佑樘這樣子已經好幾日了，誰也勸不了，他跪在地上懇求道：「皇上再這樣下去，只怕等不到娘娘，皇上自個兒就要病了。皇上您得多歇息一會兒、多吃點兒東西。皇上這樣，不知道多少人擔心，整個景國還需要皇上啊！皇上如何能病了？」

趙佑樘淡淡笑了笑。「病了倒好，不用這樣看著她。」

如果可以，他希望自己不用那麼清醒，不用日日期待她可以醒過來，不用怕她死，不用怕自己再也見不到她，不用怕將來孤寂的一生……不用怕這些。

他從來沒有這樣怕過。每個黑夜都讓他恐懼，深怕這一天過去，她會沈睡得更深，深得聽不到他在叫她。

她面上並無痛苦，分外的平靜，她……

趙佑樘又往她看去，卻忽然見到她面上濕漉漉一片。

「阿容！」他聲音免不了顫抖。「阿容，妳哭了？」

嚴正嚇一跳，只當趙佑樘是急得瘋了，可站起來一看，他卻不是胡說，馮憐容真的是在哭。

嚴正欣喜若狂。「皇上，娘娘有救了，奴才這就去請金太醫！」他拔腿就跑。

趙佑樘搖著馮憐容的肩膀。「阿容，妳快醒來！是不是夢裡誰欺負妳了？妳告訴朕，朕一定給妳出氣，阿容？妳聽到沒有？」

可馮憐容只是哭，並沒有反應。

趙佑樘搖了一會兒，面色忽然猙獰起來，伸手掐住她脖子道：「馮憐容，妳再不醒來，以後也不要醒來了！朕跟妳一起死了算了！」

他的聲音好像雷霆般在她耳邊炸開。

馮憐容只覺自己要死了，呼吸都透不過來，好像有一雙手扼住了她的喉嚨，要把她的命取走一般。

「皇、皇上……」她拚盡全力張開嘴唇，吐出幾個字。

趙佑樘的手猛地頓住了。

「阿容？」他抱起她，伸手拍拍她臉頰。「剛才，是不是妳？」

他的身體其實也到了崩潰的邊緣，有時候會出現幻覺，所以馮憐容突然出聲，他雖驚喜，卻也不太相信。

馮憐容慢慢睜開眼睛，看到一張瘦削的臉，眼窩深陷，面色青白，可五官仍是那樣俊美，絲毫挑不出瑕疵。

她以為仍在夢中，暗道，怎麼他變成這樣了？這又是哪一年的事情？

看她一雙妙目盯著自己，一臉茫然，趙佑樘罵道：「馮憐容，妳是不是傻了？連朕都認不出來？妳活該躺這麼幾天，竟然敢私自出去，怎麼沒把妳摔死！」

他說出的話如此惡毒，那是氣成什麼樣子了？

馮憐容看他眼裡怒火旺盛，才記起此前的事情，她為雙生女一事生氣，去雲中亭散心，結果遇到大雨，馬兒受驚，她從車廂裡摔下來，後來發生什麼，她一點兒也不記得了。

難道如他所說，她昏迷了幾天？

「皇上。」馮憐容忙伸手抱住他。「妾身讓皇上擔心，是妾身的錯。皇上是不是沒睡好、沒好好用膳……」她說著哭起來，終於明白他為何憔悴如斯。

她身在夢中不覺痛苦，他卻度日如年，難怪他那麼生氣。若是換作她，她定然也活不下去的。

看她梨花帶雨，把臉埋在他懷裡哭個不止，趙佑樘目光又柔和下來。

這會兒嚴正領著金太醫來了，隨後還跟著三個孩子。

「母后，您總算醒了！」趙徽妍頭一個就撲上去，抱著馮憐容的胳膊嚎啕大哭。「女兒還當母后醒不過來，每晚都作噩夢。母后，您這回可不能再暈了！」

馮憐容也哭，抱著她道：「是母后不對，以後再不這樣了。」

趙承衍與趙承謨也紅了眼眶，立在床前，看著馮憐容的目光滿是欣慰，總算，這一劫過去了。

趙承衍道：「孩兒與三弟去廟裡求了籤，是上籤，果然母后就醒了。」

「來，都給母后抱抱。」馮憐容招手。

三人一窩蜂地鑽在她懷裡，不過個個都大了，她的胸膛沒那麼寬廣，趙承謨靠一靠便讓出來，只讓趙徽妍整個人賴在馮憐容懷裡不走。

之後，金太醫把完脈後，替她開了些養身體的方子。

趙佑樘這其間沒發話，臉色陰沈地立在那裡。

三個孩子也感覺到了，見馮憐容沒事，心知兩人定然有話要說，與馮憐容講幾句後，乖巧地告辭而去。

馮憐容柔聲道：「皇上餓不餓，要不要吃些東西？」

趙佑樘冷聲道：「該要吃的是妳。」

「妾身不急。」馮憐容道。「妾身躺著不動能有多勞累？倒是皇上……」她支起身子，想要下床，趙佑樘站得有些遠，她碰不到他。

可到底幾日沒動，渾身軟綿綿的，她十分費勁，只得抬頭可憐巴巴地看著他。

趙佑樘板著臉過來，一推她。「亂動什麼？還不知道歇著！」

馮憐容輕呼一聲，露出痛苦之色。

趙佑樘又被嚇到了。「怎麼，頭又疼了？」

「皇上這麼推妾身。」她微微皺眉。

「朕……」

趙佑樘的內心現在非常複雜，怨恨她為個不必要的人差點丟了命，又欣喜她能醒過來，故而對馮憐容是又愛又恨，既恨得牙癢癢的，又想抱她在懷裡好好疼愛一番，如此矛盾，讓他說不出的心煩。

馮憐容兩隻手卻環抱上來，誠心誠意道：「皇上，妾身錯了，妾身知錯，以後再不會做這些傻事！」

趙佑樘垂眸看她，挑眉道：「妳知道錯在哪兒？」

「知道。」馮憐容伸手摸摸他的臉，好似囈語般道。「皇上，妾身雖然昏迷不醒，可是妾身見著皇上了呢。」

「見朕？」

「是啊，在夢裡。可說是夢，又不像是。」馮憐容道。「總之是很長的夢，好像妾身一輩子都在裡面了，只是並不歡快。」

「哦？」趙佑樘想到她的眼淚，詢問道。「夢裡朕欺負妳不成？」

「可不是！」說到前世，馮憐容那是一腔的苦。「皇上有好幾個寵妃，妾身在宮裡，不過是淑媛罷了。」

「不可能！什麼亂七八糟的夢，朕怎會如此待妳？妳……」他頓一頓，氣憤地說：「整天腦子裡都不知道想什麼？就說這事兒，妳為個雙生女生氣，至於嗎？朕在妳眼裡，就是這等好色之徒？」

若是往常，她怕是不敢置評，可現在，她並不想隱瞞，就是因為她從不敢說，所以才有了那次誤會。

馮憐容正經道：「妾身是這麼想的，故而才會生氣，怕皇上喜歡她們，雖說她們身分低微，可畢竟也是女子。莫說別的，妾身是女子也不由得被吸引，所以妾身害怕。」

她第一次說出了真心話。

趙佑樘盯著她瞧了瞧，忽地笑道：「怎麼，不鬧彆扭了？妳這性子，真當朕不知？」

馮憐容道：「皇上知？」

「怎會不知。」不過是個小醋罈子，埋在心裡的醋從不敢潑出來。

趙佑樘嘴角帶著笑意問：「除了這個，沒別的了？」

馮憐容一怔。自然是有的，在夢裡，她已然明白自己的心，她這兩世不求別的，只求他的喜歡，只如今這心似乎越來越大，她已容不下他還有別的女人。

若真到那一天，她不知道自己會如何難過。可是，這話真能說嗎？一生一世一雙人，是她可以向皇上索求的事情嗎？

她心頭沈甸甸的，這是她心底最深的願望，從來不曾也不敢去想，哪怕是當了皇后，她怕趙佑樘會為此不喜她，為此破壞了他們二人的關係。她只能縮著腦袋，不讓自己有這樣的盼望。

只是，人生還長著呢，他們還有好些日子要度過。或許有一日，他又會添了許許多多的妃嬪，或許那日，她早已人老珠黃。或許……

或許，她已經不在乎了吧？光想著這些，她覺得自己還能忍耐，誰料想到，一對雙生女就讓她忍受不了……她已不知是錯是對。

她的眼睛慢慢濕潤了，兩隻手握在一起，好像握著自己的心臟。

趙佑樘看著她，見她這般痛苦的掙扎，伸手扶住她腦袋往懷裡一按。「說妳傻，是真的傻，妳我夫妻多年，又有什麼不好說的？妳不過想朕只喜歡妳一個。」

馮憐容腦袋裡轟隆一聲，他怎麼知道得如此清楚？

她的臉頰燒起來，可聽他語氣如此寵溺，不像是追究的意思，她大著膽子微微把腦袋抬起來問：「皇上……不怪妾身？」

怪什麼？一早就知道的事，再說哪個女人沒點兒醋心呢！

趙佑樘嘆口氣。「瞧妳笨頭笨腦的，當真是讓人心煩。妳說說，妳會什麼？琴棋書畫沒有精通的，哪裡像個大家閨秀？也就朕受得了妳。」

突然就嫌棄起她來了，他們又不是第一天認識。馮憐容癟著嘴道：「還說不怪……妾身本來就笨，皇上又不是不知，說什麼受得了。」她眼睛忽然睜大了，眸中煥發出逼人的光彩，抱住趙佑樘的胳膊道：「皇上，您答應妾身了啊？」

「答應什麼？不過說受得了妳而已。」

「不是啊，剛才不是說只喜歡妾身一個？」

「那是妳自己希望的好不好？」

「不是啊，明明皇上知道妾身的意思，皇上說受得了的。」馮憐容看他軟下來，立時就得寸進尺。

直到鍾嬤嬤端了清淡的米粥來，馮憐容還在時不時地問，可趙佑樘卻不理她了，聽而不聞。兩個人一起吃了頓飯。

馮憐容雖然沒得到確實的答案，可經此一事，她已然明白他的心意，只恨自己笨拙，不相信他，這些年真是白白得了他的寵愛。以後還得再給他多生幾個孩子。

眼瞅著她要吃第二碗粥，趙佑樘猛地搶過來，斥責道：「妳瘋了，幾日沒怎麼進食，胃怎麼受得了？明兒再吃！」

他差點把碗摔了，脾氣真是越來越大，馮憐容盯著他的俊顏，暗想，哼，也只有她才受得了他呢，兩不相欠。

不過，過了幾日，馮憐容活蹦亂跳的，可以下床了，趙佑樘卻病了。

也不怪這病突然，他從不曾這樣疲勞過，身心俱損，只強撐著而已。現在馮憐容好了，他渾身鬆懈下來，自然就承受不住，這事兒把馮憐容嚇得不輕，日夜守在床前。

幸好金太醫說不嚴重，只需調養歇息幾日就能好，她這才放心，索性帶著冬郎搬來乾清宮住。

宮人將此事稟告皇太后，皇太后聽了一笑了之，並不插手，只派人隨時去問問病情。

趙佑樘這會兒正睡著，馮憐容小聲道：「剛剛服過湯藥，應是要睡到下午，今日精神已是好一些，妳與母后說，不用太過擔心，保重好身體。」

宮人這就走了。

馮憐容坐在床邊看書，冬郎一歲多的年紀，正是好動，她叫寶蘭帶著出去玩兒，從窗口看出去，他小腿兒邁得扎實，走得很穩。

馮憐容嘴角翹了翹，笑起來，又看看趙佑樘，他仍在沈睡，眼皮子有時會微微顫兩下。

她不知道，他已經走入夢鄉。

這是一個極其真實的夢。

趙佑樘坐在書房裡，怎麼看怎麼覺得詭異。不只自己變年輕了，嚴正也變回了當年那個白淨的小子，還有黃益三，竟然也在跟前當差。

可黃益三此人，他不是早早就派去延祺宮了，後來又跟著趙承衍？
「嚴正。」趙佑樘喚他過來，問道：「現在是天紀幾年？」
「回皇上，是天紀二年。」
趙佑樘嘴角抽了抽，忽然就伸手掐了自己。
嚴正嚇傻了。「皇上！」
他不明白趙佑樘為何突然做出這種舉動。
趙佑樘咧著嘴，感覺手臂上一疼，暗道，莫非不是夢？可怎麼可能？他招招手叫嚴正再走近一些，然後給了嚴正一拳。
嚴正被他打得摔倒在地上，嚇得渾身顫抖，爬起來跪著道：「皇上饒命！」
趙佑樘卻問他：「疼嗎？老實說。」
嚴正不敢隱瞞。「疼。」
趙佑樘越發覺得稀奇，皺眉問道：「娘娘在哪兒？」
「娘娘……」嚴正遲疑道。「不知皇上說哪位娘娘？」
還有幾位？
趙佑樘道：「自然是說馮憐容了。」
嚴正的眼睛一下子瞪大了。「皇上……皇上是問馮淑媛？」
趙佑樘一聽這話，立時就想到了馮憐容說的夢，一時竟不害怕，只覺有趣，難怪說日有所思夜有所夢，看來因她說的那事兒，自己也作夢了。

他笑起來。「你接馮淑媛過來。」

嚴正一愣，結果趙佑樘又來一句。「算了，朕去看看她。她現在住在……」

「回皇上，在傾雲閣。」

這麼破的地方！趙佑樘皺了皺眉。

他起身，邁開步伐，很快就到了傾雲閣。

馮憐容這會兒正歇著，這兩日身體日漸消瘦，人也不舒服，她剛要合上眼睛，就聽見鍾嬤嬤極為興奮的聲音，好像撿到大元寶一般，在她耳邊道：「主子、主子，您快些起來！」

「怎麼？」馮憐容有氣無力。

鍾嬤嬤見鬼似地道：「皇上、皇上來了！」

「什麼？」馮憐容猛地坐起來，可想到什麼，又無精打采地躺下去。「嬤嬤別胡說了，皇上怎麼會來？嬤嬤是不是看錯了。」

「怎麼會看錯，就是來了！」

正說著，一個高大的身影踏大步而來，只瞬間工夫就到她床邊，她一顆心差點跳出來，垂頭看著眼底一片明黃之色，她忙下床來拜見趙佑樘。

「把頭抬起來。」趙佑樘道，他好奇馮憐容在夢中的樣子。

馮憐容以蚊蚋般的聲音道：「妾身……妾身不敢。」

細細的、柔柔的，沒有印象裡的嬌憨。

趙佑樘道：「那妳倒是敢不聽朕的？」

馮憐容身子一抖，忙抬起頭。

她容顏削瘦，襯得一雙眼睛尤其大，怯生生的像林中小鹿，可便是這樣，那也是馮憐容。趙佑樘目光又落下來，見她只穿了雪白的單衣，身材纖細，像是被風一吹就倒似的。

他眉頭皺得更緊。怎麼夢裡，她這麼慘？明明他把她養得白白胖胖的……

他轉頭吩咐眾宮人、黃門出去。

馮憐容見就剩他們兩個，忍不住後退了幾步，靠緊了床榻，她低垂著頭，一點聲音都不敢發出來。

趙佑樘往前走兩步，伸手就把她摟在懷裡。

她一聲輕呼，身子繃緊了。

趙佑樘能感覺到她的緊張，柔聲問道：「妳怕朕？」

馮憐容不知怎麼回，微微抿了下唇，不敢隨便說話。

趙佑樘輕輕撫摸她的頭髮，只覺這頭髮也不似平日裡柔滑，不過這香味倒是熟悉，是忍冬花的味道。他嘴角挑了挑，垂眸又看看馮憐容，她略有些蜷縮。

年輕的臉看上去清麗又惹人憐愛，就是這副姿態讓人不太喜歡。他身為皇帝，要什麼女人沒有？她這等樣子只會壞了興致，若他不知是她，哪有閒工夫去哄著她、怕她受驚？

馮憐容啊馮憐容，難怪妳在夢裡只是淑媛。真是個老鼠膽子！

他捏住她的下頷。「妳以後不用怕朕，想說什麼便說什麼。」

馮憐容眼睛瞪大了。這是什麼意思？

「來，說說妳娘釀的葡萄酒。」趙佑樘抱著她坐到床上，笑著道。「妳不是很想見妳父母嗎？妳與朕好好說話，朕指不定就會讓妳家人進宮一趟了。」

「真的？」馮憐容的眼睛一下子迸發出光輝，她的五官立時生動起來。

趙佑樘道：「君無戲言。」

馮憐容輕聲道：「不過……不過皇上，為何要說這個？」

「哦，有回朕聽人說馮大人的娘子會釀酒，朕便有些好奇。」

馮憐容笑起來。「娘是會釀酒的，妾身入宮時，娘釀的葡萄酒就很好喝了，顏色也好看，娘覺得買葡萄貴，還買了田種葡萄呢。」

說起她的家人，她滿眼都是感情，可笑容裡卻又帶著哀傷，讓人不忍。

趙佑樘握住她的手道：「妳是不是生病了？」

「也不知。」馮憐容道。「金大夫說先看看，吃些藥試試。」

趙佑樘道：「金大夫，怎麼沒請朱太醫看？」

馮憐容又不知怎麼回了，只偷眼瞧瞧他。他單獨與她在一起，離得那麼近，他的手還握著自己的手，直讓她覺得好像在作夢，也許真是作夢，他不像他，對她那麼好。

趙佑樘說完才發現不對頭，也是，一個淑媛怎麼有資格請朱太醫。

「一會兒朕讓朱太醫來看看。」

馮憐容大吃一驚。「這不太好，皇上，妾身如何能讓朱太醫來看！」

「如何不行？朕的話，誰人敢不聽？」他垂眸看著馮憐容，見她花容失色，像是因受到這樣的厚待而不敢置信。雖然這是夢，可這情感卻那麼真實、人也那麼真實，好似她是另外一個馮憐容，活在這世界，做他的淑媛。

他低下頭猛地親住了她的嘴唇。

馮憐容唔的一聲，渾身無力。

他享受著她的甘美，又有一種奇特之感。吻得一會兒，道：「妳沒長手嗎？還不抱住朕！」

馮憐容連番被他嚇到，立時把手抱上來。

他吻了很久才離開她的嘴唇，低聲在她耳邊問：「如何，喜不喜歡？」

馮憐容羞得滿臉通紅。

「說。」

她不敢不說，只得道：「喜歡。」

她又怎會不喜歡？這是她原本就夢寐以求的事情，只是她不敢去想。現在發生了，她也不敢相信，就當是一場夢，已是到了這個境地，她還怕什麼？

趙佑樘把她慢慢放倒，二人纏綿在一起。

外頭的宮人、黃門個個都驚喜萬分，尤其是鍾嬤嬤，高興得都哭了，連連拜謝老天。

好一會兒，他才起來，因見她還在生病，倒是不敢太過盡興。「以後莫要這般拘束。」

馮憐容紅著臉，咬著嘴唇輕輕嗯了一聲。

她見他起身要走，這一走，或許這夢就結束了，馮憐容著急，忍不住大著膽子拉住他袖子。

他回頭一看，她滿眼依戀。

這一下，倒是有她的影子了。
趙佑樘道：「朕還會回來的。」
馮憐容高興，慢慢鬆開手，乖乖地拿來他的腰帶。
趙佑樘笑著道：「要不我封妳為貴妃？」
「啊？」馮憐容大驚，連連搖頭。「妾身何德何能，再說，皇上不是要封寧妃娘娘為貴妃？」
「寧妃，誰？」趙佑樘挑眉，在夢裡，他當真有好幾個寵妃不成？
馮憐容遲疑了一下。「是蘇琴娘娘啊。」
趙佑樘無言。這夢裡，竟然還有蘇琴？
「她當什麼貴妃？」趙佑樘道。「便是妳了，朕這就召見禮部尚書。」
他很快走了出去，一邊讓嚴正請朱太醫給馮憐容看病，結果路上就遇到兩個妃嬪，除了蘇琴外，另外一個他並不認識，趙佑樘伸手捏了捏眉心。「這兩個……」
嚴正問：「皇上是說寧妃娘娘與昭儀娘娘？」
看來是自己的寵妃，趙佑樘抬頭看去，蘇琴還是那般模樣，論容貌，確實是頗吸引人，至於那個昭儀，他怎麼也想不起來。
可見並不是真實的人，倒不知馮憐容嘴裡說的，好幾個寵妃，可是她們？他與她作的是不是同一個夢？
趙佑樘有些糊塗。怪不得說莊周夢為蝴蝶，蝴蝶不知莊周。人在夢裡，也是不知今夕何夕，身在何處，可管他呢，這兒有馮憐容就夠了，多有意思。

趙佑樘見二人上前請安，問道：「妳們可知馮淑媛生病了？」

那昭儀一愣，回道：「回皇上，好似聽說過，只不知嚴不嚴重。」

趙佑樘眼眸微微一瞇。「既知生病，妳為何不請太醫去看看？總都是妃嬪。」

那昭儀被噎住，有些不敢相信。

蘇琴在旁邊也感到納悶，那馮淑媛雖說是潛邸老人，可並不得寵。皇上今日突然起興去傾雲閣，也是出乎她意料，聽說還臨幸了，更是讓她吃驚。

趙佑樘看了便很惱火，暗道，馮憐容妳在這夢裡，怎麼就這麼讓人瞧不起！

趙佑樘道：「以後妳們不要叫她馮淑媛了，朕打算晉封她為貴妃。」

這話不亞於晴天霹靂，那二人不敢相信自己的耳朵，尤其是蘇琴，因趙佑樘原是要封她為貴妃的，那馮憐容憑什麼？常年不得寵，也無子。

蘇琴面色已發白，原先只當趙佑樘愛她，看來也不過如此，君王之愛當真是如煙花一般。這等侮辱，她也不想受著，轉身就走。

那昭儀撫著自己肚子，卻是強笑道：「馮淑媛當真是有福氣。」

她肚子裡有他的孩子，以後總是不差的。

趙佑樘看她一眼，心道，這二人一個自恃才華，清高萬分；一個擅長演戲，深有心計。什麼東西！竟然還是他的寵妃？這二人，怎麼看都不是真心喜歡自己的。

趙佑樘過幾日就晉封馮憐容為貴妃。

既然是夢，沒有什麼事不能做。他心頭不解恨，只隔一日就廢了方嫣，封馮憐容為皇后。滿朝譁然，可趙佑樘不在乎。馮憐容得他寵愛，日漸就豐盈起來，病也好了，她不再害怕他，與他漸漸親近，二人感情越發濃厚，她甚至還有喜了……

不過趙佑樘沒等到她生下來，就被搖醒了。

他睜開眼睛一看，原來已是夜晚。

馮憐容急道：「真怕皇上也跟妾身一樣不醒呢，幸好。」她彎下身子扶他坐起。「該用膳了。」

趙佑樘藉著燭光看她，忽地一笑道：「朕也在夢裡看到妳了。」

馮憐容驚訝道：「真的？」

她說「真的」的時候，眼眸與嘴角總是微微彎起來，像個驚喜的孩子，讓人看著就喜歡。

趙佑樘伸手捧住她的臉頰，印上一吻道：「自然是真的，且朕已經封妳為皇后。」

馮憐容迫不及待就叫他說夢中之事，聽完後，眼裡滿是淚花，伏在他懷中道：「難怪當初……是妾身太笨拙了，不知皇上喜好。」

若是一開始她就如此，當年也不至於悲慘、白白錯過。

趙佑樘拍拍她腦袋。「不過是夢，瞧妳傷心成這樣！放心，在夢裡妳過得很好，別人都稱妳仁善娘娘呢！成天往外撒錢、救苦救難的。」

馮憐容噗哧一聲又笑了，過得片刻，她抬起頭道：「皇上，妾身喜歡你。」

趙佑樘一怔。

「好喜歡、好喜歡、好喜歡。」她一字一字都說得情動無比。

趙佑樘臉頰竟是有些熱，柔聲道：「朕知道。」

馮憐容湊過去親他，在她嘴唇將將要到的時候，他道：「朕也喜歡妳。」

尾聲

今年的上元節不同往日，因趙佑樘答應過馮憐容，故而她可以回娘家——當然，還是得低調行事，不讓人發現。

馮憐容高興到前一天晚上睡都睡不好，一大早起來就吩咐宮人、黃門收拾這個、收拾那個，都是她要帶回去送給家人的。

趙徽妍鼓著小嘴道：「父皇真壞，居然不准女兒跟去。」

這事兒她幾個孩子也知，可再三請求趙佑樘，他就是不准，所以趙徽妍生氣著呢。

他們都說她最得父皇喜歡，可哪裡比得上母后？現在母后要什麼就有什麼，哪怕是天上的月亮、星星，父皇也會想法子給她摘下來。

「母后去求求父皇呀。」趙徽妍只好找馮憐容下手。「母后說的話，父皇肯定准許。」

馮憐容道：「我又不是沒求過，妳父皇什麼脾氣妳不知道？我再說下去，指不定連我都不准。」

趙徽妍氣道：「原來母后是為了保自己呢！」

馮憐容笑道：「那當然，母后在這宮裡多少年了，才能回家一趟，能被妳一個小丫頭給毀了？妳乖啊，等這回我見過妳外祖父、外祖母，以後自會幫妳求情，讓妳也出去玩玩。」

趙徽妍哼一聲。「討厭。」

見她扭身走了，馮憐容也不管她，趙佑樘說不能太寵溺孩子，想想也是，他們還小，一旦習慣出去，只怕宮裡一點兒都待不住。那可不是亂了規矩？趙佑樘還是很有原則的。

趙承衍跟趙承謨一會兒也來了。

趙承衍手裡提著一盞花燈，笑咪咪道：「娘，這個送去給廷譽玩。」

廷譽是馮孟安的二兒子。

馮憐容瞅一眼，笑道：「你二表弟還差這個？」

他們馮家現在是富貴盈門，錢多到花不完，唐容經常為此發愁，問馮憐容要不要拿一些？或者填充國庫也好，不過趙佑樘哪裡肯，送給岳父、岳母的東西拿回來，豈不是讓天下人恥笑，故而這錢還是每日在增多。

馮澄與唐容每回出遊，就拿一些救濟窮人，也算是添些功德。

趙承衍聽馮憐容這麼說，嘿嘿笑道：「這不一般啊，母后，您看著。」他伸出手一碰花燈，那花燈竟然轉了起來。

這還不神奇，神奇的是轉起來的時候，上頭畫的花鳥跟活了似的，馮憐容看得目瞪口呆。

「不是外頭能買到的。」趙承衍笑道。「專程叫宮裡巧匠做的，價值千金。」

趙承謨道：「還有三盞，一盞給妹妹、一盞給弟弟。」

「那另外一盞呢？」馮憐容問。

「給母后啊。」趙承謨從身後取出一盞，只見上頭畫了一個美人兒正在放風箏，微微仰著頭。花燈轉起來的時候，那風箏似真在天上飛一般，美人的笑容也像是緩緩蕩開。

馮憐容眉眼彎彎地笑。「真好看，那母后等會兒就拿著去你們外祖家玩。」

趙承謨遞給她，馮憐容瞧他一眼，問道：「這莫非是皇上畫的？」

趙承謨眨眨眼睛。「母后知道就是了，切莫說出去，其實做花燈也是父皇吩咐的。」

趙承衍斜睨他。「父皇叮囑的，你還都說了。」

馮憐容伸手摸摸趙承謨的臉。「還是阿鯉最乖，放心，母后假裝沒聽見。」她拿起花燈，仔細瞅了瞅那美人兒，因畫有些小，並不十分清楚，可怎麼看都跟自己有點兒像。

也是，他除了畫她，還能畫誰呢？誰教他只喜歡自己一個。

馮憐容沾沾自喜又很是驕傲，這種感覺就像得到了整個天下。

何嘗不是？於她來說，趙佑樘本來就是她的天。

馮憐容笑嘻嘻地提著花燈走進屋。趙徽妍跟冬郎也得了花燈，已經拿著玩起來。

天暗下來時，馮憐容換了一身尋常的衣服。她已經在暗暗想像，家人見到她會是怎樣一種表情？想著又嘆了口氣，那個家，她離開十幾年了，人是物非，小院子換成了大院子，已不是自己所熟悉的地方了，但是那麼寬大的宅院，他們定然住得很舒服。

馮憐容坐著馬車前往宮門，待到路上，馬車忽地停下，門簾一掀，就見趙佑樘的頭探進來。

「皇上？」馮憐容笑起來。「皇上來送妾身了？」

「誰送妳？」趙佑樘不只頭探進來，整個人也進來了，往她身邊一坐。

馮憐容側頭看著他，奇怪道：「莫非皇上要帶妾身去哪兒？」

可她是要回家啊。

趙佑樘道：「就是去妳家。」

「什麼！」馮憐容的眼睛瞪大了。「皇上，要去……妾身家？」

「不行？」

「不行。」馮憐容把頭搖得像波浪鼓。「不行，他們會嚇到的，皇上在，他們都不敢好好說話，皇上還是挑別的地方去玩吧。」她搖著他的袖子。「皇上～～」

她即便撒嬌了，趙佑樘也不理，淡淡道：「朕去岳父、岳母家看看怎麼了？別囉嗦。」

馮憐容不敢說話了。

過一會兒，馬車出宮，馮憐容忍不住問：「那皇上是一早就打算與妾身去的？怎麼沒告訴妾身？」

趙佑樘嘴唇動了動。其實他一開始不想去，可不知為何，在馮憐容要走前，他就開始坐立不安，一會兒問嚴正今兒會不會下雨？一會兒又問路上有沒有宵禁？又問派了多少護衛去？縱使答案樣樣滿意，他還是坐不住。也不知是不是因那次她出事的關係，馮憐容一旦要離開皇宮，與他相隔有些遠，他就心神不寧。

馮憐容看他不回答，忽地笑了笑道：「皇上想去也沒什麼，說起來，妾身不知道幻想過多少次，皇上能與妾身一同回娘家，跟尋常夫妻一樣。真去了，倒圓了妾身的願望。」

「哦？」趙佑樘挑眉。「那妳怎麼不早說？」

馮憐容倚到他懷裡。「不過是奢望。」

趙佑樘嗤笑一聲。「妳最大的奢望都達成了，還在乎這個？」他伸手捏她耳朵。「妳這是貪念！果然朕太縱容妳了。」

「妾身也很縱容皇上啊。」馮憐容掰著手指頭道：「給皇上掏耳朵、剪指甲、洗手、沐浴，包粽子、按摩、梳頭……哦，還有生孩子。」

趙佑樘道：「生孩子也算？」

「當然了！」馮憐容道。「不過這是妾身的肚子縱容你。」

趙佑樘哈哈笑起來，把手放她肚子上，戲謔道：「肚子啊，那妳還得再縱容朕幾回，再來兩個孩子吧。」

馮憐容道：「再來，得要女兒了。」

「兒子、女兒都一樣，反正三個兒子，朕也知足了。」趙佑樘說著，倒是想起立太子一事。他還沒有作下決定，不過已經讓兩個兒子平日處理些事情，有時候奏疏也會讓他們看看，各自擬個答覆。要說在掌握全局上，定是趙承謨出色些，可這孩子內斂深沈，也不是能一眼看到底的，而趙承衍就簡單得多。

趙佑樘把身子往後靠去，面色沈靜。

馮憐容知道他又在想事情，便沒再打擾他。

馬車很快就到馮家大院。

唐容早已不管事，吳氏正吩咐下人擺菜，她儼然是馮家的掌事夫人，聽到有人來稟，說有客人，當下有些納悶。因上元節，尋常也不走親訪友，都是在家中團聚，現在怎會有客人？

吳氏跟著出去，誰知道從馬車上走下一人，穿著深紫色錦袍，面如冠玉，不怒而威，吳氏只看一眼，腿都軟了，剛要跪下去，嚴正快步上去，耳語幾句，吳氏才勉強站直。

車上此時又走下一人，自然是馮憐容。

吳氏這下倒是有心理準備，皇上不會無緣無故來他們家，定是與馮憐容有關，她對馮憐容卻沒有害怕的感覺，面上已是露出笑來。

她呼出一口氣，上前兩步親自迎他們進去，卻沒有稱呼，她不敢洩漏他們的身分。

至於府裡下人自然是不認識他們，只覺得這二人周身華貴，定是來自名門世家，難怪夫人會這般恭敬，又在心裡好奇這二人到底是誰？畢竟往常來往的家族他們都是知道的。

吳氏直接與他們去了正堂，馮澄、唐容正與兒子、孫子說話，就見吳氏領著二人進來。

吳氏知曉他們必定也很震驚，當下就先屏退下人。

門一關，除了趙佑樘與馮憐容，屋裡眾人全都跪了下來。

馮憐容嘆口氣，瞅一眼趙佑樘。她就說嘛，他去了，他們一家都得不自在。瞧瞧，過個上元節，還得先下跪磕頭呢。這雖然是她心願，可因趙佑樘的身分，總是格格不入。

趙佑樘聲音微低地道：「都起來，當朕是親戚。」

馮澄這輩子都沒想過皇帝會上他們馮家，還在糊塗呢，馮孟安就先起來了，他常見趙佑樘，二人算是親近。他扶著馮澄與唐容起來，其他人也陸續跟著。

馮憐容笑道：「爹、娘，相公一會兒也跟咱們用膳，你們莫要拘束。」

相公……

眾人都露出驚異之色。

馮憐容神態自若，他二人出去過幾次，她已是習慣了。
馮澄見狀暗道，這女兒真是膽子大，居然敢叫皇上相公。
唐容喜不自勝，與吳氏道：「那快些叫廚房多添幾道菜，什麼山珍海味，要他們都翻出來，看看……」
「不必如此。」趙佑樘打斷她，笑一笑。「阿容自小喜歡吃的，燒幾樣來。」
屋裡眾人的臉色又是一變，不過這變化是高興，可見馮憐容的地位有多高。
唐容聽到這話，越發喜歡趙佑樘，要不是因他是皇帝，恨不得就上去狠狠誇他一番，她一迭聲地道：「好、好，若蘭，妳快些去吩咐。」
馮孟安笑著看馮憐容。「怎麼沒把孩子們帶來？」
「相公不准唄，怕太慣他們了。」馮憐容心想，光剩幾個孩子，不知他們這上元節怎麼過？
趙佑樘看出她的擔憂，道：「朕已派人去同母后說了，母后自會叫他們去的。」
馮憐容想到花燈，笑著叫嚴正拿進來，朝馮廷譽招招手。「這是承衍、承謨送給你的，讓我帶來。」
「謝謝娘娘。」馮廷譽笑咪咪的行禮，他跟馮廷元一個性子，沈穩禮貌。又看看花燈，眼裡閃出光彩。「好漂亮的花燈！」
「我也有一個。」馮憐容把她那個晃一晃。「咱們拿著出去玩兒？」
馮廷譽連連點頭。二人走了出去。
說是玩，其實馮憐容還是想看看自個兒娘家如今是何等樣子？

、

趙佑樘隨後跟來，笑道：「就知道妳會到處走，這宅院如何？」

「大，真大。」馮憐容道。「比我原先住的地方大了十幾倍。」

「大些才好，你們馮家將來子孫滿堂，才不會擁擠。」

「那倒是。」馮憐容笑道。「母親常懊悔沒能給父親多生幾個兒子，說馮家子嗣單薄，幸好大嫂生了兩個，現在只巴望兩個孫子將來好好開枝散葉。」

趙佑樘笑了笑。「只要有朕在的一日，馮家總是好的。」

馮憐容握住他的手，放在臉上蹭了蹭。「謝謝相公。」

二人走了一會兒才把整個院子看完，回去正好用飯，桌上已經擺滿了美味佳餚。

馮澄仍不敢置相，跟唐容道：「真是稀奇事，皇上還能上臣子家用飯。」

「相公難道看不出來，還不是為咱們家容容。尋常臣子家，皇上會去？一會兒相公你輕鬆些，就當皇上是咱們女婿……啊，不對，本來也是，你別弄這些君君臣臣的一套，該怎麼樣還是怎麼樣，就跟以前上元節一樣。」

馮澄現在最聽娘子的話，一口應了，那邊馮孟安也叮囑吳氏與兩個兒子。

故而二人坐上八仙桌，旁人都儘量不拘束，說說笑笑，其樂融融，言詞間也是講些日常的趣事。

馮憐容本以為這次會忍不住哭，誰料此次在家中重逢，並無一滴眼淚，只有胸腔裡滿滿的幸福。大概這日子，她已經過得太甜如蜜了，家人見她如此得寵，更是沒有理由會哭，全都笑容滿面。

趙佑樘坐在馮憐容旁邊，臉上也帶著淺淺的笑意。

曾幾何時，他也幻想過與家人那樣融洽、甜蜜，有疼他的母親、有關懷他的父親，可他這一生，都不會有了。

他曾想過，他或許只會有國，不會有家，然而，他現在有了。

馮孟安笑道：「容容，妳以前最愛看花燈，一會兒去不去？現在京都的花燈比起往前漂亮多了。」

馮憐容連連點頭。後來想起什麼，才看一眼趙佑樘，水汪汪的眼睛裡滿是懇求。

趙佑樘自然不怪責她，笑道：「妳都答應了，還要我說什麼？」

馮憐容高興地在桌下握住他的手。「相公跟我一起去嘛。」

那撒嬌的語調也不掩飾，酥麻酥麻的，趙佑樘都替她臉紅，忙唔了一聲。她生怕他不肯，兩隻手都纏上來，成何體統。

眾人心領神會，偷偷地笑。

用完飯，二人就出去，本來馮孟安也要跟去，後來一想，何必打擾那二人，於是找個藉口拖延了。

馮憐容還跟小孩兒一樣，手裡提著花燈，因她戴著帷帽，旁人也瞧不見臉，不過花燈太過精緻，總有人盯著看，甚至還遇到富人上前詢問價錢，被趙佑樘一張黑臉嚇了回去。

「招搖過市，說的就是妳。」趙佑樘握住馮憐容的手緊了緊。

馮憐容嘻嘻一笑。「那麼好看的花燈不拿出來，放在家裡豈不可惜？也浪費了做這花燈之人的心血。」

趙佑樘冷哼道：「那也是為妳做的，旁人能看一眼都是天大的福氣！」

瞧這高傲的樣子，馮憐容抿嘴笑道：「等回去，我就把花燈供起來，看一整年可好？」

她眼裡閃著狡黠之色。

趙佑樘神色又冷淡下來。「關我何事？又不是我做的。」

馮憐容噗哧一聲笑了，抬頭指著遠處極為亮堂的地方。「那兒像是花燈最多，走，咱們快些去看看。」

她當先走在前面，趙佑樘幾乎是被她拉著走，兩旁行人如織，紛紛從身邊掠過，四周花燈璀璨，耀眼動人。他牽著她的手，行走在路上，彷彿跟著她，便可以抵達人間極樂。

馮憐容仰頭看著花燈，笑道：「當真比以前熱鬧得多，瞧那邊猜燈謎的有好多人，還有賣吃食的。」

她興致勃勃，很是興奮，拉著趙佑樘又去猜燈謎，卻不知茫茫人海，他眼裡只有她一個。

眼見馮憐容盯著個花燈在看，不知是何謎底。

他握住她的手越來越緊，一字一頓道：「執子之手。」

馮憐容眼睛一亮，叫道：「與子偕老，啊，原來謎底是這個呀！」

趙佑樘看著她眼睛，哭笑不得，捧住她的臉道：「是，我的謎底便是這個，執子之手，與子偕老。」

馮憐容才知他的意思，一時呆了。

他親上來，隔著面紗覆蓋在她唇上。

周遭人群一陣喧譁。

馮憐容的一顆心怦怦直跳，整個人都僵住了，暗道，怎麼會在街上？好些人啊！真羞死人了。

他放開她，拉著她就走，俊臉也不由泛紅。一時情動，竟是無法自持，他這一生，為了這女人，當真是犯癡了。

馮憐容這回跟在他後面，輕聲道：「什麼與子偕老？分明是三生三世，我下輩子、下下輩子也要嫁給你。」

趙佑樘腳步頓住，過了片刻，輕聲笑起來。「是為夫說錯了。」

馮憐容心想，他其實並不知，可她知，就是要三生三世，不，十生十世才好呢！

她快走幾步，與他並肩而行。

兩人十指交握在一起，她手裡提著燈籠，嘰嘰喳喳。他溫柔而笑，滿是耐心，就這樣融入了人群中。

好像世間所有情投意合的夫妻一樣，他們都祈望著平淡卻又永恆的幸福。

月光籠罩下來，一片祥和，正如這盛世。

——全書完

番外

圓了回娘家的心願，沒過多久，馮憐容又懷上了。

趙徽妍笑著安慰她。「母后，您不用擔心弟弟，好好養胎。」意思是帶弟弟的重任交給她。

「不過得給女兒生個妹妹！」她強烈要求。

她有三個兄弟，實在是夠了，就想多個妹妹，兩人好講些小女兒的心事。

馮憐容笑道：「多半是的，母后還不是想要個女兒，給妳作伴。」

趙承衍打趣道：「多個妹妹是好，可作伴，孩兒瞧著未必，等小妹長大了，徽妍得嫁人了吧？等不及了。」

趙徽妍臉一紅，啐道：「誰嫁人？我才不嫁！倒是你要娶妻了，母后還得操心。」

「操心什麼？」趙承衍不是個怕羞的。「差不多就行了。」

馮憐容抽了下嘴角。「終身大事，豈能馬虎？你父皇說的那幾位大人，做官是不錯，可他們的女兒什麼樣，總是不夠瞭解。」

趙承衍笑笑。「還不是怕母后勞累嗎？孩兒看三嬸，就是父皇指的，沒什麼不好，夫妻恩愛，情趣相投。」

「這倒也是。」馮憐容點點頭，不過她的兒子，總是不同的，她肯定要多花些心思。

見她沈思，趙承謨道：「大哥的婚事，母后還是等生下孩兒再說，不急於一時。」他怕母親分心，更是累了。

趙承衍聽得一聲笑。「是啊，等以後，把我跟三弟的婚事一起操辦了。」

「胡說。」馮憐容瞪大眼睛。「你啊，越大越不正經，這等事兒能一起辦了？還有你二弟，說起來，他倒是還不想回來？」

「今年興許要回了。」趙承衍道。「他是樂不思蜀，等我成親後，住到外頭，我也得出去見識、見識。」

馮憐容瞅他一眼，有點兒哀怨之色，趙承衍忙道：「自然會常回來的。」

幾人正說著，趙佑樘也來了。三個孩子很識趣，見過後就要告辭，唯有冬郎還小，伸出手要趙佑樘抱。

冬郎的性子既不像趙承衍大大咧咧，也不像趙承謨沈穩內斂，大一些卻是個黏人的性子，每回父母抱上他，就甩不開手，有時候還賴著睡著了，故而一開始馮憐容才擔心，怕自己沒空照顧冬郎，幸好趙徽妍從小就帶著這個弟弟。

趙佑樘抱起冬郎，笑道：「吃過飯了？」

冬郎點點頭，把小腦袋擱在父親的肩膀上，趙佑樘一隻手摸著他腦袋，一邊跟馮憐容說話。無非也是往日裡說的，要小心身體，直到三個孩子走了，他才說到立太子。

因趙承衍到底大了，沒兩年就得成親，若還沒有定下來，少不得會影響朝堂，馮憐容道：「就如皇上想的，立承謨吧。」

趙佑樘奇怪。「朕怎麼想，妳知道？」

「自然，若是要立承衍，他是嫡長子，名正言順，哪裡需要思來想去。」她多少知道他的心思在立太子一事上，還是有過猶豫。

趙佑樘笑笑，伸手摸她的頭。「皇后還是很聰明的嘛，不過……」

馮憐容道：「承衍才不想當太子，剛才還在這兒說等成親了就住出去，聽聽，他早就想好了。」

要不是怕趙佑樘，趙承衍一準兒早跟他提出，但趙承煜常同他說，這等事不是他們好作主的，故而只在馮憐容面前露出這些意思；至於趙承謨，他不曾推脫，可見是想當太子的，一個想當，另一個不想當，一個合適，另一個不合適，那麼，還有何猶豫？

其實馮憐容從來也不把這當大事兒，反正都是她兒子，只要兄弟幾個感情好就行。

趙佑樘看她說得隨意，有些無言，可想想又覺得也就是這麼回事，他一早便選好了，既然趙承衍沒什麼不高興，立就立了。

隔了兩日，他就召見禮部官員，宣告天下，立趙承謨為太子。結果宮裡、宮外風平浪靜，什麼事兒都沒有，可見那些人也早猜出來了，沒有人不服。

趙承衍鬆了口氣。他心底哪兒不知道太子的重要，可這些年，他早看出來了，三弟比他聰明，景國將來交到他手裡，誰都放心，這樣是皆大歡喜的事情。

這年十月中，馮憐容生了兩個孩兒，一男一女，趙佑樘十分歡喜，他印象裡，好似本朝都沒有這等喜事。

「妳這肚子是越來越厲害了，一來就兩個。」趙佑樘一手抱一個給她看。「一模一樣的，就是有個胖點兒，有個瘦點兒。」

剛才馮憐容在裡頭生孩子，他就開始等著，生怕出點事情，她平安了，他才放心，急著進來，連兩孩兒身上的衣物都是他親手裹上的。

馮憐容忙問：「哪個瘦？」

「女兒瘦。」趙佑樘道。「妳別擔心，朕會命人多看顧她一些，瞧著還是很好的。」

馮憐容探出頭，果然見兩個孩子都安安穩穩，稍稍放心。

趙佑樘拿手巾替她擦一擦汗，眼見她疲勞得很，不知用去多少力氣。他微微嘆口氣，握住她的手道：「這回生了兩個，朕也知足了，以後妳也別生了。」

馮憐容半合著眼睛。「怎麼著，那你不找我了？」

就這分上，還光顧著吃醋。

趙佑樘好笑。「睡一會兒吧，等會兒起來吃點東西。」

他見幾個孩子要進來，擺擺手叫他們出去，省得又打擾馮憐容。

馮憐容也真的累了，說完話就睡著了。

趙佑樘把兩個嬰兒抱給孩子們看，四個人都睜大了眼睛，萬分高興。

趙徽妍搶著道：「以後小妹都我管，她是我妹妹，專管陪著我的。」

冬郎抬起頭看看她。

「放心，姊姊不會忘了你，你也幫著看妹妹。」

冬郎這才歡喜地點點頭。

四個孩子圍著就不走了，趙佑樘道：「弟弟、妹妹要歇息了，你們各自忙去，晚些再過來。」

他叫來兩個奶娘，一人抱一個。

馮憐容睡了一會兒起來，見過兩孩子之後，就與趙佑樘吃了一頓飯，她還惦記著趙承衍的終身大事。

「一早就說了，等生完得忙他的婚事。」

趙佑樘道：「朕不是叫妳挑著，怎麼，這幾個沒個看上眼的？」

「倒也不是，只是沒見著人。」馮憐容眼睛一轉。「年後上巳節，皇上不是打算與那些大臣出遊踏春嗎？妾身看，不如挑了那幾家一起去。」

趙佑樘哈哈笑起來，揶揄道：「妳是自個兒想出去吧？還拿兒子當藉口。」

「哪兒呢，出去是想出去……」馮憐容搖著他的袖子。「可也是兩全其美，那兒媳婦，我得看看，若是他自己喜歡，我也不阻止。」

看她那大圓臉，肉嘟嘟的，像個包子，趙佑樘道：「妳就這麼出去？還得坐月子呢！」

「生得多了，月子不用太久。」馮憐容瞧他盯著自己的臉看，忙拿手捂著，急道：「過段時間就瘦了，你別看了！」

「下回都不生了，要看胖臉兒還沒得看，趕緊把手拿開。」

馮憐容死活不拿開，可她坐在床上用膳，能躲到哪兒去，被趙佑樘一把抓住，硬是好好看了一回。

馮憐容淚流滿面。

快要到上巳節，趙佑樘還是依著她，點了那幾個官員以及女眷一同出遊踏青。

那會兒馮憐容已然恢復好了，與趙徽妍兩個像姊妹一般嘰嘰喳喳的，說出去踏春穿什麼好？帶什麼吃的？兩個人商量完，就吩咐下去。

趙徽妍道：「要不要也帶冬郎去？」

「自然要去了，可憐的孩子，將來也得關在宮裡不給出去。趁著小，還不懂事，帶他出去看看。」

趙佑樘對兒子管得極嚴，不輕易讓人出宮門，馮憐容已經在心疼冬郎。

趙徽妍轉頭替冬郎挑衣服，馮憐容看她很是仔細，笑道：「妳將來定是個好母親。」

趙徽妍臉一紅。「母后說什麼呢！我才不嫁，就陪著母后在宮裡了。」

「宮裡有什麼好？外頭才好玩！要不是妳父皇，我跟妳說，我早偷偷溜出去了。」馮憐容道。「妳將來嫁出去了，母后也能經常去看看妳。」

趙徽妍噗哧笑了，覺得母親越來越像孩子。自母親懷上那胎後，都是她幫著處理宮中事務，沒有做不好的，還真擔心她嫁人了，母親會累著。

「母后，女兒就喜歡在宮裡，外頭再如何，總是離父皇、母后、哥哥、弟弟遠了。」趙徽妍抱住馮憐容的腰，臉貼在她胸口。

馮憐容摸著她腦袋笑了笑。

這麼好的女兒，得挑個什麼樣的駙馬才配得上？馮憐容一聲嘆息。

到那日，一切都準備好，眾人浩浩蕩蕩地出遊，這回也沒避著百姓，引得京都街道人滿為患，個個都出來瞧皇帝、皇后，還有皇子、公主們。

馮憐容與趙佑樘一起坐在龍輦上，倒是有些緊張，自從當了皇后之後，還是第一次面對這種情景。

馮憐容叫趙佑樘看。「可有哪裡不妥的？」

趙佑樘笑道：「那麼遠，他們哪兒看得清？妳坐直便是。再說，走近了，哪個不是跪著，妳怕什麼？還怕百姓覺得妳不夠美，不能當皇后？」

馮憐容暗地裡捶他一下，輕聲道：「討厭，怎麼就不夠美了？可美了！」

她微笑著，嘴角翹起，梨渦掛在臉上，還帶著女孩兒的嬌憨。

趙佑樘道：「嚴肅點，母儀天下也得有個樣子。」

馮憐容忙又不敢笑了。一路到城外，她才鬆了臉皮。

趙承衍與趙承謨打馬上來，笑道：「母后，他們都在誇您好看。」

馮憐容笑得開心，兄弟兩個也跟著笑。

馮憐容跟趙承衍道：「一會兒我叫那幾位姑娘隨我走走，你找機會看一眼，喜歡就是喜歡，不喜歡也罷了。」

趙承衍嫌麻煩，但也答應了。

馬車行走了一陣子，到得綠草如茵之地，慢慢停下來。

這次趙佑樘帶了不少官員出行，馮孟安自然也在其中，因馮家兩老年紀大了就未跟來。

那些誥命夫人見到皇后，紛紛上前問安。

馮憐容原先在宮裡也接見過命婦，這個倒是習慣，她笑著叫她們不要拘謹，眼睛卻已經朝後面幾個姑娘看過去。

身在官宦之家，都是有眼力的，原本皇上為彰顯太平盛世、與民同樂，請官員同遊，並無須邀請女眷。可現下不僅邀女眷同遊，且那幾個官員的女兒皆正當待嫁年齡，這就不得不耐人尋味了。

命婦們各自領著女兒前來拜見，心思不一。

那些姑娘都是大好年華，馮憐容瞧在眼裡，不免想到當年的自己，心情也有些複雜，見到有目光躲閃的夫人、姑娘，她都記下來，想著以後必是不能要的，畢竟勉強別人，對雙方都不好，到底不是所有人都願意與皇家結親。

排除這些人，也就沒幾個了。

趙佑楨的妻子金氏與馮憐容走在前面，輕聲笑道：「模樣長得倒都不錯，言行舉止也大方。」

馮憐容點頭。「是啊，都是實打實的大家閨秀。」她頓一頓，聲音低了些。「雖然也不是個個都好，可一會兒承衍來，他若是看上哪個，還是得隨他。」

金氏聽到這句，有些猶豫，問道：「若他瞧中那王姑娘呢？」

剛才馮憐容也是指那一個，雖長得秀美，卻有些輕浮，說不出的不踏實，不像是個本分的人。

她腳步一頓，因這問題可難答了。

「妳說呢？」她反問。

金氏笑起來。「娘娘，我孩兒還小，倒是沒想過。」

馮憐容性子特別寬厚，故而金氏敢與她開玩笑，這個問題又被丟回來。

馮憐容嘆氣。「我原先以為帶大他們已是不容易，沒想到還那麼操心，看來父母之命、媒妁之言，也不是全不好。」

一個人做了母親之後，總會慢慢發現很多原先不曾思考的問題。比如，她一開始覺得該讓兒子自個兒選個喜歡的對象，到現在才發現，若是真這麼做了，萬一不如她的意，又有些麻煩。

果然說養兒一百歲，長憂九十九。

金氏看她擰著眉，又笑著寬慰說：「承衍這麼聰明，應是會辨別。」

卻說趙承衍兩兄弟這會兒得空，嚴正就要領著去看人。

趙承謨一拍兄長的肩膀。「哥哥看好了，我就不去了。」

趙承衍恨得牙癢癢。「這你都不陪我去？你去哪兒玩？反正閒著也是閒著，你也替我看看啊！」

「又不是我的娘子，我看什麼？哥哥你自個兒用心些。」他拔腳就溜了。

趙承衍只得硬著頭皮上。他琢磨著，這一去，不是他看姑娘們，而是一眾命婦與姑娘們看他，想著就渾身難受，就那情景，他還真能分心到處看？

可母后都那麼說了，他也不好拒絕。
趙承衍走去露個面，果然如他猜測的一般，那些目光齊刷刷落在身上，當然，姑娘們矜持，不敢如此直率，可命婦們看一看，實屬正常。
馮憐容叫他坐在旁邊，趙承衍不肯，胡亂說道：「母后，便這樣了，孩兒還有事。」
他可不好意思真的把一個個姑娘看過去。
馮憐容跟金氏道：「沒想到這孩子這麼害羞。」
明明平日裡大咧咧，怎麼這節骨眼上還臉紅，看來這選擇權還是落在她這個母親手裡了。
金氏笑道：「大皇子這是信任娘娘。」
馮憐容壓力很大。「可我也怕選不好。」她甚至叮囑趙徽妍。「妳也給妳大哥好好看看，他自己偏不選。」
趙徽妍笑咪咪道：「早看好了。」
她是公主，不似馮憐容因身分的關係，不好與那些姑娘太過接近。因她的年齡相當，早前就與那些姑娘說過話了。
她在馮憐容耳邊道：「那周姑娘不錯，知識淵博、文靜有禮，像大哥這樣的，就該選個懂事的娘子。」
馮憐容一想倒是，趙承衍雖然是大兒子，可實際上心性並不成熟，其實還像個小孩子呢，怪不得終身大事也不知道上心，只怕還得過幾年才能好一些。
她又與金氏說，金氏也是點點頭。

馮憐容就把注意力多數放在那周姑娘身上。

趙承謨很晚才來，趙徽妍道：「三哥，你之前怎不與大哥一起來？害得大哥沒人陪，一眼都不敢看。」

趙承衍一把捂住她的嘴。「妳別胡說，什麼叫不敢看！是我懶得看罷了。都是姑娘，有什麼不一樣的？」

趙承謨哈哈笑起來。

趙徽妍被他捂著，憋得臉也紅了，一腳踩在趙承衍的靴子上，趙承衍痛得跳起來，手自然就放開了。

見趙徽妍咯咯直笑，趙承衍又要去抓她，兩個人你追我鬧，只不過趙徽妍穿著裙衫總是不方便，一下就往前摔了，宮女們嚇得尖聲叫起來，離得遠也來不及扶。

在她身子將要碰到地面的時候，一隻手猛地抓住了她的領子，像提小雞一樣提起來。

趙徽妍整個人在空中盪了一圈，才被放在地上，她抬起頭就看見一雙漆黑的眼睛，像是星子一般，亮得驚人，她甚至能在他的瞳孔裡看到自己的倒影。

「你是誰，竟敢碰我？」趙徽妍下一刻就想到剛才的情景，伸手就往他臉上搧過去。

那人一把攔住，挑眉道：「下官負責公主安全，卻不知哪裡做錯，要受這等懲罰？」

這話她倒是不好反駁。若那人不及時抓住她，她定是要摔倒在地。

趙徽妍氣得牙癢癢，正當要收回手，才發現自己的手腕正被他握著，她的臉一下子通紅，斥道：「你還不放開？」

那人也才察覺，英俊的臉上浮起緋紅，低聲道：「得罪。」

趙徽妍一甩袖子離開了。

趙承衍見她這表情，當下自然不鬧了。

趙徽妍道：「那人是誰，我以前怎不曾見過？」

順著她手指的方向，趙承衍看了看，笑道：「那是盧將軍之子盧城，前幾日才被調來當禁軍統領，怎麼，剛才他扶住妳，還不好了？」

那幕他也看見了，回想下只覺好笑。

說起來，盧城的力氣真不小，妹妹在他手裡跟什麼似的，恐怕都能當袖箭給甩出去，難怪說他神勇無雙。

看他還笑，趙徽妍咬咬嘴唇走了。她這手，除了家人、服侍的奴婢外，從未被人碰過，現在好端端被個陌生的男人抓過，滿心不舒服。

這天她就很不高興，馮憐容問起，她也不說。

踏青回來，趙佑樘問馮憐容：「看了又看，可挑好兒媳婦了？」

馮憐容笑道：「有個周姑娘很好，但是我瞧著另外一個齊姑娘也不差。」

趙佑樘點點頭。「齊洛為人正直，他女兒當是不錯，不過周家也甚合朕心意，就看妳自個兒選吧。」

馮憐容嘆口氣，向趙佑樘訴苦。「只挑一個就好累，還有承煜、承謨呢，以後還有冬郎幾個。」她抱住他的胳膊。「頭好疼，還是皇上選好了。」

趙佑樘感到好笑。「哦，那就周姑娘了，朕擇日就叫承衍娶她。」

「就這樣？」馮憐容道。

「就這樣。」趙佑樘拍拍她腦袋。「妳不是嫌麻煩嗎？朕替妳解決。」

「可皇上這也太草率了，皇上都沒見過周姑娘！」

趙佑樘哈哈笑起來。「妳看吧，朕這麼做妳又不放心。妳好好選吧，就算選不好，朕也不會怪妳，到時候休了就是，怕什麼？朕的兒子，要什麼女人沒有？」

馮憐容眨巴著眼睛看他，一臉無奈。這就是做娘跟做爹的區別，她深深體會到了！

後來選來選去，還是周姑娘最合適。

馮憐容問過趙承衍，他並不反對，當下就與趙佑樘商量，隨後把婚事定了下來。

到九月初，趙佑樘封趙承衍為齊王，並賜了齊王府，眼瞅著趙承衍就要娶妻，馮憐容又滿心不捨得。

親手撫養大的孩子，一眨眼竟是要成親了，以後日日見不著，還要住到外頭，思及此，馮憐容晚上都睡不好。

趙佑樘看她翻來覆去的，披衣起來問道：「朕是不是該下一道聖旨，叫周家姑娘別嫁了？省得妳沒法睡。」

馮憐容笑了，也坐起來，把腦袋擱在他肩頭，與他說起玩笑話。「皇上真肯？」

「妳願意，朕就肯。」趙佑樘伸手在她胸口摸了把，只覺滑膩豐盈，手就不肯放了，在她耳邊道。「朕為妳做的事還少？如今妳為了一個孩子的事情，倒是只知道把朕撂一邊。」

馮憐容臉紅起來。「還不是怕皇上累著。」
趙佑樘道：「朕不累。」
做這種事豈有累的時候？
馮憐容這會兒身子也軟了，順勢就攤在他懷裡，勾住他脖子，把嘴唇湊上去，二人大半夜就折騰起來。
鍾嬤嬤年紀大了，早就不值夜。寶蘭在外頭聽到，穿了鞋出去，叫人準備熱水，只是也沒用著，那二人纏綿過後，擁著就睡了。
馮憐容醒來時，覺得渾身濕漉漉的，很是難受，又見趙佑樘竟然還沒去早朝，當下就想笑。還說不累呢，他現在已不是年輕的時候，白天有那麼多政事處理，又要批奏疏，晚上還得陪她，又不是鐵打的。
馮憐容沒有吵他，輕手輕腳要下床，可趙佑樘還是醒了，抓住她的手又拉到懷裡。「去哪兒，不陪朕睡著？」
馮憐容道：「都日上三竿了，皇上。」
趙佑樘猛地睜開眼睛，果然周圍一片大亮，當下就有些尷尬，昨兒還誇自己勇猛，結果早朝都沒去，他咳嗽一聲。「繼續睡，本來也不打算去，反正有妳哥哥看著。」
馮憐容也不拆穿他，又躺下來。趙佑樘一把摟住她又睡著了。
這一睡直接睡到下午。
趙徽妍午時想來陪馮憐容用膳，誰知道剛到門口，就見寶蘭守在那兒，她自然知道怎麼回事，當下臉一紅轉身出去，心裡又暗暗高興。
身為女兒，哪個不希望自己的父母恩愛？
她笑著走到路上，結果迎面就見盧城走過來，她的小臉立時繃緊了，自從她的手被他碰過之後，不知怎麼回事，總覺得心裡不舒服，偏偏自個兒在宮裡還總看見他。
他鎮定自若，見到她也沒異樣，好似從來沒發生過那件事情，倒像只有她擺在心裡。
趙徽妍來氣，手一擺道：「今兒我要清理書房，人手不夠，你們也來。」
盧城淡淡道：「此事不在下官負責範圍之內。」
趙徽妍挑眉。「怎麼不是？我說是，就是！」
公主刁蠻起來，誰也沒有辦法。
盧城感到有些好笑，其實趙徽妍平日不是如此，雖有些驕縱，但宮裡日常事宜她都管得很好，也不知怎麼就無理取鬧起來。
「既然公主執意要求，下官自會聽從。」
盧城回頭吩咐護衛，各處都交代了一下，極為細心。他語氣沈穩，身姿如松，比起她的哥哥們，更顯英氣，從側面看過去，尤其英俊，五官像是刀刻一般。
趙徽妍忽然覺得心跳快了。她抿一抿嘴唇，當先前往書房。
這書房不是趙佑樘的那處，而是後來重新修葺、專給他們幾個孩子的，當然，皇親國戚得到批准，也能來此借閱。
趙徽妍道：「我看有些書都生蟲了，你們抱出去曬一曬，其餘的也拿下來，把書閣打掃一下。」

護衛們聽從。

盧城是統領，本不需要親自動手，可趙徽妍看他只知道指揮，心頭無名火起，說道：「你也去！」

盧城一怔，回眸瞧著她。

趙徽妍忽然就有些心虛，往後退一步，結果腳下正好有一堆書，她的腳踝撞到了，身子一晃就往旁邊側過去。

盧城忙伸出手拉住她。「公主請小心。」

他仍是很鎮定，並沒有絲毫侷促之感。

趙徽妍不知為何覺得很委屈，她是天之驕女，既漂亮又聰明，原先誰見到她都會喜歡，她在任何人面前也都是遊刃有餘，可這個人好端端的卻要扶她，抓了她的手腕，又常出現在她面前，弄得她心神不定……

她想著，水汪汪的眼睛就蓄滿了淚。

身後宮人都嚇呆了。不知多久，她們不曾見過趙徽妍哭泣。

趙徽妍看著盧城，恨得牙癢癢。

見她像個露出尖爪的小貓，盧城忽地一笑，他笑起來的時候，那麼溫柔，一絲冷峻之色都沒有，誰見了都會沈溺進去，再也不想出來。

「屬下這就去搬書，公主莫哭了。」他輕聲道。

趙徽妍更傷心。
誰料盧城接下來竟伸出手，從宮人手裡拿過帕子，遞到她面前。
趙徽妍抬起頭，怔怔地看著他，此刻他的眼眸裡滿是情意。
誰說他不喜歡她？只是不曾想過她會期待自己喜歡她。
這事兒傳到馮憐容耳朵裡的時候，她瞪大了眼睛，吃驚道：「此事是真的？那盧城如此大膽！」
那是她寶貝女兒，怎麼能被人惹哭了！
她這邊生氣，那邊趙佑樘更是惱火，喝道：「來人，把盧城抓了！」
結果趙徽妍急急忙忙過來阻止。
她已知道盧城的心意，豈會讓父母把盧城給治罪？她喜歡他，她要嫁給他！
馮憐容急死了。「徽妍，妳怎麼這麼任性？妳的終身大事，總得妳父皇與母后來過問，哪有妳這樣……」
簡直就是私訂終身。
可趙徽妍並不怕。「母后還讓大哥自個兒選的，為何輪到女兒，就不行？」
這話把馮憐容問住了，抬頭看向趙佑樘。
趙佑樘仍在生氣，斥道：「盧城乃禁軍統領，他不知道輕重？就算喜歡妳，也該與朕來提，如何能動手動腳？」
「只是拿了帕子給我，怎麼傳成這樣？」趙徽妍叫道。「再說了，父皇，哪裡有人敢跟您求娶公主的！」

當真是女兒向外，趙佑樘心道，白疼這十幾年，一旦喜歡人，早把他這父親拋之腦後。

趙徽妍跪下來。「就當女兒求父皇與母后了。」

正說著，外頭盧城也來了，既然已經挑明，他不能讓趙徽妍獨自面對這個問題。

兩個人雙雙跪下。

趙佑樘氣得不想說話，當場遣退了兩人。

這回晚上換趙佑樘睡不著了。

馮憐容披衣起來。「皇上現在明白妾身的心情了吧？」

「明白什麼？」趙佑樘道。「趕明兒把他們都趕出去，娶的娶，嫁的嫁，就剩咱們兩個最好。」

一聽就在生氣，明明是個做皇帝的人，還能說出這種話來。

馮憐容既好氣又好笑，命人端來一碟點心，自個兒吃起來，慢悠悠道：「我看就如了徽妍的願，這傻孩子原先死活說不嫁人，這回定是真心喜歡那盧城，我瞧著長得也很俊俏。」

趙佑樘道：「有我長得好？」

馮憐容被噎得咳嗽起來。

趙佑樘忙給她捶背，又挑眉道：「怎麼，朕問錯了？」

馮憐容喝口水道：「自然錯了，皇上這等容貌，世人沒有比得過，皇上根本不必問，第一美男子的名號別人搶不去。」

趙佑樘忍不住就笑了，也拿了點心。

過得片刻，他道：「真把徽妍嫁了？」

「當然，反正她自個兒尋著了，也省得妾身操心。」馮憐容已然想通，甚至有些羨慕這女兒，她當年沒有這種運氣，便是跟趙佑樘，也是歷經了好些年，哪似他們兩個，一開始就互相喜歡。

「那盧家本也不差，算是配得上。」

趙佑樘沈吟一會兒，忽地又斥責馮憐容。「都是妳寵得他們！」

馮憐容冤枉。「徽妍可不是我寵的。」

趙佑樘哼了一聲，躺下睡了。

第二日，趙佑樘沒有責罰盧城，而趙徽妍每日春光滿面，像個待嫁姑娘。

到了一早選好的吉日，趙承衍終於成親了。趙承煜這時也回來了，比起之前，成熟不少，兄弟間看起來並無芥蒂。

馮憐容一開始還是很擔心，怕這小夫妻兩個感情不好，誰知道，新婚第一日，她這兒子像是一夜之間長大了，與周氏甜甜蜜蜜，這讓馮憐容鬆了口氣。

可見周氏還是符合趙承衍的喜好，二人性格一動一靜，確實合宜。

這大兒子安定下了，就該輪到趙承煜。

結果這孩子更省心，在外遊歷之時就已有意中人，聽說是蘇州知府陶大人的小女兒。

趙佑樘自是瞭解此人，蘇州說起來也是富庶之地，歷來都容易出貪官污吏，但是那陶大人調任蘇州後，兩袖清風，克己奉公，乃官員楷模。

趙佑樘立時就答應了趙承煜的請求。

這三個孩子的婚事一個個都定了，只有趙承謨還沒著落，不過趙承謨從小就很有主意，依他的聰慧，定能分辨好壞。他是最不讓人操心的一個。

孩子們一個個娶妻或嫁出去了，宮裡也漸漸冷清，現在馮憐容倒是慶幸多生了幾個，還有三個小孩陪她。

冬郎已能蹦蹦跳跳，另外兩個也會喊爹、娘，男孩叫秋生，女孩叫么兒，她是馮憐容最小的孩兒。

自打趙徽妍嫁人之後，趙佑樘最疼的就是么兒，被封為崇玉公主，每日他來，頭一個就要抱她，冬郎又黏人，所以常是抱兩個。

馮憐容看著就好笑，問道：「最近皇上空閒時間多了，可是都叫承謨看奏疏？」

那幾個大的，就剩趙承謨在宮中，當然，他本就是太子，將來成親了也得住這兒。

「教他多學習、學習。」

趙承謨只是看，然後再擬答覆，最後還是得由趙佑樘來決定。

史上像他們這樣的父子關係不多，趙佑樘並不防備這個兒子，而趙承謨一貫也是本本分分，從不曾露出要越俎代庖的野心。

是以，他越是成長，父子倆的感情反而越好。

馮憐容笑道：「皇上倒是會偷懶了，妾身看，不如就多休息、休息。」她眼睛一轉。「要不咱們也出去玩玩？妾身的爹、娘玩得可高興了。」

趙佑樘眉頭皺了皺。不管她幾歲，這念頭就不曾消去過。

他問道：「妳想去哪兒？」

「哪兒都想去！」馮憐容只當他肯了，湊過來道。「那些山山水水，妾身都想去看看，還有海，我娘說，可大呢，看都看不到邊際！每日就算瞧著那些漁民捕魚都很有意思。」

趙佑樘哦了一聲。「妳就儘管想想吧，朕可沒那麼多工夫。」

馮憐容白高興一場，悶悶地道：「為何當個皇上那麼累？尋常官員還能致仕。」

趙佑樘笑了。「妳真是傻得可以，皇帝能與尋常官員相比？若讓他們當皇帝，得搶破腦袋，就算做到死，哪個不願？」

這是他的真心話。權力永遠都是世人最想追求的東西，一旦在握，有幾人能放開？

馮憐容道：「那妾身自個兒去玩，皇上繼續在宮裡忙吧。」

趙佑樘一口拒絕。「不准！」

他在哪兒，她就得在哪兒。

馮憐容今兒聽了他的話，知道他是不願出遠門，當下也是失望，兩個人志向不同，原來便是如此。她在宮裡陪他那麼多年，可叫他抽出時間陪她出去玩兒，總是困難。

也是，畢竟他是皇帝。

他對她夠好了，自己還能求什麼？

馮憐容翻開帳本來看。「其實妾身也忙，哪兒有空呢？只是覺得時間過得快，以後想出去玩，指不定都走不動了。」

趙佑樘聽了這話怔了怔，半晌，低頭看看兩個孩子，說道：「孩兒都還小，妳怎麼出去？便是出去，也得等到……」

「皇上！」馮憐容一下子跳起來。「皇上願意？」

她眉開眼笑，像得了多大獎賞似的，要是她身後長尾巴，定然會搖得歡快。

趙佑樘拿手捏捏眉心。「朕只給妳一個月的時間。」

「一個月！」馮憐容眼睛都瞪大了，直叫道：「夠了、夠了，可以玩好久呢。」

「好久？」趙佑樘挑眉道。「妳要看海，光來回路上，就得半個多月。」

京都附近可沒有海。馮憐容又傻眼了，低下頭，拿手指掰來掰去地數日子，像個貪吃的孩子般，本是滿心歡喜地以為得了好些吃食，結果才知道沒幾個可以吃。

趙佑樘看她歪著腦袋認真的樣子，又是想笑。

什麼人竟然能這麼久都保持原樣，一點兒都不變？他都不知道自個兒喜歡她什麼？明明笨得要命，可看著她的時候，他就滿心暖意，只覺這是人世間最讓他留戀的。

大概，權力也只能排在後面了？

他越發捨不得讓她失望、讓她不悅，其實她說得沒錯，他們都不是年輕人了，他前幾日才發現頭上多了一根白髮。

人總是會老、會死的，哪怕他是皇帝。那他們在一起的時間又剩下多久呢？哪一日終將會埋骨一起，可活著與死了總是不一樣的。

他想著，忽地有些心痛，為將來的別離。

馮憐容還在糾結時，就聽耳邊趙佑樘道：「咱們過兩日就去吧，妳想去哪兒玩，咱們就去哪兒玩，不光是海，哪兒都行。」

馮憐容高興到都有些結巴了。「哪兒、哪兒都行？可……可不是才一個月？」

「兩個月吧。」趙佑樘伸手把她攬過來。「每年朕都抽出兩個月時間給妳，好不好？」

馮憐容傻了，吃驚地看著趙佑樘，他的目光好像溫柔的陽光一般，她彷彿活在人間天堂。

馮憐容忍不住就哭了，把腦袋埋在他懷裡道：「妾身其實也不是那麼想去，只是想跟皇上兩個人罷了。不管是哪裡，只要時間夠多，咱們從早到晚都在一起，就行。」

時光流逝，她只想抓住與他在一起的每時每刻，恨不得他天天與自己待在一處，沒有半分的離別。

趙佑樘就笑了，伸手摸摸她腦袋。「哦，那好，那咱們還是不去了。」

馮憐容猛地又抬起頭。「那不行，能去玩自然更好了！」

臉上還一把眼淚、一把鼻涕的，像個小花貓似的，說不出的可笑。

趙佑樘忍不住哈哈笑起來。

馮憐容知道自己又被他捉弄了，低頭把眼淚、鼻涕全糊在他龍袍上。

趙佑樘抽了抽嘴角。「妳知道龍袍多貴嗎？」

「不管。」馮憐容繼續糊。

趙佑樘啪的一聲就朝她額頭上彈了一下。

已一把年紀的兩人便開始打鬧起來。

半年後，孩子好帶了，不再那麼讓人操心，趙佑樘也將朝政交給太子代理。

一切就緒，二人整裝出發。

此時正當三月，天空碧藍如洗，官道兩旁，桃樹、梨樹上花兒開得濃烈，粉的粉、白的白，燦然若錦，如雲般堆砌。

馬車上，馮憐容鼻尖聞著遠遠飄來的花香，躺在趙佑樘懷裡，掰著手指道：「先去看白雲洞，再去登州看海，沿著路走，去江南……可好？」

趙佑樘無有不答應，低頭親吻她。「好極了，朕既然答應妳，天涯海角都隨妳去。」

她喜不自禁，竟唱起歌來。

「江南酒，何處味偏濃。醉臥春風深巷裡，曉尋香旆小橋東。竹葉滿金鍾。檀板醉，人面粉生紅。……」

柔柔細細的歌聲從車廂裡飄出，像春風，往四處吹散了。

馬兒歡快地揚起前蹄，向著夢想中的大海、向著如畫般的山山水水，疾馳而去……

——全篇完

2015年11月出版

吃貨嬌娘

文創風 346～349

聽說他的名字小兒聽了都能止啼……
聽說李姑娘與他訂親，在看見他的畫像不久就抑鬱而終了……
聽說他一有不順就殺人解氣……
嫁給這麼個男人，她倒覺得——百聞還不如一見呢！

小清新 · 好幽默／夕南

聽說永甯伯喜吃生肉，每天還會喝幾碗敵人的血……
這回聖上召他回來，說是準備給他賜婚，用來獎賞這次的勝仗。
誰家姑娘不想活了，願意嫁給他啊，他都剋死了多少未婚妻了……
聽著關於永甯伯楚修明的各種可怕傳言，
沈錦怎麼也想不到，自己竟被賜婚給這麼可怕的男人，
但她就算再怕也不濟事，
誰教她是庶女，親娘是不得王爺寵愛的側妃，
她成了皇上手上的棋子，被嫁去邊疆牽制這天煞孤星一樣的男人。
才嫁去，她人還沒見到，就要先豁出生命去抗敵守城，
等終於見到他了，她萬分驚嚇，他怎麼跟聽說的那些完全不一樣啊……

為流浪貓狗加油 和貓寶貝 狗寶貝 廝守終生(一定要終生喔！)的幸福機會

對人來說，貓寶貝狗寶貝只是生活的一部分，
但妳（你）對牠們來說，卻是生活的全部，領養前請一定要考慮清楚——

▲ Marty等待再一次的幸福

性　　別：男生
品　　種：西高地混貴賓犬
年　　紀：約5歲
個　　性：活潑愛玩，有地域觀念
健康狀況：已施打八合一+狂犬疫苗；通過四合一、腸炎kit、血液寄生蟲和犬瘟的PCR檢驗；曾患犬瘟，已痊癒
目前住所：台北市

本期資料來源：https://facebook.com/cocoma.doggy/albums/1602545173354639/

『Marty』的故事：

Marty是曾被狠心飼主棄養在收容所的孩子。剛被愛媽接出所不久，牠便出現犬瘟症狀，後來咳、喘的情形變得嚴重，眼周分泌物也越來越多，因此食慾差到無法自行進食，需要人工灌食。治療過程中，病情一度反覆，好在Marty一路上受到不少人的幫助和鼓勵，最後送犬瘟的PCR檢驗終於安全過關！

Marty患犬瘟時，眼睛曾經嚴重潰瘍，幸運的是牠的眼睛現在很健康，淚液量也夠，甚至沒有犬瘟後遺症。連醫生都說，完全看不出Marty有犬瘟病史呢！不過犬瘟會破壞淚腺，所以還是建議一年檢查一次為好。病癒的Marty重拾元氣後簡直人來瘋，活力充沛又愛玩，出門就像小馬一樣跑跑跳跳。

牠的個性比較急，有點壞脾氣。在一般狀況下Marty滿親人的，但如果要清理身體，除非已培養信任感，否則牠會低吼警告。牠的地域觀念也頗重，身處籠子裡時會比較凶，需要特別小心。假設牠在籠子裡，我們伸手摸、從籠內拿東西，或是要清便盆，牠都不開心；然而出籠了就不會亂發脾氣。

而和牠熟了，牠就會乖乖讓你幫牠洗澡剪毛，開心時就喜歡輕咬人的褲管或鞋子撒嬌賣萌。雖然Marty有些小缺點，但其實牠就是隻少一點點安全感的狗狗，如果你有耐心、有經驗、願意包容壞脾氣，而且氣勢比Marty強的話，歡迎用FB私訊「Cocoma的小腳印們找幸福」，正在中途姨姨家學習改掉壞習慣的Marty等著你～～

（編按：想知道更多有關Marty就醫紀錄等事，請進本期資料來源連結。）

認養資格：

1. 認養者須年滿20歲，有獨立經濟能力，並獲得家人與同住室友或房東的同意。
2. 認養前須填寫問卷，詳聊是否適合認養。
3. 須同意簽認養切結書。
4. 同意送養人日後之追蹤探訪，對待Marty不離不棄。

來信請說明：

a. 個人基本資料：姓名、性別、年齡、家庭狀況、職業與經濟來源等。
b. 想認養「Marty」的理由。
c. 過去養寵物的經驗，及簡介一下您的飼養環境。
d. 若未來有當兵、結婚、懷孕、畢業、出國或搬家等計劃，將如何安置「Marty」？

文創風 364

憐香 3 完

國家圖書館出版品預行編目資料

憐香 / 藍嵐著. --
初版. -- 臺北市 : 狗屋, 2015.12
冊 ; 公分. --(文創風)
ISBN 978-986-328-533-5(第3冊:平裝). --

857.7　　104021385

著作者　藍嵐
編輯　黃鈺菁
校對　林安祺　沈怡君
發行所　狗屋出版社有限公司
地址　台北市104中山區龍江路71巷15號1樓
電話　02-2776-5889～0
發行字號　局版台業字845號
法律顧問　蕭雄淋律師
總經銷　知遠文化事業有限公司
電話　02-2664-8800
初版　2015年12月
國際書碼　ISBN-13　978-986-328-533-5

原著書名　《重生宠妃》，由北京晉江原創網絡科技有限公司授權出版

定價250元
狗屋劃撥帳號：19001626
網址：love.doghouse.com.tw　E-mail：love@doghouse.com.tw